Robert Louis Stevenson

LO STRANO CASO DEL DOTTOR JEKYLL E DEL SIGNOR HYDE

IL TRAFUGATORE DI SALME

UN CAPITOLO SUI SOGNI

A cura di Attilio Brilli
Con uno scritto di Joyce Carol Oates

OSCAR MONDADORI

© 1985 Arnoldo Mondadori Editore S.p.A., Milano
Titoli originali delle opere:
The Strange Case of Dr. Jekyll and Mr. Hyde
The Body Snatcher
A Chapter on Dreams
© 1990 by Joyce Carol Oates per la postfazione

I edizione Oscar classici maggio 1985

ISBN 978-88-04-50846-5

Questo volume è stato stampato
presso Mondadori Printing S.p.A.
Stabilimento NSM - Cles (TN)
Stampato in Italia. Printed in Italy

Anno 2009 - Ristampa   30 31 32 33 34 35

www.librimondadori.it

La doppia vita

> *Il prudente s'arma d'una pistola*
> *e chiude a chiave la porta,*
> *scordandosi di ben altro spettro*
> *che gli è più da presso.*
>
> EMILY DICKINSON

La parabola e il sogno

È un vezzo abbastanza diffuso fra quanti si sono occupati di questo romanzo appuntare lo sguardo su un dettaglio – un moto fugace, un personaggio, un oggetto – sfuggito per accidente a precedenti letture, come se ogni intervento avesse il compito di mettere a fuoco un qualche particolare annegato nella dissolvenza generale del sogno. Ecco così prender forma le oniriche quinte di una bifronte Edimburgo, la compassata New Town e la Old Town avvolta di brume, sulle quali si pose l'occhio indagatore di G.K. Chesterton per nulla sviato dalla toponomastica londinese;[1] ecco la fatidica porta dietro la quale scompare Hyde, sulla quale ha favoleggiato J.L. Borges sino a farne il più importante residuo signi-

---

[1] Per i riferimenti ad autori e testi si rinvia alla bibliografia generale e, in alcuni casi, all'apparato delle note.

ficativo del suo sogno di lettore; ed ecco infine, oltre la porta, quel simbolo inquietante di esplorazioni intestine che è il teatro anatomico su cui ha richiamato l'attenzione Vladimir Nabokov. Un analogo destino ha finito per coinvolgere gli stessi personaggi, se la diade Jekyll-Hyde sembra recedere, nelle glosse di Fruttero e Lucentini,[2] in posizione marginale rispetto alla centralità del ruvido Utterson, colui che accumula, senza conoscerli, i segreti della storia. Sarebbe facile attribuire questa graduale emergenza di segni alla natura onirica della scrittura, lucida ma non per questo meno elusiva, capace di isolare il pomello d'ottone d'una porta e di sfocare un intero quartiere nella nebbia color cioccolato; o magari di affidare ai morti e agli specchi l'inaudita trasformazione di cui il testo non offre una registrazione diretta.

In questo giuoco di scavi resta insondato un elemento di primaria importanza, saturo di occulti poteri per lunga tradizione narrativa, eppure labile nella memoria, un elemento la cui muta presenza pungola e frustra a un tempo l'ansia di sapere del lettore. Anche il percorso che porta a questo elemento ne prefigura, per così dire, la natura di minaccioso simulacro. In questo romanzo di «doppi» – la dimora borghese e la tana del reprobo, il salotto conformistico e lo studio alchemico – al teatro anatomico corrisponde uno specchio mobile a grandezza d'uomo a cui, per colmo d'ironia, compete il nome di «psiche». Lo specchio traspone enigmaticamente sul piano dello sguardo le reticenze, le negazioni e gli schermi che ostacolano e complicano la narrazione.

---

[2] Cfr. la traduzione di Fruttero e Lucentini del *Dr. Jekyll*, Einaudi, Torino 1983.

Lo specchio, dunque – colui che ha visto ma che non può riferire –, è il simbolo centrale del romanzo, il nodo di tutte le reticenze e di tutte le curiosità inappagate. Se il teatro anatomico invischia il lettore in un moto simultaneo di attrazione e di repulsione nel ricordo delle pratiche immonde a cui un tempo fu adibito, lo specchio trasmette la sottile minaccia di altre più sofisticate sfide all'integrità della persona umana pur nella sua incapacità a conservare le immagini. Esso, «nel cui abisso gettarono uno sguardo pieno d'orrore», diventa il correlativo oggettivo della volontà di sapere di Utterson e di Poole. In questo oscillare fra curiosità ed elusione, riservatezza e indagine, volontà e differimento del sapere, si consuma quella parte del romanzo che maggiormente sembra flirtare con un'abiezione tanto più affascinante quanto più resta segreta. Perché innanzi tutto questo è un testo fondato su un giuoco di rimandi e di schermi.

Non a caso il narratore decanta la storia di Jekyll e di Hyde attraverso il racconto di due personaggi, l'avvocato Utterson e il suo amico Enfield, la cui reticenza è contraddetta dai comportamenti. Infatti il resoconto di Enfield, l'unico ad aver scorto in faccia il misterioso personaggio che risponde al nome di Hyde, è puntellato da una sequela di negazioni: *non* sa descriverlo, *non* ci si raccapezza, segue la regola d'oro del *silenzio*... eppure ha acciuffato il «mostro», ha indagato a dovere l'esterno dell'edificio in cui è sgattaiolato il signor Hyde... finché questa sua raccolta di indizi si conclude con l'elogio della discrezione e la stretta di mano che sancisce il patto di non parlarne più. Il che, come accade in tutti i giuochi, equivale al contrario nell'ottica del lettore, il cui punto di vista coincide d'ora innanzi con quel-

lo di Utterson, depositario di losche faccende in cui vorrebbe veder chiaro. E poiché il desiderio di sapere è più forte della rimozione puritana di questo cultore di «arida teologia», Utterson è ben felice di spostare l'indagine su Henry Jekyll. Il testamento olografo con cui quest'ultimo ha intestato i suoi averi al misterioso signor Hyde costituisce la prima operazione di accreditamento del reale – il documento inoppugnabile – e con essa il primo puntello a una storia incomprensibile di preannunciate scomparse e di inattese apparizioni. E di qui prende un nuovo avvio la storia che oscilla fra curiosità e reticenza, scoperte inquietanti e immediate negazioni. Quando Utterson, dopo aver scorto in faccia Hyde («*non* mi sembra *nemmeno* un essere umano»), chiede a Jekyll spiegazioni del suo testamento in favore di quell'«essere primordiale», si vede opporre il silenzio: «*Non* voglio sentire altro. Eravamo d'accordo, se non sbaglio, di non toccare più questo tasto». E dopo il clamoroso assassinio di un parlamentare per mano di Hyde, Jekyll assicura Utterson che «non se ne sentirà più parlare». Non miglior fortuna incontra Utterson nel corso di un drammatico confronto con Lanyon, sui cui occhi si è specularmente riflessa l'orrida metamorfosi: «Non voglio più vedere, né sentir parlare di Jekyll». Una negazione fin troppo eloquente, ormai, del legame che intercorre fra Jekyll e Hyde, e d'una colpa che diventa tanto più innominabile quanto più resta avvolta nel mistero.

Quando alla fine il mostro così a lungo negato prenderà forma attraverso la deposizione postuma di Lanyon e la relazione del suo creatore, il romanzo ricorrerà di nuovo a quegli accreditamenti del reale costituiti dai documenti inoppugnabili conservati da Ut-

terson. È un fatto singolare che un romanzo così intenso e asciutto si componga di un vero e proprio *dossier* di scritture notarili: un testamento, uno stralcio di cronaca nera, una testimonianza a futura memoria, una relazione redatta in punto di morte. L'Inghilterra vittoriana vi è ironicamente presente con tutti i suoi codici di scrittura legale. Questi filtri che s'interpongono fra il lettore della «finzione» – vale a dire la storia mediata da Utterson e da Enfield – e il lettore del cosiddetto «reale» – cioè colui che legge le ultime parole di Jekyll – estraggono per così dire il personaggio dalla finzione e gli conferiscono un'artificiosa attendibilità. Ma anche quando sono caduti tutti gli schermi, al mostro umano viene negata la possibilità di spiegare le sue ragioni, la sua comparsa nel mondo, i suoi delitti, prima di distruggersi insieme al suo creatore

L'effetto o accreditamento del reale assolve a una duplice funzione: da un lato esso stuzzica il lettore illuso ed eluso dalla reticenza dei narratori mascherati da personaggi; dall'altro rifonda ancor più saldamente la negazione del mostro nel momento stesso in cui ne testimonia l'esistenza. Il che equivale, da parte di Stevenson, a confessare il proprio imbarazzo a seguire il flusso del sogno senza imporgli le briglie della ragione e della morale, senza volgerlo nei termini di una moderna parabola sui pericoli che insidiano lo statuto unitario del soggetto. La scissione isterica della personalità che Jekyll ha provocato viene non a caso narrata nella forma apparente di una relazione scientifica, ma, nella sostanza, nella tradizionale confessione pubblica a cui aveva diritto il criminale prima di ascendere al patibolo.

Alchimie del «doppio»

Proprio attraverso il giuoco ingannevole e sfuggente di filtri narrativi e di specchi, Stevenson dimostra la seduzione di un'ipotesi narrativa che gli è ambiguamente familiare. Un'ipotesi perturbante che affonda le proprie radici nel folklore edimburghese e in quella ferrea rimozione calvinistica di cui il leggendario Deacon Brodie è un vero e proprio prototipo. Portato sulle scene anni prima in collaborazione con lo Henley, così viene esemplarmente descritto questo personaggio dalla doppia vita dallo stesso Stevenson:

> Ai suoi tempi il Deacon era considerato un grand'uomo; ben accetto nella buona società, era un ebanista provetto; uno capace di intonare con gusto una canzone. Molti notabili erano orgogliosi di invitare a cena il Deacon e se ne separavano a malincuore a ora tarda, e sarebbero rimasti allibiti se avessero saputo quanto presto e sotto quali spoglie sarebbe ritornato il loro ospite. Eppure agli occhi della mente egli può apparire come un uomo tormentato da una immane doppiezza, capace di sgattaiolare dal salotto del magistrato per calarsi nei panni del ladro e andare a forzare le porte al guizzo di una lampada cieca.

Un impulso determinante ad approfondire la complessa tematica della «doppia coscienza», a sondarne la problematica allusa a più riprese dalla narrativa di James Hogg e dai racconti neogotici dell'irlandese Le Fanu, sperimentata infine nella decomposizione di un unico personaggio negli amici antagonisti del *Padiglione sulle dune*, viene a Stevenson dalla lettura della prima versione francese di *Delitto e castigo* di Dostoevskij. Il racconto intitolato *Markheim* – di un anno anteriore a *Jekyll e Hyde* – che del romanzo do-

stoevskjiano è un personalissimo condensato, rappresenta la rottura dell'integrità della persona, la scissione del bene dal male, e soprattutto la nascita di un rapporto dialogico dell'uomo con se stesso. Qui, come nelle migliori pagine sullo sdoppiamento della coscienza, Stevenson sperimenta il principio così caro al romanzo d'avventure e del mistero, e reso intensamente problematico dall'opera di Dostoevskji, secondo il quale tutto nell'uomo vive al confine del proprio contrario: la nobiltà d'animo prospera al confine con l'abiezione, l'amore ai limiti dell'odio, il bene a quelli del male. In questi termini si svolge la confessione di Markheim a se stesso nel tragico sdoppiamento sulla soglia fatale, una confessione straordinariamente affine all'«altra» confessione di Jekyll sul proprio caso:

Sia il bene che il male hanno forte presa su di me e posso essere attirato tanto verso l'uno quanto verso l'altro. Non amo una cosa sola, amo tutto. Posso concepire molte azioni grandiose, rinunce, martiri; e benché sia caduto tanto in basso da uccidere, la pietà non è estranea ai miei pensieri. Ho pietà con i poveri; chi conosce meglio di me i loro tormenti? Ne ho pietà e li soccorro; onoro l'amore, amo il riso onesto; non esiste in terra cosa buona e giusta che non ami dal profondo del cuore. Dovranno dunque essere sempre e soltanto i miei vizi a dirigere la mia vita e le mie virtù essere condannate a perpetua inefficacia e relegate nella coscienza impotente, come oggetti inutili nella soffitta? No, non può essere così; anche il bene può essere la molla dell'azione.

La storia di Jekyll e di Hyde segna il culmine della fascinosa indagine stevensoniana sulla scissione della personalità, di quello scandalo che, come notava G.K. Chesterton, ci obbliga a riconoscere non tanto

che sotto la pelle di un uomo ce ne sono due, quanto che due uomini sono la medesima persona. La storia dei rapporti fra Jekyll e Hyde, una vicenda torbida iniziata, come ci svela la confessione finale, molto prima dell'ingerimento della magica pozione, in anni di indulgenza segreta alla parte maledetta, diventa la storia di una parola fondamentalmente scissa, luogo di intersezione di volontà allocutorie diverse, di pulsioni innominabili e di ravvedimenti. Jekyll non è solo un esempio di ipocrisia, capace com'è di reprimere Hyde, colui che è «nascosto», pur fruendo suo tramite di ignobili (e indefinite) gratificazioni. Egli incarna il prototipo dello scienziato che si eleva faustianamente al di sopra degli altri sublimando nelle sue ricerche di «medicina trascendentale», nel gesto inosabile, la liberazione degli istinti repressi.

Può sorprendere il lettore contemporaneo – senza contare l'influenza spesso nefasta della filmografia dedicata a questo romanzo – la trovata guignolesca della fumigante pozione. Essa in realtà s'accorda all'irrealtà onirica delle gesta di Hyde e alla non meno irreale ambientazione. Ciò per altro ci riporta a quel curioso amalgama, che è il romanzo stevensoniano, di problematicità esistenziale e di seduzione dell'avventura, di allegoria morale e di travolgente primato del caso. Quel caso insondabile e mutevole della narrativa avventurosa e del mistero che volge in metafora alchemica e faustiana l'esperimento del dottor Jekyll di cui nessuna formula consente la ripetizione. L'esperimento e il mostro che ne nasce appartengono a un mondo familiare di sogni proibiti il cui correlativo non può che essere la magia, l'arte che si tiene nascosta e che si sottrae alla conoscenza. La deformità di Hyde, indefinita ma non per questo meno rivoltante. è la deformità di un corpo quale viene prodotto da

un Faust vittoriano vincolato dalla barriera delle convenzioni e della rispettabilità. Proprio per questo Jekyll è costretto a dissimulare il desiderio nella deformazione fisica di un «altro», a godere suo tramite, denunciando la miseria delle proprie aspirazioni nella metamorfosi repellente di Hyde che incarna la «mostruosità» stessa del desiderio. È come se nella «inspiegabile deformità» di questo gnomo gotico, riplasmato secondo le teorie evoluzionistiche, si fossero condensate le deformazioni dell'autocensura e perfino dello spregio di sé, e con essi la cifra grottesca di un traffico ignobile e clandestino: «Un tempo si usava prezzolare sicari per compiere delitti su commissione, mentre i mandanti mantenevano nell'ombra la loro persona e intatta la loro rispettabilità. Io sono stato il primo a ricorrere allo stesso sistema per soddisfare senza intermediari i miei piaceri».

Barbari dentro

Nel leggere il romanzo dovremmo tenere ben presente questo inedito amalgama di narrazione d'avventura o del mistero e di allegoria morale che consente, assai più liberamente di quanto avvenga nel romanzo borghese o psicologico, l'estrinsecazione del destino nell'evanescenza istituzionale dei rapporti familiari, di amicizia e di classe. Il segreto di Jekyll può germinare e sussistere in un contesto di individui isolati. I personaggi che entrano nel racconto sono un monumento di solitudine, di incomunicabilità, di piccole o di grandi indulgenze a piaceri solitari. Essi non hanno mogli, consanguinei o amici la cui intimità possa risultare d'impaccio al volubile intreccio. I rapporti che intessono sono puramente formali, la comunicazione è di preferenza notarile. Fra la doppiezza di

Jekyll e i suoi compassati testimoni si stabilisce un'implicita, anche se inconsapevole, connivenza che nemmeno l'enfasi della ripulsa di un Lanyon o l'angoscia di un Utterson riesce a cancellare del tutto.

Per inciso si può anzi notare l'abilità di Stevenson nel delineare in Utterson – ben più di quanto avvenga negli altri personaggi più o meno di corredo – non solo il «vittoriano» timorato e represso, bensì il latore di una certa liberalità borghese che ben distanzia l'isteria di Jekyll senza opporvisi platealmente. E per quanto paradossale possa essere, la nascita del «mostro» – un essere che per sottile e ambigua antifrasi «vagisce», «cresce» e «prende la mano» – avviene proprio in un contesto rigorosamente maschile in cui il paramento di ceto o di professione non intralcia le esigenze dell'intreccio e quindi non pone in discussione l'inverosimile. Lanyon può morire in pochi giorni solo per «aver visto», aver dovuto testimoniare la nascita di Hyde. C'è comunque un aspetto in questo romanzo che va al di là del primato dell'intreccio e della parabola morale. Questo aspetto è il nocciolo di tutta la storia, vale a dire l'incarnazione di Hyde – in quanto idea del male – in un personaggio dai connotati ben identificabili malgrado l'apparente e volutamente indefinita mostruosità.

Non c'è dubbio che il sostrato tipologico e fisiognomico a cui si ispira Stevenson è costituito dall'evoluzionismo di Darwin e in particolare dall'ominide dai tratti scimmieschi: Hyde appare come un essere rattrappito, villoso, nocchiuto... è elastico eppure goffo nel camminare e nel calarsi nei panni dell'uomo civile... il suo linguaggio è – per testimonianza indiretta, come tutto di lui d'altra parte – ancora impedito nell'articolazione, incerto e farfugliante. Ma la sua crescita e la sua volontà di dominio sono prodigiose e inarrestabili. La sua evocazione da parte di

Jekyll e il suo sfruttamento pongono la controparte dinnanzi alle questioni ultime, aprono una crisi insanabile che impedisce la ricomposizione di un animo scisso e lo proiettano verso la follia e il suicidio.

È stato richiamato Schopenaur come probabile fonte della volontà perseguita da Jekyll di isolare uno dei due soggetti della propria psiche, sino a ottenere l'«emanazione» – donde l'effervescenza della droga – di un corpo completamente diverso, un corpo inteso come incarnazione del volere, «volontà diventata visibile».[3] A tale proposito potremmo citare i contributi che Stevenson invia alla Society for Psychological Research aventi per oggetto una sorta di autoanalisi che si esplica nel dialogo fra due componenti della sua mente, fra un «se stesso» e un «altro da sé», fra le voci dell'incubo e del delirio, irrazionali e amorali, e la coscienza che le rimuove o conferisce a esse un fine morale. Non a caso il suo saggio *Un capitolo sui sogni*, che traccia la genesi di alcuni momenti del romanzo e che registra «il forte senso della doppiezza che si annida nell'uomo», viene accolto da F.W.H. Myers – psicologo e teosofo alla guida della Psychological Society – come un valido contributo di psicologia sperimentale. Ove si voglia spiegare Stevenson con Stevenson, l'esplorazione di tutte le sue opere riserva alcune sorprese. Si prenda per esempio questa pagina giovanile tratta da *Un viaggio in canoa nei fiumi della Francia*[4] – uno zibaldone di pensieri, bozzetti e impressioni – ove si coglie il primo accenno, o comunque il primo interessamento alla meccanica at-

---

[3] Cfr. le note di Fruttero e Lucentini alla citata edizione einaudiana.
[4] Si tratta dell'opera prima *An Inland Voyage* del 1878, nella traduzione di Paolo Ba', edizione numerata, Mondadori, Milano 1983.

traverso la quale si manifesta una vera e propria scissione della mente dal corpo:

> C'era una strana pratica metafisica che accompagnava ciò che chiamo la profondità, se non proprio l'intensità, della mia astrazione. Ciò che i filosofi chiamano l'*io* e il *non io*, l'*ego* e il *non ego*, mi preoccupava, che lo volessi o meno. C'era meno *io* e più *non io* di quanto ero abituato ad aspettarmi. Osservavo un qualcun altro, mentre stava remando; io ero consapevole dell'estremità di quel qualcun altro poggiate contro il puntapiedi; il mio corpo sembrava non avere più intima relazione con me di quanto ne avessero la canoa, il fiume o le rive. Né ciò era tutto: qualcosa dentro la mente, una parte del mio cervello, una zona del mio essere, si era liberata dalla leale sudditanza e aveva preteso di fare da sé, o forse di agire in favore di qualcun altro che continuava a remare. Mi ero rimpicciolito a minutissimo essere in un angolo di me stesso. Ero isolato nel mio stesso cranio. I pensieri si presentavano spontanei; ma non erano i miei pensieri, erano semplicemente i pensieri dell'altro, e li consideravo come parte del paesaggio.

Questa curiosa scissione della mente dal corpo, questo estatico sdoppiamento include inconsapevolmente il vero scandalo che incatena Jekyll e Hyde. Proseguendo, infatti, il brano dice: «Si può meglio raffigurare tale stato immaginandoci ubriachi fradici e allo stesso tempo sobri per goderne». La mostruosità di Hyde consiste proprio nell'essere Jekyll, vale a dire la ragione, la mente, la rispettabilità intangibile che assapora piaceri proibiti estroflettendosi in un altro da sé, in una mostruosità primigenia in cui si condensa la latente barbarie. Il rapporto che lega Jekyll a Hyde – il paradosso di essere «due persone in una» – si specifica come sdoppiamento della propria esistenza non

solo in termini di pubblico e di privato, bensì di mente e di corpo, esasperando la maschera razionale, virtuosa e pietistica di Jekyll in contrapposizione alla materialità bruta di Hyde. Ciò significa che Hyde è l'estroflessione di quella parte che Jekyll non vuole pubblicamente riconoscere in sé e che ha quindi nascosto per intrattenere con essa segreti commerci. Hyde è la corporeità, il desiderio, la trasgressione – condannati e degradati – che Jekyll occulta e proietta in un altro da sé per istituirsi come pura ragione e incontaminata virtù. Non senza però disseminare indizi, prima della confessione finale o della retrospettiva autoanalisi, del vero interesse che sottende il gesto con cui il dottore dissimula il proprio corpo, i desideri, gli istinti. Hyde infatti non serve soltanto a salvare la buona coscienza di Jekyll e ad assumere su di sé quanto contraddice con la maschera che questi si è imposto. Così facendo egli deve altresì garantire l'appagamento segreto degli istinti più bassi. Ciò spiega l'atteggiamento a un tempo paterno e paternalistico di Jekyll nei confronti di Hyde, un atteggiamento fatto di premure e di apprensioni per l'essere generato, senza per questo rinunciare per un solo istante a un'assoluta volontà di dominio e di supremazia. Un atteggiamento che punta simultaneamente a blandire la figura estroflessa della propria aggressività, e a provocarne a proprio piacere la dissolvenza.

Proprio in questo consiste la contraddizione esemplare di questo romanzo e la sua moderna trattazione della tematica del «doppio». L'illusione di Jekyll si basa sul presupposto che la scomparsa di Hyde coincida con la scomparsa di sadismo, di perversione e di violenza. Ove egli tenga sotto controllo il selvaggio e sappia obliterarne la memoria, non potrà che trionfare l'uomo civile; nessuna ombra potrà mai offuscare l'im-

magine di Jekyll, la sua ragione, la sua pietà, la sua scienza. Ma proprio in quanto essere creato, Hyde non solo s'arroga il diritto all'esistenza, bensì ripaga il suo creatore con la medesima violenza che questi ha scaricato in lui. La lotta della supremazia fra Jekyll e Hyde, fra le due componenti di una stessa persona, si traduce sintomaticamente nella sfibrante emergenza della ragione sopraffatta dai sensi. Il minimo abbandono, l'involontario torpore sono sufficienti ad allentare la vigilanza della mente, finché la spossata ragione, per difendersi dal ritorno prepotente del corpo, è costretta a ucciderlo e a uccidersi con esso. In questo senso il romanzo stevensoniano può essere letto anche come un'ironica versione del mito di Faust. Ironica nella misura in cui lo stesso desiderio d'onnipotenza, di totalizzante sapere della mente e dei sensi, è semplicemente improponibile per l'uomo moderno e per la concezione che di questi si è creato come entità separate e distinte. In questa prospettiva l'estensore della storia, il legale Utterson, non solo si contrappone, con il proprio buon senso e la propria prudenza, al faustismo di Jekyll, bensì assolve a una funzione più sottile e più delicata che è quella di mediare, di istituire un punto di riferimento costante dinnanzi all'esasperata contrapposizione di Jekyll e di Hyde. È possibile per l'uomo moderno mediare fra mente e corpo, ragione e sensi? Se lo è, lo è nei termini un po' ipocriti e un po' perversi di Utterson che comunque di antico e di civile conserva il raro dono della liberalità e della tolleranza.

Questo Jekyll e questo Hyde

La presente edizione del romanzo stevensoniano riproduce la versione italiana già approntata per il volume *Romanzi, racconti e saggi* edito nella collana dei

Meridiani Mondadori. Si tratta di una traduzione che ha inteso ricreare in italiano la complessità e la raffinatezza linguistica e stilistica di Stevenson, rinunciando in partenza a proporsi come traduzione di «servizio». Parlarne significa d'altra parte riflettere, seppure in maniera fugace, sul tipo di piacere che ingenera la lettura di Stevenson. Da un lato l'adozione di modelli narrativi legati alla tradizione del romanzo d'avventure o del mistero, o se si preferisce alla moderna incarnazione del *romance*, conferisce alla narrativa stevensoniana la capacità di produrre un piacere assai tipico che è quello di correre avanti, di cavalcare il testo, di scoprire «come va a finire», di sciogliere la *suspense*. È questo il tipo di lettura che gratifica i ragazzi e gli appassionati di «gialli». Questo genere di piacere non esclude tuttavia, e in questo consiste uno degli aspetti salienti della narrativa di Stevenson, la scelta di altri parametri che viceversa rallentano la lettura, la condizionano e la complicano. Questo straordinario creatore di atmosfere misteriose che avrebbero incantato Conan Doyle, Chesterton e Borges, ebbe a notare di aver sempre rifiutato il romanzo poliziesco o del mistero in quanto generi «seducenti, ma privi di significato, simili al giuoco degli scacchi ma non il prodotto dell'arte umana». In ciò esplicitava l'esigenza di arricchire il proprio testo di componenti ambigue, ironiche, problematiche. La stessa storia di Jekyll e di Hyde, scritta in prima istanza come un caso di mirabolanti trasformazioni, accoglie in seconda stesura una problematica etica e psicologica connessa alla frantumazione dello statuto tradizionalmente unitario del soggetto. Ma c'è una più sottile decelerazione che agisce nella scrittura stevensoniana. La lettura di un testo critico di Stevenson, dedicato agli *Elementi tecnici dello stile lettera-*

rio,[5] permette oggi di interpretare in maniera meno apodittica questo altro versante della scrittura tradizionalmente accusata di estetismo. L'evidenziazione delle strutture stilistiche in testi di Shakespeare, di Coleridge e di Macauly, messa in atto da Stevenson, secondo una sagacia degna della scuola formalistica, non solo è riversabile sulla pagina stevensoniana, ma indica l'altro polo verso cui essa converge. Un genere di lettura che richiede un cammino graduato, ben diverso dalla lettura precipite del romanzo poliziesco o di quello d'avventure, e con esso la capacità di isolare zone, parole, gruppi sintattici, interrelazioni foniche, parole abitate, citazioni dissimulate. Un grado di lettura rallentato, disposto a farsi catturare nell'intrico di echi e di assonanze.

L'apparato di note che correda questa edizione vuole evidenziare questi e altri aspetti della scrittura stevensoniana e con essa la sua capacità, per molti aspetti inedita nello stesso panorama anglosassone, di coniugare la tradizione del "romanzesco" – quella categoria proteiforme che abbiamo di volta in volta definito come romanzo d'avventure, di investigazione o del mistero – con il rigore stilistico di un Flaubert, di un James e di un Meredith che per Stevenson costituirono altrettanti punti di riferimento: compreso Shakespeare, di cui echeggiano a più riprese le cupe battute del *Macbeth*.

La storia di Jekyll e di Hyde ha assunto sin dalla sua comparsa un valore talmente emblematico, diremmo quasi proverbiale, da avere sempre escluso la possibilità di lasciarsi interpretare attraverso raffronti con altre opere e altri scritti dell'autore. È sembrato

---

[5] Lo si veda nell'edizione mondadoriana *Racconti, romanzi e saggi*.

quindi opportuno infrangere questa rigorosa autoreferenzialità del testo avvicinandolo a due altre opere nelle quali è possibile scorgere la genesi di vari aspetti narrativi e di non poche immagini, ricorrenti e allusive, della storia. Si tratta del lugubre racconto *Il trafugatore di salme*, quasi sconosciuto da noi, con quell'enigmatico dottor K. che per tanti aspetti può essere considerato l'antenato di Jekyll, e di *Un capitolo sui sogni*, un saggio mai tradotto in italiano. La loro lettura permetterà di entrare nel laboratorio dello stregone per capire e, naturalmente, per farsi ancor più affascinare.

Attilio Brilli

Vita romanzesca di un romanziere

1850

Robert Louis Stevenson nasce a Edimburgo il 13 novembre in un quartiere residenziale di stile georgiano, abitato da un prospero ceto di professionisti al quale si deve l'espansione della New Town. Questa era sorta alla fine del Settecento, a nord della città vecchia, contribuendo a quella varietà di stili e di atmosfere che caratterizza Edimburgo. Mentre infatti la New Town è improntata a moduli di razionalità urbanistica e di decoro, la Old Town rappresenta, pur nella fatiscenza, il richiamo della storia e del pittoresco. In uno scritto del 1878, Louis così descrive Edimburgo e i suoi dintorni: «Ci sono le colline di Fife, quelle di Peebles, di Lamermoors e di Ochils, dai profili più o meno accidentati, più o meno cilestrini nella distanza. Dei Pentland stessi si vedono i picchi selvaggi e i campi d'erica con qualche laghetto che scintilla nella foschia. Da questa parte si ha una vista desolata, come se lo sguardo vagasse verso Galloway o Applecross. Volgendosi dall'altra parte è come iniziare un viaggio: in lontananza verso la piana appare Edimburgo fumigante nei giorni di terso splendore, con le periferiche che si diffondono per miglia. Nella bruma s'erge il fosco castello e la dimora di Artù assume un aspetto maestoso nel paesaggio. Tutto intorno i campi coltivati, i boschi, i villaggi con i loro pennacchi di fumo, le vie bianche della campagna screziano la distesa del territorio. I treni arrancano lenti, i battelli scivolano sul Fife; l'ombra di una nube che, immensa, viene dai monti è sospinta dai venti, quei venti che scompigliano l'erba e il grano maturo, mentre l'intera pianura trascolora al suo passaggio». Il

padre di Louis, Thomas, ingegnere civile e progettista di fari costieri, è un tipico rappresentante dei professionisti che abitano la New Town, una classe, come è stato notato, «impregnata di ascesi capitalistica e decoro borghese vittoriano». Uomo di ingegno, Thomas si era dedicato alla progettazione di porti e soprattutto di fari per i quali aveva inventato nuove soluzioni ottiche che, pure, non si curò mai di brevettare. Devoto e rigoroso presbiteriano (il presbiteranesimo è la religione nazionale scozzese dal 1690), così appare nei ricordi del figlio: «In certo senso era un uomo all'antica; un miscuglio di rigore e di dolcezza tipicamente scozzese e comunque straordinario; un carattere propenso alla malinconia eppure (come in genere accade in questi casi), dotato di geniale umorismo in compagnia degli altri; perspicace e fanciullesco; capace di attaccamento passionale e altrettanto passionale nei pregiudizi. Votato a decisioni irrevocabili e a errori commessi quasi sempre per il suo temperamento, fu privo di un reale punto d'appoggio negli affanni della vita». La madre, Margaret Isabella Balfour, aveva un carattere dolce e un'indole tollerante. Figlia di un ministro del culto e nipote di un professore di filosofia morale all'università di Edimburgo, seguirà la carriera e le peregrinazioni del figlio con discrezione, ma anche con profondo attaccamento. A un anno dalla nascita dell'unico figlio, comincerà a tenere un diario nel quale annoterà fino alla morte gli episodi salienti della vita di Louis. E varrà ricordare fin d'ora che la donna, rimasta vedova, non esiterà, ormai sessantenne, a seguire il figlio nei suoi vagabondaggi negli Stati Uniti e nei Mari del Sud.

1851-1862
La salute cagionevole si manifesta sin dalla primissima infanzia con stati febbrili e tosse indomabile. L'infanzia e gran parte dell'adolescenza di Louis trascorrono senza veri e propri contatti con il mondo esterno. L'esperienza della scuola pubblica è breve e traumatica. Gli studi proseguono in casa con un tutore. Nell'ambiente di famiglia acquista netto rilievo la governante, Alison Cunningham, detta

Cummie, alle cui cure è affidato il bambino. Da costei Louis è immerso in un mondo fantasioso e in pari tempo ispirato a rigidi principi morali. In Cummie immaginazione e popolaresca enfasi dell'eloquio vanno unite alla bigotteria e al fanatismo tipico dei *Covenanters*, l'ala calvinistica rimasta esclusa dalla chiesa nazionale presbiteriana. La figura della governante, il suo affetto profondo, le letture e il suo modo di drammatizzare episodi della *Bibbia* e del *Pilgrim's Progress* di Bunyan ci sono stati trasmessi dai vivi ricordi di Stevenson, il quale annota tra l'altro: «La cronaca della mia malattia è narrata dalle terribili lunghe notti durante le quali giacevo sveglio, afflitto da una tosse lancinante, senza tregua, mentre invocavo dal fondo del mio corpicino squassato l'avvento del sonno o del mattino... Quando torno col pensiero a quelle notti, ricordo con gratitudine l'affetto instancabile che mi dimostrava la mia buona governante, e con esso la capacità di soffrire con me. Ricordo quando mi prendeva in collo e mi portava al davanzale della finestra per farmi vedere qualche altra finestra illuminata oltre i giardini, mentre ci dicevamo l'un l'altra che doveva esserci qualche altro bambino malato con la sua nutrice in attesa, come noi, del mattino. Altre scene notturne, connesse con la mia malattia, mi ricordano gli accessi di delirio che mi svegliavano improvvisamente dal torpore febbricitante gettandomi in un terrore tale, quale non ho mai più provato in tutta la vita. Allora mio padre saliva in camera e si sedeva sulla sponda del letto fingendo di conversare con la guardia, il cocchiere o il taverniere. Dopo questi attacchi doveva passare molto tempo prima che me la sentissi di restare solo».

1863-1869
Soggiorna per un breve periodo in Francia e compie un viaggio in Italia con la madre. Trascorre le estati di questi anni nella casa parrocchiale del nonno, a Colinton, nella campagna di Edimburgo, alle pendici dei Pentland. Ha modo di frequentare altri giovani, fra cui i cugini, impara a cavalcare e a familiarizzare con la cultura folklorica scozzese.

Riferendosi ai soggiorni estivi di Colinton, scriverà più tardi di avere vissuto colà «la mia età dell'oro». La stessa dimora parrocchiale resterà viva nella memoria dello scrittore, come testimonia il seguente passo tratto da *Memoirs and Portraits* (Memorie e ritratti): «Era allora un luogo unico al mondo: il giardino suddiviso in settori da grandi siepi di faggina, sormontato dalla chiesa e dal terrapieno del camposanto cosparso di tombe, dove di notte potevamo scorgere, almeno noi bambini, i fuochi fatui che danzavano; i vasi da fiori che si beavano del calore del sole; i lauri e l'immenso tasso che gettavano un'ombra orrida e affascinante; l'afrore dell'acqua che emanava ovunque frammisto all'odore inconfondibile delle cartiere, e ovunque il gorgoglio dell'acqua e quello dei mulini, la musica degli argini che si alternava a quella della ruota; gli uccelli nei cespugli e in ogni angolo del bosco sovrastante che emettevano i loro canti fino a fare vibrare l'aria, e in mezzo a tutto questo la casa parrocchiale». Ben più tetri gli inverni edimburghesi di questi anni che vedono l'adolescente solitario crearsi un proprio mondo immaginario e coltivare la propensione, dovuta alla malattia e alla vita appartata, al fantasticare e al narrarsi ad alta voce interminabili storie. Si sa per certo del fascino suscitato in lui dalle letture materne del *Macbeth* di Shakespeare. Nella biblioteca paterna fa poi due scoperte che lo influenzeranno per tutta la vita: il romanziere, e genio tutelare del luogo, Walter Scott e, nel 1863, i libri di Dumas. Altra lettura importante è quella degli storiografi scozzesi della tradizione *covenant* che influiranno sulla sua futura creazione di eroi manichei e sulla stessa retorica narrativa. Assai precoce è anche l'ammirazione che provò per *The Book of Snobs* di W.M. Thackeray senza dubbio in linea, e lo diciamo a posteriori, con *il dandysmo* di molti suoi personaggi e il senso dell'umorismo dei primi racconti. Le letture appassionate e i primi tentativi letterari non incontrarono, come si crede in genere, la riprovazione paterna. Thomas riteneva infatti tale esercizio letterario una parte integrante della cultura di un giovane borghese e giungerà perfino a stampare a sue spese un racconto del figlio adolescente.

D'altra parte è radicata in lui la convinzione che sarà la provvidenza a guidare il figlio verso la professione degli avi. Con l'assai tenue vocazione di progettare fari per il Board of Northern Lights, Louis si iscrive all'università edimburghese e a più riprese accompagna il padre lungo la costa a ispezionare i fari e a studiare i luoghi più adatti per istallare nuovi impianti. Si sviluppa in lui quel senso topografico del narrare che, sebbene tipico di pagine memorialistiche, diventa talora una componente essenziale in alcuni romanzi e racconti come in *The Pavilion on the Links* (Il padiglione sulle dune) e *Kidnapped* (Il fanciullo rapito) con le loro straordinarie descrizioni delle coste scozzesi. Per uno scrittore come Stevenson, che ha il dono di immedesimarsi nello spirito del luogo, le escursioni costiere forniscono una conoscenza inconfondibile del paesaggio, del flusso delle maree, della distesa metamorfica delle dune sabbiose, degli speroni di roccia e uno stimolo eccezionale dell'immaginazione.

1870-1873

Fa le prime amicizie, alcune delle quali durature, come quella con Charles Baxter, suo futuro legale. Frattanto il novero delle sue letture si è venuto ampliando, fino a comprendere autori classici e innovatori, antichi e moderni, da Orazio a George Eliot, da Bunyan a Walt Whitman, da Defoe a Thoreau. Ha una vera predilezione per i saggi di Montaigne e un vivo interesse per la cultura positivistica, da Darwin a Herbert Spencer. Infatti ironici accenni a Darwin, così come a Malthus, si troveranno nel *Club dei Suicidi*. Nel 1869 aveva cominciato a frequentare la Speculative Society, un'associazione culturale molto avanzata per la borghesia scozzese, e non priva di fermenti di rivolta e di tendenze iconoclaste verso il conformismo e la facciata puritana di quella società. Louis trova in questo ambiente una valvola di sfogo alle proprie confuse aspirazioni. Per qualche tempo si professa socialista, anche se la sua dimensione intellettuale sarà piuttosto quella di un moralista e non quella di uno scrittore impegnato. Ma pro-

prio a questa dimensione morale va ricondotta la rivolta del giovane contro la rispettabilità compiaciuta della borghesia presbiteriana. Una rivolta che si traduce in atteggiamenti esteriori, *bohemiens*, nella frequentazione dei quartieri più miserabili di Edimburgo alla ricerca della compagnia di ladri e prostitute, di marinai e di avventurieri, «una cerchia che mutava di continuo a opera della polizia»; una rivolta che lo porta a opporre un insegnamento e una pratica genuinamente evangelici alla teologia cristiana tradizionale. La vita «scapigliata» che conduce con Baxter, il cugino Bob Stevenson e con altri, fa precipitare il latente contrasto con il padre che Louis affronta in due diverse occasioni. Nel 1871 gli dichiara formalmente di volere abbandonare gli studi di ingegneria. Per quanto agli occhi di Thomas la decisione dovesse apparire un tradimento della «predestinazione» e il crollo di un sogno coltivato sin dalla nascita dell'unico figlio, la sua reazione fu contenuta. Non dimentichiamo infatti che lui stesso l'aveva aiutato a redigere una relazione scientifica su *Un nuovo tipo di fari a luce intermittente*, letta quello stesso anno alla Royal Scottish Society. Proprio per trovare una mediazione con il padre, Louis si iscrive a giurisprudenza. Prenderà la laurea nel 1875, senza per altro iniziare l'esercizio della professione. Nel 1873 la rottura con il padre è irrevocabile dopo l'aperta dichiarazione di ateismo da parte di Louis e la decisione di dedicarsi alla letteratura. Nello stesso anno conosce Frances Jane Sitwell, una donna di talento gravitante nel mondo artistico, alla quale rimarrà legato per lungo tempo in un rapporto ove la dimensione erotica è sublimata, come appare dalle lettere che le scrive in stile preraffaellita, nella venerazione platonica e filiale. Fa amicizia con il critico artistico e letterario Sidney Colvin.

1874-1879
Con l'acuirsi dei sintomi della malattia polmonare, la famiglia concede a Louis un soggiorno a Mentone. Fra il 1874 e il 1879 passerà parte dell'anno in Francia con frequenti soggiorni a Barbizon, nella foresta di Fontainbleau,

un luogo frequentato da pittori e artisti di varie naziona-
lità: «Per un certo periodo sono stato un barbizoniano
convinto; *et ego in Arcadia vixi*; è stato un periodo stupen-
do: il villaggio silente al limitare della foresta è diventato
nella memoria, per me come molti altri, una macchia verde. Il grande Millet era morto da poco, chiuse le persiane
della sua umile casa, le figlie in lutto. La locanda di Siron,
alloggio abituale degli artisti, aveva regole semplici. A
qualsiasi ora della sera, al rientro dalla foresta, si beveva-
no liquori nella sala del bigliardo, o si poteva scendere in
cantina per risalire carichi di bottiglie di vino e di birra. A
qualsiasi ora del mattino si poteva avere il caffè o del latte
freddo prima di affrontare la foresta. Non era raro essere
svegliati dal battere d'ali delle colombe che entravano in
camera; sulla soglia della locanda s'avvertiva l'aroma del
bosco». Prosegue frattanto il rigoroso esercizio stilistico
per rendere più rispondenti gli strumenti espressivi. Annoterà molto più tardi, riferendosi a questo periodo: «Ogni
volta che mi imbattevo in un libro o in un brano che mi
piaceva e in cui venivano resi con proprietà un dato tema o
un certo effetto, in uno stile e con una forza inconfondibi-
li, mi mettevo subito a imitare quell'autore. Sapevo di non
riuscirci, eppure provavo e riprovavo finché, dopo una serie di tentativi, cominciavo ad avere una nozione del ritmo, dell'armonia, della costruzione e dell'interdipendenza
delle parti. Sono stato un assiduo imitatore di Hazlitt,
Lamb, Wordsworth, Baudelaire, Obermann». L'attività
creativa va polarizzandosi nei due settori della saggistica e
dei resoconti di viaggio. Scrive saggi su Poe, Whitman,
Hugo e Villon, il poeta maledetto che nella sua mente si as-
socia con compiacenza autobiografica ai poeti ribelli scozzesi Robert Burns e Robert Fergusson. Nel 1878 pubblica
An Inland Voyage (Un'escursione nell'entroterra); nel 1879
Travels with a Donkey in the Cevennes (Viaggi a dorso di
mulo nelle Cevennes). Lavora ad alcuni racconti che com-
pariranno nella raccolta *The New Arabian Nights* (Le nuove Mille e una notte), racconti di ambientazione francese,
a metà strada fra il ricordo personale, come nel bozzetto

Providence and the Guitar (La provvidenza e una chitarra), la riesumazione della «novella», come in *The Sire of Malétroit Door* (La porta del sire di Malétroit), e il frammento biografico, come in *A Lodging for the Night* (Un tetto per la notte). In questo periodo stringe amicizia con i critici Leslie Stephen e Andrew Lang e con lo scrittore George Meredith. Nel 1876 incontra a Grez un'americana d'una decina d'anni più grande di lui, Fanny Van de Grift sposata Osbourne. Fanny è una donna dal temperamento energico e avventuroso. Pressoché abbandonata dal marito, che pure la mantiene, è venuta in Francia con i due figli, Belle e Lloyd, per studiare pittura. Con lei Louis ha una relazione che ben presto si traduce nel progetto di matrimonio. Come annota Leslie Fiedler, Fanny presenta una indiscutibile dimensione materna agli occhi di Stevenson, per quanto rimossa nella solidale passione per la vita avventurosa. Ma all'improvviso Fanny deve tornare negli Stati Uniti perché il marito le ha tagliato ogni sovvenzione. L'anno seguente, dopo avere ricevuto una lettera in cui Fanny gli comunica di essere gravemente ammalata, Louis decide di imbarcarsi per l'America, contro i consigli degli amici e la volontà dei genitori che avevano confidato nel potere dissuasivo dell'oceano interposto fra i due amanti. Durante la traversata raccoglie appunti per il volume *The Amateur Emigrant* (L'emigrante dilettante), la cui pubblicazione sarà poi ostacolata dagli amici e dal padre per il modo diretto e documentario con cui Stevenson registra la condizione di abbrutimento in cui vivono gli emigranti del Vecchio Continente nel loro viaggio di speranza. Si è ormai avverato quanto aveva scritto alla madre nel 1874: «Devi renderti conto che sarò un nomade fino alla fine dei miei giorni. Non sai quanto l'ho agognato ai vecchi tempi, quando correvo a vedere i treni in partenza e desideravo andarmene con loro. Ora sai che devi considerare come parte integrante di me questa propensione alla vita errabonda. Devo essere un girovago. Dopo tutto è anche colpa tua, non è vero? Non avresti dovuto avere un vagabondo per figlio».

1880-1887

Soggiorna a San Francisco e a Monterey in attesa che Fanny ottenga il divorzio. Come annota poco dopo il suo arrivo, «San Francisco è il più grande crogiuolo di razze e metalli preziosi, una città che sta a guardia della porta del Pacifico, un porto d'ingresso a un altro mondo, a un'era più giovane della storia dell'umanità». Nell'angiporto frequenta marinai, commercianti delle isole del Pacifico, avventurieri, un mondo ancora una volta randagio, multiforme, spesso emarginato e tuttavia composto di «uomini veri, resi tali se non per studio, certo per esperienza; tutto quanto dicevano costoro era pervaso di poesia, perché l'uomo di cuore, quando non sia soltanto una canaglia, è il parente povero dell'artista». Mette mano a numerosi progetti e porta a termine uno dei suoi più bei racconti (e il migliore delle *New Arabian Nights*), *The Pavilion on the Links*, iniziato a Londra nel '78. Si sposa con Fanny, che nel frattempo ha ottenuto il divorzio, con la quale trascorre un periodo di stenti in un villaggio abbandonato dai minatori del monte Saint Helena a nord di San Francisco. È un modo per fuggire le insidiose nebbie della metropoli e per rinnovare il fascino della vita primitiva. Dall'originale luna di miele nascerà *The Silverado Squatters* (Gli accampati di Silverado). La donna con cui Stevenson contrae quello che lui stesso definisce, riferendosi alle proprie condizioni fisiche, «un matrimonio *in extremis*» è così descritta da Sidney Colvin: «Fanny è una donna di forte personalità, interessante, romantica quasi come lui [Stevenson], inseparabile compagna dei suoi pensieri e fedele amica delle sue avventure. Nella malattia, è la più devota ed efficiente delle infermiere». Il matrimonio con Fanny è per Louis non tanto una ripetizione, quanto l'autentica ricerca di un'infanzia mai vissuta e di una madre mai realmente posseduta senza avvertire il gelo dell'ombra paterna. Lo stesso figlio di Fanny, Lloyd Osbourne, diventa per Louis un fratello con cui divertirsi, fino a convertire tale divertimento nella collaborazione letteraria con il romanzo *The Wrong Box* (La cassa sbagliata) del 1887 Malgrado le doti

di Fanny, le sorti della famiglia si fanno insostenibili. Per probabile intercessione degli amici inglesi e scozzesi, la coppia riceve dal vecchio Thomas gli aiuti che le permettono di ritornare a Edimburgo. Annoterà Stevenson con ironia di essere caduto più volte, ma sempre «sulle gambe del padre». Molti biografi mettono in risalto il ruolo di mediazione svolto da Fanny tra le reciproche sordità del padre e del figlio. Sempre grazie agli aiuti paterni, gli Stevenson possono vivere alternativamente a Londra e in Francia. Nel frattempo arrivano i primi proventi dell'attività di scrittore. Se le *New Arabian Nights*, pubblicate nel 1882, hanno avuto un'accoglienza tiepida, *The Silverado Squatters* ha maggiore successo. Un buon contributo economico arriva con la vendita in America dei diritti del romanzo per ragazzi *Treasure Island* (L'isola del tesoro). Scritto da Stevenson prendendo spunto da una mappa, tracciata per giuoco con il figlio di Fanny, questo racconto mette in risalto il tema della ricerca che è di per sé più importante dell'oggetto della ricerca stessa, e con essa l'ambiguità morale di quanti vi si impegnano. Nel racconto che, come tutti i libri per l'infanzia, è leggibile a più livelli, si mescolano le fantasie e le letture adolescenziali, le lunghe escursioni costiere con il padre e lo scenario californiano. Le frequenti ricadute della malattia polmonare lo costringono a soggiornare a Davos in Svizzera e quindi in Francia, nelle isole Hières. Il passaggio da un sanatorio all'altro incide sulle risorse economiche, anche se Stevenson considera la precarietà finanziaria con un misto di umorismo e di ironia: «Sono ormai una persona con una cattiva salute stabile, una moglie e un cane indiavolato, uno chalet sulla collina che dà sul Mediterraneo, una certa reputazione e finanze delle più oscure». Lavora a *Prince Otto* (Il principe Otto), il suo unico romanzo incentrato sull'idillio amoroso, e pubblica a fascicoli nel «Young Folks» *The Black Arrow* (La freccia nera). Nel 1885 esce la seconda serie delle *New Arabian Nights* che contiene il romanzo, scritto in collaborazione con Fanny, *The Dynamiter* (Il dinamitardo) in cui, adottando un'ottica mobile desunta da Wilkie Collins, de-

scrive in maniera romanzesca le inquietudini sociali e i moti anarcoidi degli anni Ottanta in Gran Bretagna. Nel 1886 escono *Kidnapped* (Il fanciullo rapito) e *The Strange Case of Dr. Jekyll and Mr. Hyde* (Lo strano caso del dottor Jekyll e del signor Hyde) scritto nel 1885 a Skerryvore Cottage, Bournemouth, i cui proventi assicurano una maggiore stabilità economica alla famiglia. Riguardo all'ultimo fortunatissimo romanzo, annota Graham Balfour, cugino e biografo di Louis: «Il successo era dovuto più al senso morale del pubblico, che alla consapevolezza della narrazione artistica. Il romanzo fu letto da chi non aveva mai preso in mano un'opera narrativa, venne citato dai pulpiti e divenne il tema ricorrente degli articoli di fondo dei giornali religiosi». Il romanzo è la rappresentazione schematica del tema della scissione della personalità, una tematica tipicamente stevensoniana, da *The Body Snatcher* (Il trafugatore di cadaveri), a *Markheim*, a *The Master of Ballantrae* (Il signore di Ballantrae), correlata alle ipocrisie e alle rimozioni della società calvinistica. Con sicuro istinto del proprio tempo, Stevenson seppe cogliere il legame fra rimozione puritana da un lato, e sensualità e sadismo dall'altro, anche se preferì tradurre la violenza sessuale dell'eroe negativo in brutalità fisica. Le fortunate prove di questi anni mettono in risalto l'inesauribile creatività di Stevenson che non abusò mai di un filone sperimentato, per quanto fortunato si fosse dimostrato. E anche a questo è dovuta la stima di Henry James, il romanziere americano che Louis conobbe a Bournemouth nel 1885, e con il quale intesserà un nutrito e famoso epistolario. All'apice della propria carriera Stevenson distingueva tre forme di romanzo, anche se poi, negli esempi migliori, le tre dimensioni confluivano in una: «Per primo c'è il romanzo d'avventure, che fa appello agli istinti sensuali e alle tendenze irrazionali; secondo il romanzo psicologico, che sollecita il nostro apprezzamento intellettuale per le debolezze umane, la loro mescolanza e discontinuità; terzo, il romanzo drammatico che è fatto a somiglianza del miglior teatro e fa appello alle nostre emozioni e al giudizio morale».

1888-1894

Dopo la morte del padre, potendo disporre di sufficiente denaro, Louis, Fanny, Lloyd e la madre dello scrittore partono per gli Stati Uniti alla ricerca di un clima adatto per Louis. Dopo un anno di permanenza a New York, ove Louis porta a termine *The Master of Ballantrae*, s'imbarcano per una lunga crociera nel Pacifico meridionale, toccando le isole Marchesi, Tahiti, Honolulu da dove, dopo una sosta di sei mesi, ripartono per le isole Gilbert e quindi per le Samoa. Le Samoa, che sarebbero dovute essere solo una tappa del viaggio verso l'Australia, prima del definitivo ritorno in patria, diventano la residenza definitiva degli Stevenson. Nell'isola di Upolu, la maggiore delle Samoa, Louis si fa costruire una casa alle pendici del monte Vaea, così descritta da Balfour: «Al piano terra l'edificio comprende tre ambienti: un bagno, un ripostiglio e una cantina. Sopra ci sono cinque camere. Una veranda larga un dodici piedi aggetta dall'intero frontale e da un lato del fabbricato. Stevenson ha fatto coprire con pannelli metà della veranda e vi ha trasferito la propria camera e lo studio, mentre l'altra metà della veranda può essere chiusa, se occorre, da imposte mobili. Un letto, un paio di scaffali, una tavolaccia da cucina in legno d'abete e due seggiole costituiscono la mobilia, mentre alle pareti sono appese due o tre delle predilette acqueforti di Piranesi e le illustrazioni delle opere di Stevenson. Da una parte c'è una rastrelliera chiusa a lucchetto con una mezza dozzina di fucili Colt per la famiglia, caso mai ce ne fosse bisogno. La biblioteca è piena di libri sulle cui copertine è stata passata una mano di vernice per proteggerli dal clima umido. I settori più importanti sono quelli dedicati alla storia della Scozia, alla letteratura francese moderna e del quindicesimo secolo, alla storia militare e all'oceano Pacifico». Samoa è il luogo ove la salute di Louis migliora in maniera sorprendente. Sin dall'arrivo nei Mari del Sud aveva scritto: «Non m'immaginavo che esistessero luoghi come questi. La salute va a gonfie vele. Ho camminato a carponi nell'acqua per quattro ore in cerca di conchiglie. Sono sta

to cinque ore a cavallo. Che clima! Che viaggi! Gli attrac-
chi sul fare del giorno; i profili di nuove isole nell'alba gri-
gia, nuovi porti sovrastati dalla foresta, nuove grida d'allarme per gli squali e per la risacca. Il racconto di tutta la
mia vita è migliore di un poema». Nel 1890 comunica a
Colvin: «La vita che conduciamo è dura, bella, interessante. La casa è in uno stretto vallone del monte Vaea, a sei-
cento piedi sul mare, un nido sempre in procinto di essere
soffocato dalla foresta che combattiamo a suon di colpi
d'ascia e di dollari. Sono diventato matto a furia di lavora-
re fuori casa e alla fine ho deciso di smettere e mi sono
chiuso dentro per non mandare all'aria il lavoro letterario.
Estirpare l'erba e pulire il terreno è la cosa *più interessante*, e poi ti fa sentire che è una meraviglia!». In risposta alla
freddezza di Colvin, scrive a Henry James di sentirsi in
colpa verso gli amici e, anche se gli importava meno, nei
confronti della società «civile» e quindi aggiunge: «Ma
guarda questi luoghi e sii clemente nel giudicarmi. Mi sono più divertito nei pochi mesi che sono stato qui, che non
in tutta la mia vita. E ho avuto più salute in questo periodo, che non nei dieci anni trascorsi». E in effetti Louis lavora alacremente. Porta a termine, fra gli altri, *The Bottle
Imp* (Il diavolo nella bottiglia), *The Isle of Voices* (L'isola
delle voci), *The Beach of Falesa* (La spiaggia di Falesa). Altri romanzi come *The Wrecker* (Il naufrago) e *The Ebb Tide*
(Il riflusso della marea) gli procurano buoni introiti. Nel
contempo prende parte alla vita del luogo e in più occasioni difende gli indigeni dalla voracità dei mercanti europei
e americani. Deve fare da paciere nei casi di rivalità che la-
cerano le tribù delle isole in un contesto geografico, come
quello delle Samoa, in cui si scontrano le mire colonialisti-
che di tedeschi, inglesi e americani. La riconoscenza degli
indigeni verso colui che avevano chiamato Tusitala, «narratore di storie», diventa quasi una venerazione. Per Tusitala costruiscono una strada che conduce agevolmente dal
porto alla casa in località Vailima. Alla famiglia si è unita
frattanto la figlia di Fanny, Belle con il proprio figlio. Malgrado gli appelli degli amici scozzesi e l'affiorare di una

sottile angoscia dell'esilio, particolarmente viva in Fanny, Louis lavora a due delle sue più importanti esperienze letterarie: il frammento di romanzo *Weir of Hermiston* (Weir di Hermiston) e *In the South Seas* (Nei Mari del Sud), nella ormai caratteristica alternanza di romanzo e saggio biografico descrittivo, e nell'altrettanto abituale rivisitazione immaginaria della remota Scozia.

1894
Robert Louis Stevenson muore improvvisamente il 3 dicembre per emorragia cerebrale. Viene sepolto sul monte Vaea da cui si domina il Pacifico. Sulla tomba viene apposta una lapide con questi versi: «Qui giace nel luogo desiderato, / Tornato è il marinaio, tornato dal mare, / E tornato dal colle il cacciatore». Dopo la morte di Louis, la madre torna in Scozia, mentre Fanny e i figli restano per qualche tempo a Vailima prima di tornare negli Stati Uniti. Annesse poco dopo le Samoa occidentali alla Germania, la casa di Stevenson a Vailima sarebbe divenuta la residenza del governatore.

Bibliografia

1. *Aspetti della critica stevensoniana*

Le note vicissitudini di R.L. Stevenson, la lotta diuturna contro la cattiva salute, gli attriti con la famiglia e soprattutto con le convenzioni vittoriane, la tenacia con cui seguì la propria vocazione di scrittore hanno contribuito, vivente l'autore, a gettare le basi del mito dell'artista ribelle alle restrizioni sociali e ai vincoli del destino. La fama della sua vita errabonda e dei suoi viaggi, da quelli giovanili nel continente, al romanzesco inseguimento della donna amata nel Nuovo Mondo, alle peregrinazioni nelle isole del Pacifico, ove elegge la sua ultima dimora, ne ha fatto il soggetto prediletto di un culto biografico tipicamente anglosassone.

Tuttavia è dubbio che la fama biografica di Stevenson abbia giovato alla comprensione delle sue opere. Chi si accinga a studiare questo autore, o semplicemente a goderne romanzi e racconti, può notare la sproporzione fra la gran messe di biografie, talora pregevoli, sovente ripetitive e inutili, e l'esiguità degli studi critici. E ciò malgrado le non poche indicazioni dei suoi contemporanei, da quelle di H. James e di Conan Doyle, a quelle più tarde di Chesterton e di Borges, ivi compresa una nota osservazione di G.M. Hopkins che scriveva a Robert Bridges: «Stevenson è un maestro di stile raffinato, uno stile in cui ogni frase risulta polita come avviene in una poesia». Indicazioni che, nel caso migliore, si sono tradotte nell'esaltazione di una dimensione parnassiana della sua scrittura senza l'ausilio di un vero e proprio esame stilistico.

Salvo rare eccezioni, sembra che la critica stevensoniana

abbia privilegiato la specializzazione settoriale, senza per altro liberarsi completamente dal culto biografico o da quello per la raffinatezza della scrittura. E basterebbe pensare alle pagine penetranti di Leslie Fiedler sul tema della regressione infantile e della rimozione dell'eros. Ma è altresì necessario sottolineare che gli stimoli più vivaci alla lettura e all'analisi critica stevensoniane vengono da esperienze critiche assai diverse a riprova della proteiformità di questo scrittore. Per chi voglia rendersi conto dell'implicito, anche ideologico, contenuto in un romanzo come *The Strange Case of Dr. Jekyll and Mr. Hyde,* sarà utile tutto un filone di studi sul «doppio», dal classico studio di Otto Rank, *Il doppio,* oggi disponibile in una riedizione della Sugarco, Milano 1979 a *The Double in Literature,* di R. Rogers, Wayne University Press, Detroit 1970 (anche se la diade asimmetrica Jekyll-Hyde non costituisce un «doppio», ma una scissione della personalità).

Non diversamente accade per la peculiare forma narrativa di Stevenson, per la cui comprensione critica le monografie esistenti verranno sempre dopo le pagine di M. Bachtin sul «romanzo d'avventure», di cui ci limitiamo a citare il recente *Estetica e romanzo,* Einaudi, Torino 1979; e a quelle sul *romance* di N. Frye nella *Scrittura secolare,* Il Mulino, Bologna 1978; oltre alla versione italiana di alcuni saggi di G. Lucàks intitolati *Scritti sul romance,* Il Mulino, Bologna 1982. Un testo come *La letteratura fantastica* di T. Todorov, Garzanti, Milano 1977, servirà a sua volta a determinare la tipologia del «fantastico» stevensoniano, unitamente ad altri scritti critici sul romanzo fantastico come T.E. Apter, *Fantasy Literature,* Macmillan, London 1982.

Stabilite tali categorie, si potrà passare a ulteriori verifiche attraverso J. Symons, *Bloody Murder, from the Detective Story to Crime Novel,* Faber & Faber, London 1972 e J.G. Cawelty, *Adventure, Mystery, and Romance,* Chicago University Press, Chicago 1976; al fine di sondare i rapporti di Stevenson con il "romanzo poliziesco".

Attraverso questi studi sarà possibile gettare un ponte fra l'impressionistica esaltazione della sua raffinata scrittura e la forma organizzativa del racconto, fino a renderci

conto come quella forma atemporale del romanzo d'avventure cerchi di riscattarsi proprio nello stile, e come essa segni il senso della fuga spaziale e temporale di Stevenson più che il superamento delle sue contraddizioni.

2. *Opere di Robert Louis Stevenson*

OPERE COMPLETE

Il culto stevensoniano di parenti e collaboratori ha prodotto due edizioni non complete di *Works* conosciute come la «Edinburgh Edition», con la collaborazione dell'autore, e la «Pentland Edition» curata da E. Gosse. L'edizione completa e più attendibile dei *Works* è la «Tusitala Edition», Heinemann, London 1923-1927 in 35 voll. Buone anche la «Swanston Edition» a cura di A. Lang Chatto & Windus, London 1911-1912, nonché l'edizione dei *Works* a cura di L. Osbourne e F. Stevenson, Heinemann, London 1922-1923, che contiene un ricco corredo iconografico.

ROMANZI E RACCONTI

Singole opere dell'autore sono oggi reperibili in varie edizioni, per cui si elencano di seguito le maggiori opere stevensoniane con la data della prima edizione: *New Arabian Nights* Chatto & Windus, London 1882; *Treasure Island*, Cassell, London 1883; *More New Arabian Nights* (in collaborazione con la moglie), Longmans, London 1885; *The Strange Case of Dr. Jekyll and Mr. Hyde*, Longmans, London 1886; *Kidnapped*, Cassel, London 1886; *The Merry Men and other Tales and Fables*, Chatto & Windus, London 1887; *The Black Arrow*, Cassell, London 1888; *The Master of Ballantrae*, Cassell, London 1889; *The Wrong Box* (con Lloyd Osbourne), Cassell, London 1892; *Island Nights' Entertainments: Consisting of the Beach of Falesà*, *The Bottle Imp*, *The Isle of Voices*, Cassell, London 1893; *Catriona*, Cassell, London 1893; *The Ebb-Tide. A Trio and Quartette* (con Lloyd Osbourne), Heinemann, London 1894; *Weir of Hermiston: an Unfinished Romance*, Chatto & Windus, Lon-

don 1896; *St. Ives, being the Adventures of a French Prisoner in England* (portato a termine da A.T. Quiller-Couch), Heinemann, London 1897. Di tutte le opere narrative esistono innumerevoli edizioni moderne. Numerose anche le edizioni che raccolgono in un volume più titoli di racconti, o di romanzi e racconti. La narrativa stevensoniana è del pari presente in tutte le edizioni economiche.

POESIE E TEATRO

Moral Emblems and other Poems, edizione privata, Davos-Platz 1882, poi Chatto & Windus, London 1921; *A Child's Garden of Verses*, Longmans, London 1885; *Underwoods*, Chatto & Windus, London 1887; *Ballads*, Chatto & Windus, London 1890; *Songs of Travel, and other Verses*, Chatto & Windus, London 1895. Per il teatro: *Deacon Brodie* (con W.E. Henley), stampato privatamente, Edinburgh 1880; *Macaire* (con W.E. Henley), come sopra, Edinburgh 1885; *The Hanging Judge* (con la moglie Fanny), come sopra, London 1914. Inoltre, per una visione d'insieme della poesia stevensoniana, si può ricorrere all'edizione dei *Poems* a cura di Janet Adam Smith, Hart-Davis, London 1960 e quindi ai *Collected Poems* a cura dello stesso, Hart-Davis, London 1971.

ALTRE OPERE

An Inland Voyage, Kegan Paul & Co., London 1878; *Travels with a Donkey in the Cevennes*, Kegan Paul & Co., London 1879; *Virginibus Puerisque, and other Papers*, Kegan Paul & Co., London 1881; *Familiar Studies of Men and Books*, Chatto & Windus, London 1882; *The Silverado Squatters, Sketches from a Californian Mountain*, Chatto & Windus, London 1892; *A Footnote to History*, Cassell, London 1892; *The Amateur Emigrant*, Chatto & Windus, London 1895; *In the South Seas*, Chatto & Windus, London 1900.

LETTERE

Per il ricco epistolario stevensoniano si può ricorrere alla scelta curata da Sidney Colvin, *Letters of R.L. Stevenson*,

Methuen, London 1899; si vedano anche i quattro volumi delle *Selected Letters*, Methuen, London 1911.

3. *Rassegna della critica stevensoniana*

STUDI A CARATTERE BIOGRAFICO SULL'AUTORE

Della ricca messe di biografie stevensoniane, ci limitiamo a citare quelle più rappresentative: R. Aldington, *Portrait of a Rebel: the Life and Works of R.L. Stevenson*, Evans, London 1957 (trad. italiana, *Ritratto di un ribelle, vita e opere di R.L. Stevenson*, Mursia, Milano 1963); D. Daiches, *Robert Louis Stevenson*, William Maclellan, Glasgow 1947; J.C. Furnas, *Voyage to Windward: the Life of R.L. Stevenson*, Faber & Faber, London 1952; G.B. Stern, *R.L. Stevenson*, Longmans, London 1961; J. Adam Smith, *H. James and R.L. Stevenson, a Record of Friedship and Criticism*, Hart-Davis, London 1948; L. Cooper, *R.L. Stevenson, a Pictorial Biography*, Burns & Oates, London 1969; J. Calder, *R.L. Stevenson, A Life Study*, H. Hamilton, London 1980.

STUDI CRITICI

D. Daiches, *Stevenson and the Art of Fiction*, Yale University Press, New Haven 1951; R. Kiely, *R.L. Stevenson and the Fiction of Adventure*, Harvard University Press, Cambridge (Mass.) 1964; E.M. Eigner, *R.L. Stevenson and Romantic Tradition*, Princeton University Press, Princeton 1966; L. Fiedler, intr. al *Master of Ballantrae*, Oxford University Press, New York 1961, H.W. Garrod, *The Poetry of R.L. Stevenson*, in *Essays Presented to Sir Herbert Grierson*, Methuen, London 1948; M.L. Cazamian, *R.L. Stevenson*, in *Le Roman et les idées en Angleterre*, vol. III, *Les doctrines d'action et l'aventure*, Gallimard, Paris 1955; R.G. Swearingen, *The Prose Writings of R.L. Stevenson: a Guide*, Macmillan, London 1980; P. Mixer ed., *R.L. Stevenson. The Critical Heritage*, Routledge and Kegan Paul, London 1981; V. Nabokov, *R.L. Stevenson, Dr. Jekyll and Mr. Hyde*, in *Lectures on Literature*, Harcourt Brace Jovanovich, New York 1980

(traduzione italiana: *Lezioni di letteratura*, Garzanti, Milano 1982).

Su *Jekyll e Hyde* e sulla fortuna del romanzo nel cinema, cfr S.S. Prawer, *Caligari's Children*, Oxford University Press, Oxford 1980 (trad. italiana *I figli del dottor Caligari*, Editori Riuniti, Roma 1981).

CONTRIBUTI ITALIANI

C. Pavese, *R.L. Stevenson*, in *La letteratura americana e altri saggi*, Einaudi, Torino 1953; M. Praz, *Successo di Stevenson*, in *Cronache letterarie anglosassoni*, vol. I, Roma 1950; M. Praz, *Weir of Hermiston*, in *Saggi di letteratura e d'arte*, Milano 1952; E. Cocchi, introduzione a *Romanzi e racconti di R.L. Stevenson*, Casini, Roma 1950; S. Rosati, presentazione di *Tutti i racconti e i romanzi brevi di R.L. Stevenson*, Mursia, Milano 1963; G. Manganelli, introduzione a *Il Signore di Ballantrae*, Einaudi, Torino 1965; E. Giachino, introduzione a *Il Principe Otto*, Adelphi, Milano 1968; I. Calvino, introduzione a *Il padiglione sulle dune*, Einaudi, Torino 1973; M. Bonacina, introduzione a *Il Meglio di R.L. Stevenson*, Longanesi, Milano 1972; M. Praz, *Il doppio*, in *Il patto col serpente*, Mondadori, Milano 1972; L. Caretti, introduzione a *L'isola del tesoro*, Mondadori, Milano 1980. A. Brilli ha curato l'introduzione a *Le nuove Mille e una notte*, Mondadori, Milano 1980, nonché a *Romanzi, racconti e saggi*, Mondadori, Milano 1982. Si veda infine l'introduzione di S. Rossi alla edizione bilingue del *Dr. Jekyll e del Sig. Hyde*, Mursia, Milano 1982, nonché le note alla versione dello stesso romanzo a cura di C. Fruttero e F. Lucentini, Einaudi, Torino 1983.

Lo strano caso del dottor Jekyll e del signor Hyde

Il trafugatore di salme

Un capitolo sui sogni

The Strange Case
of Dr. Jekyll and Mr. Hyde

Story of the Door

Mr. Utterson the lawyer was a man of a rugged countenance, that was never lighted by a smile; cold,
scanty and embarrassed in discourse; backward in
sentiment; lean, long, dusty, dreary, and yet somehow lovable. At friendly meetings, and when the
wine was to his taste, something eminently human
beaconed from his eye; something indeed which
never found its way into his talk, but which spoke
not only in these silent symbols of the after-dinner
face, but more often and loudly in the acts of his life.
He was austere with himself; drank gin when he was
alone, to mortify a taste for vintages; and though he
enjoyed the theatre, had not crossed the doors of one
for twenty years. But he had an approved tolerance
for others; sometimes wondering, almost with envy,
at the high pressure of spirits involved in their mis-
deeds; and in any extremity inclined to help rather
than to reprove. "I incline to Cain's heresy," he used
to say quaintly: "I let my brother go to the devil in
his own way." In this character, it was frequently his

Lo strano caso
del dottor Jekyll e del signor Hyde[1]

Storia di una porta

Il signor Utterson, il legale, era una persona dall'aspetto ruvido,[2] mai illuminato da un sorriso; gelido, reticente, impacciato nel conversare, riluttante al sentimento, esile, allampanato, malmesso, tetro: nonostante tutto sapeva comunicare un che di amabile.

Fra amici, specie quando il vino gli andava a genio, nel suo sguardo baluginava un senso di umanità profonda. Un senso che, per quanto non riuscisse mai a tradursi in parole, sfoggiava la sua eloquenza non solo dopo il pranzo, nella compiacenza silente dei simboli del volto, ma ancor più sovente e con maggior ardore nelle azioni della vita. Era severo con se stesso; di tanto in tanto si concedeva il piacere solitario d'un sorso di gin per castigare una certa propensione ai vini di pregio; amante del teatro, non ne varcava la soglia ormai da venti anni. Con gli altri, invece, si mostrava di una grande tolleranza e non di rado assaporava lo stupore, non scevro da una certa invidia, al cospetto dell'incontenibile vitalismo che sospinge gli animi al delitto. Nei casi più truci era più disposto a comprendere che a condannare. «Tendo a schierarmi dalla parte di Caino» soleva dire con una punta di arguzia «e lascio che il mio fratello vada al diavolo come meglio preferisce.»[3] Con tale disposizione dell'animo, gli capitava spesso

fortune to be the last reputable acquaintance and the last good influence in the lives of downgoing men. And to such as these, so long as they came about his chambers, he never marked a shade of change in his demeanour.

No doubt the feat was easy to Mr. Utterson; for he was undemonstrative at the best, and even his friendship seemed to be founded in a similar catholicity of good-nature. It is the mark of a modest man to accept his friendly circle ready-made from the hands of opportunity; and that was the lawyer's way. His friends were those of his own blood or those whom he had known the longest; his affections, like ivy, were the growth of time, they implied no aptness in the object. Hence, no doubt, the bond that united him to Mr. Richard Enfield, his distant kinsman, the well-known man about town. It was a nut to crack for many, what these two could see in each other, or what subject they could find in common. It was reported by those who encountered them in their Sunday walks, that they said nothing, looked singularly dull, and would hail with obvious relief the appearance of a friend. For all that, the two men put the greatest store by these excursions, counted them the chief jewel of each week, and not only set aside occasions of pleasure, but even re-sisted the calls of business, that they might enjoy them uninterrupted.

It chanced on one of these rambles that their way led them down a by-street in a busy quarter of London The street was small and what is called quiet

di rivestire il ruolo dell'ultima stimabile conoscenza e dell'estremo, benefico confidente che potessero avere individui giunti al limite della degradazione. E fin tanto che costoro andavano a trovarlo nel suo studio, si vedevano trattati sempre allo stesso modo, senza il minimo mutamento.

Per il signor Utterson non era affatto difficile riuscirci, poiché era l'uomo più discreto che potesse esistere e persino le sue amicizie sembravano ispirate al crisma, del tutto analogo, della comprensione reciproca.[4] È tipico dell'uomo senza pretese accogliere nel novero delle proprie amicizie quanti gli vengono porti dalle mani del caso, e tale era infatti la consuetudine dell'avvocato. Per amici aveva i propri consanguinei o persone conosciute da tempo immemorabile. I suoi sentimenti crescevano con il passare del tempo, abbarbicandosi come l'edera, a prescindere dalla rispondenza che potessero avere. Di questo stampo erano i vincoli che lo univano al signor Richard Enfield, un parente alla lontana, ben noto uomo di mondo. Per molti era un rebus stabilire cosa quei due trovassero l'uno nell'altro, o cosa avessero in comune. Quanti li incontravano durante le loro passeggiate domenicali, riferivano poi che i due se ne stavano muti come pesci, lo sguardo assente, pronti a dare il benvenuto, con evidente sollievo, alla comparsa di un terzo conoscente. Nondimeno i due tenevano in gran conto queste passeggiate e le consideravano il momento più prezioso della settimana, tanto che, pur di non interrompere quella dolce litania, rinunciavano ad altre piacevoli occasioni e resistevano perfino al richiamo del lavoro.

Durante uno di quei vagabondaggi, il caso li condusse in una via fuori mano, in un operoso quartiere londinese. Quella strada era l'emblema di una quiete

but it drove a thriving trade on the weekdays. The inhabitants were all doing well, it seemed, and all emulously hoping to do better still, and laying out the surplus of their grains in coquetry; so that the shop fronts stood along that thoroughfare with an air of invitation, like rows of smiling saleswomen. Even on Sunday, when it veiled its more florid charms and lay comparatively empty of passage, the street shone out in contrast to its dingy neighbourhood, like a fire in a forest; and with its freshly painted shutters, well-polished brasses, and general cleanliness and gaiety of note, instantly caught and pleased the eye of the passenger.

Two doors from one corner, on the left hand going east, the line was broken by the entry of a court; and just at that point, a certain sinister block of building thrust forward its gable on the street. It was two stories high; showed no window, nothing but a door on the lower storey and a blind forehead of discoloured wall on the upper; and bore in every feature, the marks of prolonged and sordid negligence. The door, which was equipped with neither bell nor knocker, was blistered and distained. Tramps slouched into the recess and struck matches on the panels; children kept shop upon the steps; the schoolboy had tried his knife on the mouldings; and for close on a generation, no one had appeared to drive away these random visitors or to repair their ravages.

decorosa, sebbene durante la settimana brulicasse di fervidi commerci. Doveva abitarci un ceto benestante, a quanto pareva, tutta gente protesa a migliorare con solerte emulazione il proprio tenore di vita e disposta a investire l'eccedenza dei propri guadagni in opere di abbellimento, tanto è vero che le facciate delle botteghe si succedevano lungo la via con aria allettante, simili a una schiera di sorridenti commesse. Perfino la domenica, quando la via smorzava le sue più vivide note, ed era in proporzione più deserta, il nitore del luogo risaltava sulla tetraggine dei dintorni come un falò nella boscaglia, e con le sue imposte dipinte di fresco, le placche e i pomelli d'ottone lucidati a dovere, il senso diffuso di linda gaiezza, non mancava di attrarre e sedurre l'occhio del viandante.[5]

A un paio di porte da un cantone, sulla sinistra di chi fosse diretto a oriente, la sequela dei negozi s'interrompeva per dare accesso a un chiostro, e proprio in quel punto un casamento dall'aria sinistra protendeva sulla strada l'aggettante frontale. Era un edificio a due piani privo di finestre: al piano terra s'apriva soltanto una porta sovrastata dalla cieca superficie d'una muraglia slavata che proseguiva ininterrotta fino alla gronda. Sotto ogni aspetto ostentava i segni di un'annosa, sordida decadenza. La porta, cui mancavano campanello e batacchio, aveva la vernice scolorita, tutta bolle e screpolature. Sotto l'archivolto andavano ad accucciarsi i vagabondi che solevano sfregare gli zolfanelli sui battenti dell'uscio; sui gradini i mocciosi giocavano al mercato; gli scolari avevano messo alla prova i temperini sulle modanature, e per una generazione o giù di lì nessuno s'era preso la briga di cacciare quegli occasionali visitatori o di ripararne gli scempi.

Mr. Enfield and the lawyer were on the other side of the by-street; but when they came abreast of the entry, the former lifted up his cane and pointed.

"Did you ever remark that door?" he asked; and when his companion had replied in the affirmative, "It is connected in my mind," added he, "with a very odd story."

"Indeed?" said Mr. Utterson, with a slight change of voice, "and what was that?"

"Well, it was this way," returned Mr. Enfield: "I was coming home from some place at the end of the world, about three o'clock of a black winter morning, and my way lay through a part of town where there was literally nothing to be seen but lamps. Street after street, and all the folks asleep—street after street, all lighted up as if for a procession and all as empty as a church—till at last I got into that state of mind when a man listens and listens and begins to long for the sight of a policeman. All at once, I saw two figures: one a little man who was stumping along eastward at a good walk, and the other a girl of maybe eight or ten who was running as hard as she was able down a cross street. Well, sir, the two ran into one another naturally enough at the corner; and then came the horrible part of the thing; for the man trampled calmly over the child's body and left her screaming on the ground. It sounds nothing to hear, but it was hellish to see. It wasn't like a man; it was like some damned Juggernaut. I gave a view halloa, took to my heels, collared my gentleman, and brought him back to where there was already quite a

Il signor Enfield e l'avvocato passeggiavano dall'altro lato di quella via secondaria ma, quando furono all'altezza della porta, il primo gliela indicò sollevando la giannetta.

«Hai fatto mai caso a quell'uscio?» chiese; e alla risposta affermativa del compagno aggiunse: «Nella mia mente è connesso a una storia bizzarra.»

«Davvero!» disse il signor Utterson con una lieve incrinatura della voce. «E di che si tratta?»

«Ecco come andò» rispose il signor Enfield. «Verso le tre di un mattino d'inverno, buio come la pece, stavo rientrando a casa da un luogo in capo al mondo. Il mio itinerario si snodava attraverso quartieri della città in cui non c'era da vedere proprio niente all'infuori dei lampioni: una strada dopo l'altra, e tutta la gente a dormire... una strada dopo l'altra, nel fioco barbaglio dei lampioni che sembravano in processione, e tutto deserto come la navata d'una chiesa... Alla fine mi ritrovai in quello stato d'animo in cui si tende pieni d'ambascia l'orecchio e si scruta in giro invocando la presenza d'un poliziotto. All'improvviso scorsi due figure: l'una era un uomo piuttosto piccolo che arrancava verso oriente con un incedere goffo eppure veloce; l'altra era una bambina di otto o dieci anni che correva a perdifiato per una viuzza traversa. Ebbene, caro mio, fu inevitabile che i due si scontrassero al crocicchio e proprio allora successe una cosa orribile, perché l'uomo calpestò senza remore quel corpicino lasciando sul selciato la bambina che era tutto un urlo.[6] A sentirla raccontare non fa granché effetto, eppure era come assistere a una scena demoniaca. Quel tale non sembrava un essere umano, ma piuttosto qualche maledetto Juggernaut.[7] Gettai subito un grido d'allarme, mi buttai all'inseguimento di quel messere e, afferratolo per la collottola, lo riportai indietro fino al

group about the screaming child. He was perfectly cool and made no resistance, but gave me one look, so ugly that it brought out the sweat on me like running. The people who had turned out were the girl's own family; and pretty soon, the doctor, for whom she had been sent, put in his appearance. Well, the child was not much the worse, more frightened, according to the Sawbones; and there you might have supposed would be an end to it. But there was one curious circumstance. I had taken a loathing to my gentleman at first sight. So had the child's family, which was only natural. But the doctor's case was what struck me. He was the usual cut and dry apothecary, of no particular age and colour, with a strong Edinburgh accent, and about as emotional as a bagpipe. Well, sir, he was like the rest of us; every time he looked at my prisoner, I saw that Sawbones turn sick and white with the desire to kill him. I knew what was in his mind, just as he knew what was in mine; and killing being out of the question, we did the next best. We told the man we could and would make such a scandal out of this, as should make his name stink from one end of London to the other. If he had any friends or any credit, we undertook that he should lose them. And all the time, as we were pitching it in red hot, we were keeping the women off him as best we could, for they were as wild as harpies. I never saw a circle of such hateful faces; and there was the man in the middle, with a kind of

luogo in cui s'era formato un crocchio di persone attorno alla bambina che ancora strillava. Costui non
oppose resistenza e mantenne una gelida calma, anche se mi gettò un'occhiata così truce che mi fece venire i sudori come dopo una corsa. Le persone scese
in strada erano i familiari della bambina. L'avevano
mandata loro a chiamare il dottore, il quale difatti
comparve in capo a qualche minuto. La bambina non
sembrava aver riportato lesioni, solo tanto spavento:
così almeno sentenziò il medicastro.[8] E con ciò si sarebbe potuto dir chiusa la storia, se non si fosse verifi-
cata una curiosa circostanza. Quel messere che avevo
acciuffato aveva suscitato in me un odio istantaneo,
condiviso, com'è naturale, dai familiari della bambina. Ma quel che mi colpì fu il contegno del dottore.
Era il tipico medico, fatto e messo lì, così scialbo da
non rivelare né età né temperamento, con uno spicca-
to accento edimburghese e sensibile alle emozioni
quanto lo sarebbe stata una cornamusa.[9] Non ci cre-
deresti, mio caro, ma anche il medicastro aveva la nostra medesima reazione: ogni volta che guardava il
prigioniero si sbiancava in volto e fremeva dalla voglia
di fargli la buccia. Sapevo quel che gli frullava in testa,
come del resto lo sapeva lui nei miei confronti, ma
poiché non era questione di conciare la pelle a nessuno, cercammo di fare del nostro meglio per sistemare
la faccenda. Minacciammo quel tale di creare un tale
scandalo attorno alla storia, da esporre il suo nome
all'esecrazione di tutta Londra: gli garantimmo che,
se avesse avuto amici o qualche credito, li avrebbe
perduti e, mentre gliene dicevamo di cotte e di crude,[10] avevamo un gran da fare per tenerlo lontano dalle grinfie delle donne, invelenite come arpie. Non ho
mai visto un'accolita di facce così accese dall'odio. In
mezzo a quel cerchio c'era l'uomo con un ghigno di ge-

black, sneering coolness—frightened too, I could see that—but carrying it off, sir, really like Satan. 'If you choose to make capital out of this accident,' said he, 'I am naturally helpless. No gentleman but wishes to avoid a scene,' says he. 'Name your figure.' Well, we screwed him up to a hundred pounds for the child's family; he would have clearly liked to stick out; but there was something about the lot of us that meant mischief, and at last he struck. The next thing was to get the money; and where do you think he carried us but to that place with the door?—whipped out a key, went in, and presently came back with the matter of ten pounds in gold and a cheque for the balance on Coutts's, drawn payable to bearer and signed with a name that I can't mention, though it's one of the points of my story, but it was a name at least very well known and often printed. The figure was stiff; but the signature was good for more than that, if it was only genuine. I took the liberty of pointing out to my gentleman that the whole business looked apocryphal, and that a man does not, in real life, walk into a cellar door at four in the morning and come out with another man's cheque for close upon a hundred pounds. But he was quite easy and sneering. 'Set your mind at rest,' says he, 'I will stay with you till the banks open and cash the cheque myself.' So we all set off, the doctor, and the child's father, and our friend and myself, and passed the rest of the night in my chambers; and next day, when we had breakfasted, went in a body to the bank. I gave in the check myself, and said I had every reason to

lido livore... spaventato anche lui, lo vedevo bene...,
eppure capace di tener testa alla situazione, sissignore, come Satanasso in persona. "Se volete sfruttare
questo incidente per spillarmi quattrini" disse "non
posso oppormi. Qualunque gentiluomo al posto mio
vorrebbe evitare le chiassate, quindi ditemi quanto
volete." Be', gli scucimmo un centinaio di sterline per
la famiglia di quella povera stella; lui avrebbe voluto
tagliare la corda, ma il gruppetto che l'attorniava aveva un'aria non proprio raccomandabile per cui, alla fine, venne a più miti consigli. A questo punto doveva
andare a prendere il denaro e dove pensi che ci condu-
cesse... se non alla porta di questo edificio? Qui estrasse in fretta e furia una chiave, entrò e quasi subito fu di
ritorno con qualcosa come dieci sterline in oro e un
assegno della banca Coutts[11] per il resto della cifra,
pagabile al portatore e firmato da un nome che non
posso riferire, sebbene sia uno degli elementi salienti
della storia, un nome, comunque, molto noto e che ri-
corre spesso sui giornali. Era un bel gruzzolo, ma quel
che contava di più era la firma, se era autentica. Feci
notare al nostro messere che tutta la faccenda sapeva
di bruciato, poiché nella vita reale è difficile trovare un
tizio che, alle quattro del mattino, ti s'infila nella porta
d'uno scantinato e ne sgattaiola fuori con un assegno
di quasi cento sterline firmato da un'altra persona.
Quello tuttavia continuava a ghignare con imperterri-
ta soperchieria. "Non vi agitate" disse "rimarrò con voi
fin quando apriranno gli sportelli della banca e incas-
serò io stesso l'assegno." Così ci incamminammo tutti
quanti, il dottore, il padre della bambina, il nostro amico e io, e trascorremmo il resto della notte a casa mia. Il
giorno appresso, fatta la nostra brava colazione, ci re-
cammo in corteo alla banca. Fui io stesso a porgere
l'assegno, dicendo che avevo buoni motivi di crederlo

believe it was a forgery. Not a bit of it. The cheque was genuine."

"Tut-tut," said Mr. Utterson.

"I see you feel as I do," said Mr. Enfield. "Yes, it's a bad story. For my man was a fellow that nobody could have to do with, a really damnable man; and the person that drew the cheque is the very pink of the proprieties, celebrated too, and (what makes it worse) one of your fellows who do what they call good. Black mail, I suppose; an honest man paying through the nose for some of the capers of his youth. Black Mail House is what I call the place with the door, in consequence. Though even that, you know, is far from explaining all," he added, and with the words fell into a vein of musing.

From this he was recalled by Mr. Utterson asking rather suddenly: "And you don't know if the drawer of the cheque lives there?"

"A likely place, isn't it?" returned Mr. Enfield. "But I happen to have noticed his address; he lives in some square or other."

"And you never asked about the—place with the door?" said Mr. Utterson.

"No, sir: I had a delicacy," was the reply. "I feel very strongly about putting questions; it partakes too much of the style of the day of judgment. You start a question, and it's like starting a stone. You sit quietly on the top of a hill; and away the stone goes, starting others; and presently some bland old bird (the last you would have thought of) is knocked on the head in

falsificato: niente affatto, la firma era perfettamente autentica.»

«Guarda, guarda!» fece il signor Utterson.

«Vedo che c'è qualcosa che stona anche a te» disse il signor Enfield. «Sì, è una gran brutta storia. Quello era un individuo con il quale nessuno avrebbe voluto spartire alcunché, un essere immondo; mentre il firmatario dell'assegno è un esempio vivente di probità, assai rinomato e (quel che è ancor più penoso), uno di quei tuoi amici dediti, come si suol dire, a fare del bene. Ricatto, suppongo: una persona dabbene che si svena a furia di sborsare denaro per qualche scappatella di gioventù. Ecco perché chiamo questo edificio dall'unica porta la Casa del Ricatto. Sebbene anche questo, è chiaro, è ben lungi dal fornire una spiegazione plausibile.» E con queste parole sembrò perdersi in qualche sua meditazione.

Ne fu distolto da una domanda che il signor Utterson buttò là a bruciapelo: «E non sai se ci sta la persona che firmò l'assegno?».

«Un bel posticino, vero?» rispose il signor Enfield. «No, ne sono sicuro perché avevo notato di sfuggita l'indirizzo; quel tale vive in una piazza, non so bene dove.»

«E non hai chiesto informazioni circa... l'edificio che ha una sola porta?» disse il signor Utterson.

«Niente affatto, me l'ha impedito la mia inveterata discrezione» fu la risposta. «Non mi piace fare troppe domande, mi fanno pensare al giorno del giudizio universale. Porre una domanda è come mettere in moto una pietra: te ne stai tranquillo e beato sulla sommità di un colle e la pietra comincia a rotolare trascinando nella corsa altri detriti, e tutto a un tratto un buon vecchietto, l'ultima persona al mondo a cui avresti pensato, si busca un colpo sulla zucca

his own back garden and the family have to change their name. No sir, I make it a rule of mine: the more it looks like Queer Street, the less I ask."

"A very good rule, too," said the lawyer.

"But I have studied the place for myself," continued Mr. Enfield. "It seems scarcely a house. There is no other door, and nobody goes in or out of that one but, once in a great while, the gentleman of my adventure. There are three windows looking on the court on the first floor; none below; the windows are always shut but they're clean. And then there is a chimney which is generally smoking; so somebody must live there. And yet it's not so sure; for the buildings are so packed together about that court, that it's hard to say where one ends and another begins."

The pair walked on again for a while in silence; and then "Enfield," said Mr. Utterson, "that's a good rule of yours."

"Yes, I think it is," returned Enfield.

"But for all that," continued the lawyer, "there's one point I want to ask: I want to ask the name of that man who walked over the child."

"Well," said Mr. Enfield, "I can't see what harm it would do. It was a man of the name of Hyde."

"Hm," said Mr. Utterson. "What sort of a man is he to see?"

"He is not easy to describe. There is something wrong with his appearance; something displeasing, something down-right detestable. I never saw a man I so disliked, and yet I scarce know why. He must be deformed somewhere; he gives a strong feeling of deformity, although I couldn't specify the point. He's an ex-

mentre vanga il suo orticello e così la famiglia è costretta a cambiar nome. Nossignore, me ne sono fatto una norma di vita: più una faccenda sa di bruciato e meno faccio domande.»

«È una regola d'oro, oltretutto» disse l'avvocato.

«Tuttavia ho studiato la casa per conto mio»[12] proseguì il signor Enfield «e non sembra abitata. Di porte c'è quella sola e non vi entra o esce nessuno eccetto il nostro galantuomo, anche se molto di rado. Sul cortile s'affacciano tre finestre del piano superiore, mentre non ce ne sono al piano terra. Le finestre sono sempre sbarrate, ma hanno i vetri puliti. Poi c'è un comignolo che in genere fumiga, per cui qualcuno deve pur viverci. Ma anche questa non è una prova, perché su quel cortile si accatastano tali e tanti edifici che è difficile stabilire dove finisca l'uno e cominci l'altro.

I due passeggiarono per un certo tratto, in silenzio, poi:

«Enfield» disse il signor Utterson «quella tua norma è eccellente.»

«Sì, lo credo anch'io» replicò Enfield.

«Ciò nonostante» continuò l'avvocato «c'è un particolare su cui gradirei porgerti una domanda; vorrei sapere il nome dell'individuo che ha calpestato la bambina.»

«Be'» disse il signor Enfield «non vedo che male ci sia a dirtelo. Si tratta d'un tale di nome Hyde.»

«Mm...» bofonchiò il signor Utterson. «Che tipo d'uomo è?»

«Non saprei descrivertelo. Nel suo aspetto c'è qualcosa che non torna, qualcosa di sgradevole, di ignobile addirittura. Non mi è mai capitato d'incontrare una persona che mi abbia comunicato una simile, istintiva ripulsa. Ci deve essere qualcosa di deforme in lui e, anche se non saprei localizzarla, in quella figura s'avver

traordinary looking man, and yet I really can name nothing out of the way. No, sir; I can make no hand of it; I can't describe him. And it's not want of memory; for I declare I can see him this moment."

Mr. Utterson again walked some way in silence and obviously under a weight of consideration. "You are sure he used a key?" he inquired at last.

"My dear sir..." began Enfield, surprised out of himself.

"Yes, I know," said Utterson; "I know it must seem strange. The fact is, if I do not ask you the name of the other party, it is because I know it already. You see, Richard, your tale has gone home. If you have been inexact in any point, you had better correct it."

"I think you might have warned me," returned the other, with a touch of sullenness. "But I have been pedantically exact, as you call it. The fellow had a key; and what's more, he has it still. I saw him use it, not a week ago."

Mr. Utterson sighed deeply but said never a word; and the young man presently resumed. "Here is another lesson to say nothing," said he. "I am ashamed of my long tongue. Let us make a bargain never to refer to this again."

"With all my heart," said the lawyer. "I shake hands on that, Richard."

Search for Mr. Hyde

That evening Mr. Utterson came home to his bachelor house in sombre spirits and sat down to dinner

te un'anomalia. È un essere dall'aspetto sconcertante e tuttavia non si riesce a cogliere nulla in lui fuori del l'ordinario. Nossignore, non mi ci raccapezzo, e non riesco a descriverlo. E non è che mi fallisca la memoria, perché anche ora l'ho qui davanti agli occhi.»

Il signor Utterson riprese a camminare in silenzio per un bel tratto, assorto com'era nei propri pensieri «Sei sicuro che usasse una chiave?» domandò alla fine.

«Amico caro...» cominciò Enfield, preso alla sprovvista.

«Già, lo so» disse Utterson. «Può sembrare strano. Il fatto è che, se non ti chiedo il nome dell'altra persona, è perché lo so già. Vedi, Richard, il tuo racconto ha trovato in me l'ascoltatore ideale. Se non fossi stato meticoloso nel riferire i dettagli, faresti bene a integrarli.»

«Avresti potuto mettermi sull'avviso» rispose l'altro con una sfumatura di sdegno. «Ma sono stato scrupoloso fino al dettaglio, come dici tu. Quel tale aveva una chiave e, quel che più conta, ce l'ha ancora, perché ce l'ho visto almanaccare non più di una settimana fa.»

Il signor Utterson trasse un profondo sospiro, ma non aggiunse verbo e il giovane riprese a dire: «Ecco un'altra lezione che mi insegna a tenere la bocca chiusa. Mi vergogno quando penso di essere troppo linguacciuto. Facciamo un patto: non parliamo più di questa storia».

«Di tutto cuore» disse l'avvocato. «Te lo prometto, Richard, con una stretta di mano.»

Alla ricerca del signor Hyde

Quella sera il signor Utterson fece ritorno al suo alloggio di scapolo più cupo che mai e si sedette a tavola

without relish. It was his custom of a Sunday, when this meal was over, to sit close by the fire, a volume of some dry divinity on his reading desk, until the clock of the neighbouring church rang out the hour of twelve, when he would go soberly and gratefully to bed. On this night, however, as soon as the cloth was taken away, he took up a candle and went into his business room. There he opened his safe, took from the most private part of it a document endorsed on the envelope as Dr. Jekyll's Will, and sat down with a clouded brow to study its contents. The will was holograph, for Mr. Utterson, though he took charge of it now that it was made, had refused to lend the least assistance in the making of it; it provided not only that, in case of the decease of Henry Jekyll, M.D., D.C.L., L.L.D., F.R.S., etc., all his possessions were to pass into the hands of his "friend and benefactor Edward Hyde," but that in case of Dr. Jekyll's "disappearance or unexplained absence for any period exceeding three calendar months," the said Edward Hyde should step into the said Henry Jekyll's shoes without further delay and free from any burthen or obligation, beyond the payment of a few small sums to the members of the doctor's household. This document had long been the lawyer's eyesore. It offended him both as a lawyer and as a lover of the sane and customary sides of life, to whom the fanciful was the immodest. And hitherto it was his ignorance of Mr. Hyde that had swelled his indignation; now, by a sudden turn, it was his knowledge. It was already bad enough when the

senza la minima attrattiva. La domenica sera, dopo cena, aveva l'abitudine di mettersi accanto al camino con un tomo di una qualche arida branca di teologia sistemato sul leggio, fin quando batteva la mezzanotte all'orologio della chiesa accanto. Allora se ne andava a letto da persona morigerata, con un senso di appagamento nell'animo. Quella sera tuttavia, appena sparecchiata la tavola, prese un candeliere e se ne andò nello studio. Qui aprì la cassaforte, estrasse dal cantuccio più riposto un plico su cui era vergata la dicitura "Testamento del Dottor Jekyll" e si sedette con aria accigliata a studiarne le clausole. Era un testamento olografo perché il signor Utterson, sebbene lo avesse avuto in custodia dopo che era stato redatto, s'era rifiutato di prestare la benché minima assistenza a quella scrittura. Esso stabiliva non solo che in caso di decesso di Henry Jekyll, M.D., D.C.L., L.L.D., F.R.S.,[13] ecc., ecc., tutti i suoi averi sarebbero andati al suo "amico e benefattore Edward Hyde", ma anche che in caso di "scomparsa o di assenza inspiegabile superiore ai tre mesi" del dottor Jekyll il suddetto Edward Hyde sarebbe subentrato in tutto e per tutto al citato Henry Jekyll, senza indugio, libero da qualunque obbligo o pendenza, che non fosse la liquidazione di poche briciole ai domestici del dottore. Quel documento costituiva da tempo una spina per l'avvocato. Lo feriva nella sua etica di legale e di uomo amante di una vita moralmente sana e scandita dalle abitudini, per il quale la stramberia ha sempre qualcosa di smodato. Fino ad allora s'era sentito ribollire d'indignazione per non sapere nulla a proposito del signor Hyde; ora, con un repentino rovesciamento, perché sapeva. Era una faccenda già abbastanza sgradevole quella, legata all'evanescenza di un nome del quale non riusciva a sapere niente. Ma diventava senz'altro peggiore allor-

name was but a name of which he could learn no more. It was worse when it began to be clothed upon with detestable attributes; and out of the shifting, insubstantial mists that had so long baffled his eye, there leaped up the sudden, definite presentment of a fiend.

"I thought it was madness," he said, as he replaced the obnoxious paper in the safe, "and now I begin to fear it is disgrace."

With that he blew out his candle, put on a great-coat, and set forth in the direction of Cavendish Square, that citadel of medicine, where his friend, the great Dr. Lanyon, had his house and received his crowding patients. "If anyone knows, it will be Lanyon," he had thought.

The solemn butler knew and welcomed him; he was subjected to no stage of delay, but ushered direct from the door to the dining-room where Dr. Lanyon sat alone over his wine. This was a hearty, healthy, dapper, red-faced gentleman, with a shock of hair prematurely white, and a boisterous and decided manner. At sight of Mr. Utterson, he sprang up from his chair and welcomed him with both hands. The geniality, as was the way of the man, was somewhat theatrical to the eye; but it reposed on genuine feeling. For these two were old friends, old mates both at school and college, both thorough respectors of themselves and of each other, and what does not always follow, men who thoroughly enjoyed each other's company.

After a little rambling talk, the lawyer led up to the subject which so disagreeably preoccupied his mind.

ché quel nome cominciava a prender forma attraverso turpi connotati, e dalle impalpabili, fuggevoli brume che per tanto tempo avevano irriso i suoi occhi balzava improvviso e indubitabile il presentimento d'un demonio.

"L'avevo attribuito alla follia" disse fra sé e sé riconsegnando alla cassaforte il plico detestato "ora temo che si tratti di un'infamia." Quindi soffiò sul moccolo e, indossato il pastrano, uscì di casa dirigendosi verso Cavendish Square, il santuario della medicina, dove il suo amico, il famoso dottor Lanyon, aveva la sua abitazione e dove riceveva la folla dei suoi pazienti. "Se c'è qualcuno che ne sa qualcosa" aveva pensato fra sé "questi è il dottor Lanyon."

Il maggiordomo impettito lo conosceva bene, per cui gli dette il benvenuto e, senza fargli fare anticamera, lo introdusse subito nella sala da pranzo dove il dottor Lanyon sedeva solo ad assaporare un calice di vino. Era questi un uomo cordiale, pieno di salute, vivace, rubicondo, con una gran testa arruffata e incanutita prima del tempo e un modo di fare estroverso e risoluto. Appena vide il signor Utterson balzò in piedi e gli andò incontro tendendo entrambe le braccia. Quella prorompente cordialità, all'unisono con il suo temperamento, poteva apparire alquanto melodrammatica, eppure nasceva da un sentimento genuino. Quei due infatti erano amici di antica data, vecchi compagni di scuola e di collegio, entrambi rispettosi di se stessi e l'uno dell'altro e, cosa che non sempre ne deriva di conseguenza, due esseri che sapevano gustare la reciproca compagnia.

Dopo aver parlato per un po' del più e del meno, l'avvocato condusse il discorso sull'argomento che lo preoccupava con tanta sgradevole pertinacia.

"I suppose, Lanyon," said he "you and I must be the two oldest friends that Henry Jekyll has?"

"I wish the friends were younger," chuckled Dr. Lanyon. "But I suppose we are. And what of that? I see little of him now."

Indeed?" said Utterson. "I thought you had a bond of common interest."

"We had," was the reply. "But it is more than ten years since Henry Jekyll became too fanciful for me. He began to go wrong, wrong in mind; and though of course I continue to take an interest in him for old sake's sake, as they say, I see and I have seen devilish little of the man. Such unscientific balderdash," added the doctor, flushing suddenly purple, "would have estranged Damon and Pythias."

This little spirit of temper was somewhat of a relief to Mr. Utterson. "They have only differed on some point of science," he thought; and being a man of no scientific passions (except in the matter of conveyancing), he even added: "It is nothing worse than that!" He gave his friend a few seconds to recover his composure, and then approached the question he had come to put. "Did you ever come across a *protégé* of his—one Hyde?" he asked.

"Hyde?" repeated Lanyon. "No. Never heard of him. Since my time."

That was the amount of information that the lawyer carried back with him to the great, dark bed on which he tossed to and fro, until the small hours of the morning began to grow large. It was a night of little ease to his toiling mind, toiling in mere darkness and besieged by questions.

«Suppongo, Lanyon» disse «che tu e io siamo gli amici più vecchi che sono rimasti a Henry Jekyll.»

«Avrei preferito che gli amici fossero più giovani» ridacchiò il dottor Lanyon. «Ma credo che sia proprio così. E con ciò? Non lo vedo quasi mai.»

«Davvero!» disse Utterson. «Credevo che aveste interessi comuni.»

«Un tempo» fu la risposta. «Ma sono più di dieci anni che Henry Jekyll s'è fatto troppo immaginoso per i miei gusti. Ha cominciato a farneticare e a andare via di testa. Sebbene mi senta tuttora legato a lui in nome dei vecchi tempi, come si dice, l'ho veduto e lo vedo molto di rado. Tutti quegli sproloqui pseudoscientifici!» aggiunse facendosi all'improvviso paonazzo. «Avrebbero guastato i rapporti anche fra Damone e Pizia.»[14]

Quel breve accesso di collera fu un sollievo per il signor Utterson: "Si tratta soltanto di dissapori per quanto concerne la scienza" pensò, e poiché la sua attrazione per la scienza era alquanto fievole, a meno che non si trattasse di tangibili passaggi di proprietà, non si peritò di aggiungere: «Non è niente di grave, dunque». Lasciò al suo amico qualche istante perché riprendesse il proprio contegno e quindi gli rivolse la domanda per la quale era venuto.

«Ti è mai capitato di incontrare un suo *protégé*...[15] un certo Hyde?» chiese.

«Hyde?» gli fece eco Lanyon. «No, mai sentito questo nome, almeno ai miei tempi.»

Furono tutte qui le informazioni che l'avvocato si portò dietro, in quel suo lugubre catafalco di letto sul quale si girò e si rigirò senza requie, finché le ore piccole del mattino cominciarono a crescere. Quella notte arrecò ben scarso sollievo alla sua mente angustiata che brancolava nel buio, assediata da mille interrogativi.

Six o'clock struck on the bells of the church that was so conveniently near to Mr. Utterson's dwelling, and still he was digging at the problem. Hitherto it had touched him on the intellectual side alone; but now his imagination also was engaged, or rather enslaved; and as he lay and tossed in the gross darkness of the night and the curtained room, Mr. Enfield's tale went by before his mind in a scroll of lighted pictures. He would be aware of the great field of lamps of a nocturnal city; then of the figure of a man walking swiftly; then of a child running from the doctor's; and then these met, and that human Juggernaut trod the child down and passed on regardless of her screams. Or else he would see a room in a rich house, where his friend lay asleep, dreaming and smiling at his dreams; and then the door of that room would be opened, the curtains of the bed plucked apart, the sleeper recalled, and lo! there would stand by his side a figure to whom power was given, and even at that dead hour, he must rise and do its bidding. The figure in these two phases haunted the lawyer all night; and if at any time he dozed over, it was but to see it glide more stealthily through sleeping houses, or move the more swiftly and still the more swiftly, even to dizziness, through wider labyrinths of lamplighted city, and at every street corner crush a child and leave her screaming. And still the figure had no face by which he might know

Quando le campane della chiesa, la cui prossimità alla casa del signor Utterson rivelava una così diretta rispondenza, batterono sei rintocchi, lui se ne stava ancora a lambiccarsi il cervello attorno a quell'enigma. Sino ad allora aveva stuzzicato soltanto la sua curiosità intellettuale, ma ora sembrava avere accaparrato, o piuttosto soggiogato, anche la sua immaginazione. Mentre giaceva senza un attimo di pace nel buio della notte, reso ancora più impenetrabile dai pesanti tendaggi della camera, il racconto del signor Enfield gli si svolgeva dinnanzi alla mente come le immagini della lanterna magica. Vedeva la fuga interminabile dei lampioni nella città notturna, poi la sagoma d'un uomo che camminava lesto lesto e una bambina che correva tornando dalla casa del medico, poi i due si scontravano e quell'autentico Juggernaut travolgeva la bambina e la calpestava incurante degli strilli. Oppure gli appariva la camera di una dimora lussuosa, dove il suo amico dormiva sorridendo alla beatitudine dei propri sogni; poi si schiudeva la porta di quella camera, si scostavano le cortine del letto, il dormiente veniva ridestato dal suo sonno... ed ecco! ritto accanto alla sponda del letto compariva un personaggio a cui era dovuto ogni potere e ai cui comandi colui che poco prima dormiva doveva alzarsi, anche in quell'ora inane della notte, e tributargli obbedienza. La figura ossessionò tutta la notte l'avvocato in questi due ruoli diversi, e se ogni tanto questi si assopiva, era solo per vederla scivolare furtiva attraverso le case addormentate, oppure procedere sempre più svelta, più svelta, fino al parossismo, attraverso il più vasto labirinto d'una città illuminata dai lampioni, schiacciando a ogni cantone una bambina e lasciandola urlante per terra. E tuttavia il personaggio non aveva

it; even in his dreams, it had no face, or one that baffled him and melted before his eyes; and thus it was that there sprang up and grew apace in the lawyer's mind a singularly strong, almost an inordinate, curiosity to behold the features of the real Mr. Hyde. If he could but once set eyes on him, he thought the mystery would lighten and perhaps roll altogether away, as was the habit of mysterious things when well examined. He might see a reason for his friend's strange preference or bondage (call it which you please) and even for the startling clause of the will. At least it would be a face worth seeing: the face of a man who was without bowels of mercy: a face which had but to show itself to raise up, in the mind of the unimpressionable Enfield, a spirit of enduring hatred.

From that time forward, Mr. Utterson began to haunt the door in the by-street of shops. In the morning before office hours, at noon when business was plenty, and time scarce, at night under the face of the fogged city moon, by all lights and at all hours of solitude or concourse, the lawyer was to be found on his chosen post.

"If he be Mr. Hyde," he had thought, "I shall be Mr. Seek."

And at last his patience was rewarded. It was a fine dry night; frost in the air; the streets as clean as a ballroom floor; the lamps, unshaken, by any wind, drawing a regular pattern of light and shadow. By ten o'clock, when the shops were closed, the by-

un volto attraverso il quale poterlo riconoscere; persino nel sogno appariva senza volto, o si trattava di un volto sempre elusivo, pronto a dissolversi dinnanzi al suo sguardo.[16] Fu così che nella mente dell'avvocato scaturì e crebbe quanto mai risoluta, spasmodica, la curiosità di vedere la fisionomia del vero signor Hyde. Se mai gli fosse stato concesso di posare una sola volta lo sguardo su di lui, era convinto che il mistero si sarebbe diradato e forse svanito del tutto, come in genere succede coi fenomeni innaturali quando vengono osservati da vicino. Avrebbe potuto cogliere il senso di quella strana predilezione, o del vincolo (chiamatelo come vi pare), e persino delle clausole inusitate del testamento. Senza contare infine che doveva essere una faccia che valeva la pena di vedere: il volto d'un individuo senza un briciolo di misericordia, un volto la cui semplice comparsa aveva suscitato nella mente di Enfield, in genere così compassato, un senso di tenace rancore.

Da allora in poi il signor Utterson cominciò a bazzicare la stradina dalle linde botteghe tenendo d'occhio la porta fatidica. Lo si poteva scorgere nel suo posto di osservazione il mattino prima dell'orario d'ufficio, sul mezzogiorno quando il lavoro ferveva e il tempo era contato, di notte sotto lo sguardo velato della luna cittadina, con ogni luce e a tutte le ore, di trambusto e di quiete.

"Se lui è il signor Hyde" aveva pensato "io allora farò il signor Seek."[17]

Alla fine venne la ricompensa per la sua attesa paziente. Era una notte tersa e asciutta, l'aria frizzante le vie nitide come il pavimento d'una sala da ballo; le lampade immote nell'aria senza vento screziavano una trama regolare di luci e di ombre. Verso le dieci quando le botteghe erano ormai chiuse, quella strada

street was very solitary and, in spite of the low growl of London from all round, very silent. Small sounds carried far; domestic sounds out of the houses were clearly audible on either side of the roadway; and the rumour of the approach of any passenger preceded him by a long time. Mr. Utterson had been some minutes at his post, when he was aware of an odd, light footstep drawing near. In the course of his nightly patrols, he had long grown accustomed to the quaint effect with which the footfalls of a single person, while he is still a great way off, suddenly spring out distinct from the vast hum and clatter of the city. Yet his attention had never before been so sharply and decisively arrested; and it was with a strong, superstitious prevision of success that he withdrew into the entry of the court.

The steps drew swiftly nearer, and swelled out suddenly louder as they turned the end of the street. The lawyer, looking forth from the entry, could soon see what manner of man he had to deal with. He was small and very plainly dressed, and the look of him, even at that distance, went somehow strongly against the watcher's inclination. But he made straight for the door, crossing the roadway to save time; and as he came, he drew a key from his pocket like one approaching home.

Mr. Utterson stepped out and touched him on the shoulder as he passed. "Mr. Hyde, I think?"

Mr. Hyde shrank back with a hissing intake of the breath. But his fear was only momentary; and though he did not look the lawyer in the face, he answered coolly enough: "That is my name. What do you want?"

secondaria si fece deserta e silenziosa, malgrado il sordo ronfare della Londra circostante. Anche i minimi suoni trasmigravano lontano; da entrambi i lati della strada si percepivano netti i tintinnii domestici provenienti dalle case e l'eco dei passi d'un viandante che s'appressava ne dava anzi tempo l'annuncio. Il signor Utterson faceva la posta da qualche minuto, allorché avvertì un passo felpato, inconsueto che s'avvicinava. Durante le sue perlustrazioni notturne aveva fatto l'orecchio all'effetto curioso con cui i passi d'una persona singola, per quanto ancora distante, spiccavano all'improvviso sul possente ansimo e sul frastuono della città. Eppure non era mai successo prima che un rumore avesse captato la sua attenzione in maniera tanto perentoria e acuta. Si ritrasse dietro l'angolo d'accesso al cortile con il chiaro, istintivo presentimento che quella fosse l'occasione decisiva.

I passi si stavano avvicinando con rapidità e all'improvviso, appena imboccata la via, echeggiarono più sonori. Sporgendosi dal cantone l'avvocato poteva ormai rendersi conto con che genere di persona aveva a che fare. Era un uomo piccolo, vestito in modo usuale; ma anche a quella distanza il suo aspetto gli comunicò una sensazione spiacevole. Il nuovo venuto si diresse senza indugi verso la porta attraversando la strada per scorciare la distanza, e nel frattempo tirò fuori una chiave con il gesto abituale di chi rincasa.

Il signor Utterson si fece avanti e mentre quello gli passava dinnanzi, gli dette un colpetto sulla spalla: «Il signor Hyde, suppongo?».

Il signor Hyde si ritrasse di scatto, emettendo un sibilo nel riprendere fiato.[18] Fu solo un attimo di spavento perché, sebbene evitasse lo sguardo dell'avvocato, gli rispose con voce abbastanza gelida: «Sì, sono io. Che cosa volete?».

"I see you are going in," returned the lawyer. "I am an old friend of Dr. Jekyll's—Mr. Utterson of Gaunt Street—you must have heard my name; and meeting you so conveniently, I thought you might admit me."

"You will not find Dr. Jekyll; he is from home," replied Mr. Hyde, blowing in the key. And then suddenly, but still without looking up, "How did you know me?" he asked.

"On your side," said Mr. Utterson, "will you do me a favour?"

"With pleasure," replied the other. "What shall it be?"

"Will you let me see your face?" asked the lawyer.

Mr. Hyde appeared to hesitate, and then, as if upon some sudden reflection, fronted about with an air of defiance; and the pair stared at each other pretty fixedly for a few seconds. "Now I shall know you again," said Mr. Utterson. "It may be useful."

"Yes," returned Mr. Hyde, "it is as well we have, met; and *à propos*, you should have my address." And he gave a number of a street in Soho.

"Good God!" thought Mr. Utterson, "can he, too, have been thinking of the will?" But he kept his feelings to himself and only grunted in acknowledgment of the address.

"And now," said the other, "how did you know me?"

"By description," was the reply.

"Whose description?"

"We have common friends," said Mr. Utterson.

"Common friends?" echoed Mr. Hyde, a little hoarsely. "Who are they?"

"Jekyll, for instance," said the lawyer.

"He never told you," cried Mr. Hyde, with a flush of anger. "I did not think you would have lied."

«Vedo che siete in procinto di entrare» rispose l'avvocato. «Sono un vecchio amico del dottor Jekyll... Sono il signor Utterson di Gaunt Street, un nome che non dovrebbe suonarvi nuovo. Trovandovi qui, ho pensato di approfittare dell'occasione per entrare.»

«Ma non troverete il dottor Jekyll, è fuori casa» replicò il signor Hyde, infilando con gesto fulmineo la chiave. Poi all'improvviso, evitando sempre di guardarlo: «Come fate a conoscermi?» domandò.

«E voi, mi fareste un favore?» disse il signor Utterson.

«A disposizione» replicò l'altro. «Di che si tratta?»

«Potreste lasciarvi guardare in faccia?» chiese il legale.

Il signor Hyde sembrò esitare poi, seguendo l'impulso di una subitanea riflessione, si volse di fronte con aria di sfida. I due si fissarono a vicenda per qualche secondo: «Ora saprò riconoscervi» disse il signor Utterson. «E potrà essermi utile.»

«Certo» ribatté il signor Hyde «è stato un bene che ci siamo incontrati e, *à propos*, vi lascio il mio indirizzo.» Così dicendo gli comunicò il numero di una via di Soho.

"Buon Dio!" pensò il signor Utterson. "Che anche lui sia corso col pensiero al testamento?" Ma tenne per sé tale supposizione e borbottò qualcosa per ringraziarlo dell'indirizzo.

«E ora a voi» disse l'altro «come fate a conoscermi?»

«Dai vostri connotati» fu la risposta.

«E chi ve li ha forniti?»

«Abbiamo amici in comune» disse il signor Utterson.

«Amici in comune?» gli fece eco il signor Hyde con voce che s'era fatta più roca. «E chi sarebbero?»

«Jekyll, per esempio» disse il signor Utterson.

«Lui non vi ha mai parlato di me!» proruppe il signor Hyde in un impeto di furore. «Non vi credevo capace di menzogne.»

"Come," said Mr. Utterson, "that is not fitting language."

The other snarled aloud into a savage laugh; and the next moment, with extraordinary quickness, he had unlocked the door and disappeared into the house.

The lawyer stood a while when Mr. Hyde had left him, the picture of disquietude. Then he began slowly to mount the street, pausing every step or two and putting his hand to his brow like a man in mental perplexity. The problem he was thus debating as he walked, was one of a class that is rarely solved. Mr. Hyde was pale and dwarfish, he gave an impression of deformity without any nameable malformation, he had a displeasing smile, he had borne himself to the lawyer with a sort of murderous mixture of timidity and boldness, and he spoke with a husky, whispering and somewhat broken voice; all these were points against him, but not all of these together could explain the hitherto unknown disgust, loathing, and fear with which Mr. Utterson regarded him. "There must be something else," said the perplexed gentleman. "There *is* something more, if I could find a name for it. God bless me, the man seems hardly human! Something troglodytic, shall we say? or can it be the old story of Dr. Fell? or is it the mere radiance of a foul soul that thus transpires through, and transfigures, its clay continent? The last, I think; for, O my poor old Harry Jekyll, if ever I read Satan's signature upon a face, it is on that of your new friend."

«Via» disse Utterson «non è questo il modo di parlare.»

L'altro scoppiò in una risata selvaggia e un attimo dopo, con una rapidità prodigiosa, aveva già fatto scattare la serratura ed era sgattaiolato dentro.

Dopo la scomparsa del signor Hyde l'avvocato rimase attonito per un breve lasso di tempo, ritratto vivente dell'inquietudine. Poi riprese a ritroso la via, lemme lemme, sostando quasi a ogni passo e portandosi il palmo della mano sulla fronte, con il gesto di chi è in preda a una angosciosa perplessità. L'enigma che doveva affrontare, mentre procedeva, era uno di quelli cui è arduo fornire una soluzione. Il signor Hyde gli era apparso cereo e come rattrappito: dava l'impressione della deformità senza alcuna malformazione definita; aveva un sorriso repellente; verso di lui, poi, s'era comportato con un miscuglio delinquenziale di neghittosità e di arroganza; la sua voce era suonata rauca, tutta sibili e farfugliamenti...[19] particolari, questi, che andavano a suo discapito. Eppure anche assommandoli, non rendevano plausibile la ripugnanza, di un'intensità mai provata, oltre all'avversione e alla paura che il signor Utterson aveva avvertito mentre lo guardava. "Deve esserci qualcos'altro" disse dubbioso l'avvocato "c'è qualcosa di più, anche se non riesco a dargli un nome. Dio mi perdoni, ma non mi sembra nemmeno un essere umano. Dà l'idea, come dire, di un essere primordiale![20] O forse ricorda la vecchia favola del dottor Fell?[21] O si tratta dell'influsso di un'anima immonda che si manifesta al di fuori, trasfigurando il bozzolo[22] che la contiene? Forse proprio di questo si tratta, dal momento che, mio povero vecchio Henry Jekyll, se mai mi fu dato di scorgere l'impronta di Satana su di un volto, l'ho vista su quello del tuo nuovo amico!"

Round the corner from the by-street, there was a square of ancient, handsome houses, now for the most part decayed from their high estate and let in flats and chambers to all sorts and conditions of men: map-engravers, architects, shady lawyers, and the agents of obscure enterprises. One house, how-ever, second from the corner, was still occupied en-tire; and at the door of this, which wore a great air of wealth and comfort, though it was now plunged in darkness except for the fanlight, Mr. Utterson stopped and knocked. A well-dressed, elderly servant opened the door.

"Is Dr. Jekyll at home, Poole?" asked the lawyer.

"I will see, Mr. Utterson," said Poole, admitting the visitor, as he spoke, into a large, low-roofed, comfortable hall, paved with flags, warmed (after the fashion of a country house) by a bright, open fire, and furnished with costly cabinets of oak. "Will you wait here by the fire, sir? or shall I give you a light in the dining-room?"

"Here, thank you," said the lawyer, and he drew near and leaned on the tall fender. This hall, in which he was now left alone, was a pet fancy of his friend the doctor's; and Utterson himself was wont to speak of it as the pleasantest room in London. But tonight there was a shudder in his blood; the face of Hyde sat heavy on his memory; he felt (what was rare with him) a nausea and distaste of life; and in the gloom of his spirits, he seemed to read a menace in the flickering of the firelight on the polished cabi-nets and the uneasy starting of the shadow on the roof. He was ashamed of his relief, when Poole

Svoltando l'angolo della via secondaria c'era una piazza contornata da eleganti e antiche magioni, in gran parte decadute rispetto all'alto rango che ricoprivano un tempo. Erano state quasi tutte suddivise in appartamenti e camere singole e affittate a gente d'ogni risma: incisori, cartografi, architettucoli, avvocati di dubbia reputazione, agenti di equivoche imprese. Una di queste case, tuttavia, la seconda dopo l'angolo, aveva conservato la sua lussuosa integrità. Il signor Utterson si fermò dinnanzi alla dimora che ispirava un'aria di agio fastoso, per quanto immersa nell'oscurità tranne la lunetta a raggera sopra l'ingresso, e bussò alla porta. Gli aprì un vecchio domestico, vestito con eleganza.

«È in casa il dottor Jekyll, Poole?» chiese l'avvocato.

«Vado a vedere, signor Utterson» disse Poole, facendo entrare nel frattempo l'ospite in una sala d'ingresso dal soffitto basso, spaziosa, accogliente, con il pavimento di mattonelle a scacchiera, riscaldata (come si usa nelle ville di campagna) dalla viva fiamma di un camino aperto e arredata da pregevoli stipi di rovere. «Il signore preferisce attendere accanto al fuoco, o devo introdurlo in sala da pranzo?»

«Aspetto qui, grazie» rispose l'avvocato il quale, avvicinatosi al camino, si sporse oltre l'alto parafuoco. L'ambiente in cui era rimasto solo era la creazione prediletta del suo amico dottore, e si diceva che lo stesso Utterson ne parlasse come del soggiorno più accogliente di Londra.[23] Ma quella sera un brivido di gelo gli scorreva nelle vene, mentre nella memoria il volto di Hyde era una presenza invadente. Provava (e gli accadeva di rado) un senso di nausea e di disgusto per la vita e quella sua tetraggine gli faceva scorgere una minaccia nel riverbero delle fiamme sul rovere lustro e nell'inquieto palpitare dell'ombra sul soffitto. Quan-

presently returned to announce that Dr. Jekyll was gone out.

"I saw Mr. Hyde go in by the old dissecting-room door, Poole," he said. "Is that right, when Dr. Jekyll is from home?"

"Quite right, Mr. Utterson, sir," replied the servant. "Mr. Hyde has a key."

"Your master seems to repose a great deal of trust in that young man, Poole," resumed the other musingly.

"Yes, sir, he do indeed," said Poole. "We have all orders to obey him."

"I do not think I ever met Mr. Hyde?" asked Utterson.

"O, dear no, sir. He never *dines* here," replied the butler. "Indeed we see very little of him on this side of the house; he mostly comes and goes by the laboratory."

"Well, good-night, Poole."

"Good-night, Mr. Utterson."

And the lawyer set out homeward with a very heavy heart. "Poor Harry Jekyll," he thought, "my mind misgives me he is in deep waters! He was wild when he was young; a long while ago to be sure; but in the law of God, there is no statute of limitations. Ay, it must be that; the ghost of some old sin, the cancer of some concealed disgrace: punishment coming, *pede claudo*, years after memory has forgotten and self-love condoned the fault." And the lawyer, scared by the thought, brooded awhile on his own past, groping in all the corners of memory, lest by chance some Jack-in-the-Box of an old iniquity

do rientrò Poole per informarlo che il dottor Jekyll era uscito si sentì sollevato, e ne provò vergogna.

«Sentite, Poole, ho visto il signor Hyde entrare dalla porta di quello che un tempo era il teatro d'anatomia» disse. «È regolare che avvenga quando è assente il dottor Jekyll?»

«Del tutto normale, signor Utterson» rispose il domestico «il signor Hyde ha la chiave.»

«Il vostro padrone sembra riporre una fiducia illimitata in quel giovanotto, Poole» insistette l'avvocato assumendo un'aria stranita.

«Sì, signore, è proprio così» disse Poole «abbiamo tutti l'ordine di obbedirgli.»

«Non credo di aver mai incontrato il signor Hyde, vero?» chiese Utterson.

«Oh, no di certo, signore. Non fa mai *colazione* qui» rispose il maggiordomo. «In questa parte della casa non lo si vede quasi mai. Per lo più entra e esce dal laboratorio.»

«Ebbene, vi do la buona notte, Poole.»

«Buona notte, signor Utterson.»

L'avvocato uscì e prese la via di casa con un gran peso nel cuore. "Povero Harry Jekyll" pensava "ho paura che si trovi in cattive acque! Da giovane ha corso la cavallina... è passato tanto tempo ormai, certo, ma la Provvidenza divina non conosce prescrizioni. Deve essere proprio così: il fantasma di qualche antico peccato, il cancro di un'infamia segreta, il castigo che incalza, *pede claudo*, dopo anni che la memoria ha steso un velo d'oblio e l'indulgenza verso di sé ha perdonato la colpa." E l'avvocato si diede a meditare sul proprio passato atterrito da quell'idea, frugando nei più oscuri meandri della memoria nel timore che qualche vecchia colpa potesse balzargli dinnanzi come lo spauracchio di una scatola a sorpresa.[24] Ma il suo era un

should leap to light there. His past was fairly blame-
less; few men could read the rolls of their life with
less apprehension; yet he was humbled to the dust by
the many ill things he had done, and raised up again
into a sober and fearful gratitude by the many that he
had come so near to doing, yet avoided. And then by
a return on his former subject, he conceived a spark
of hope. "This Master Hyde, if he were studied,"
thought he, "must have secrets of his own; black
secrets, by the look of him; secrets compared to
which poor Jekyll's worst would be like sunshine.
Things cannot continue as they are. It turns me cold
to think of this creature stealing like a thief to Harry's
bedside; poor Harry, what a wakening! And the danger of it; for if this Hyde suspects the existence of the
will, he may grow impatient to inherit. Ay, I must put
my shoulder to the wheel—if Jekyll will but let me,"
he added, "if Jekyll will only let me." For once more
he saw before his mind's eye, as clear as transparen-
cy, the strange clauses of the will.

Dr. Jekyll Was Quite at Ease

A fortnight later, by excellent good fortune, the doctor
gave one of his pleasant dinners to some five or six old
cronies, all intelligent, reputable men and all judges of
good wine; and Mr. Utterson so contrived that he
remained behind after the others had departed. This
was no new arrangement, but a thing that had be
fallen many scores of times. Where Utterson was
liked he was liked well. Hosts loved to detain the dry

passato che poteva dirsi immacolato e ben pochi avrebbero osato svolgere il cartiglio delle proprie azioni con minore ambascia. Eppure sperimentava l'umiliazione del verme per le male azioni compiute, e subito dopo si sentiva risollevare da un senso di gratitudine trepida e contenuta per le tante altre che era stato sul punto di commettere e che pure aveva scansato. Tornando poi al solito rovello, gli pareva di scorgere un filo di speranza. "Questo signor Hyde, a guardarlo bene" pensò "deve avere chissà quali segreti; torbidi segreti a giudicare dal volto, segreti al cospetto dei quali anche il peggiore che può avere il povero Jekyll sarebbe limpido come la luce del sole. Le cose non possono continuare così. Mi sento raggelare al pensiero che un essere simile possa sgusciare come un lestofante al capezzale di Harry. Povero Harry, quale risveglio ti attende! E quale pericolo! Se questo Hyde fiuta soltanto l'esistenza del testamento, non vedrà l'ora di diventare l'erede. Sì, bisogna che corra subito ai ripari... ammesso che Jekyll me lo permetta" aggiunse. Ancora una volta infatti, gli erano tornate alla mente, trasparenti come cristallo, le strane disposizioni testamentarie.

Il dottor Jekyll è la tranquillità in persona

Per una combinazione veramente fortunata, il caso volle che un paio di settimane dopo il dottor Jekyll invitasse a uno dei suoi pranzi deliziosi cinque o sei vecchi compagni, tutte persone stimate e d'ingegno, nonché provetti intenditori di vini; così il signor Utterson fece in modo di restare per ultimo, dopo che gli altri ebbero preso congedo. Questa non era affatto una novità, bensì una consuetudine di vecchia data perché Utterson, quando era apprezzato, lo era d·

lawyer, when the lighthearted and loose-tongued had already their foot on the threshold; they liked to sit awhile in his unobtrusive company, practising for solitude, sobering their minds in the man's rich silence after the expense and strain of gaiety. To this rule, Dr. Jekyll was no exception; and as he now sat on the opposite side of the fire—a large, well-made, smooth-faced man of fifty, with something of a slyish cast perhaps, but every mark of capacity and kindness—you could see by his looks that he cherished for Mr. Utterson a sincere and warm affection.

"I have been wanting to speak to you, Jekyll," began the latter. "You know that will of yours?"

A close observer might have gathered that the topic was distasteful; but the doctor carried it off gaily. "My poor Utterson," said he, "you are unfortunate in such a client. I never saw a man so distressed as you were by my will; unless it were that hide-bound pedant, Lanyon, at what he called my scientific heresies. O, I know he's a good fellow—you needn't frown—an excellent fellow, and I always mean to see more of him; but a hide-bound pedant for all that; an ignorant, blatant pedant. I was never more disappointed in any man than Lanyon."

"You know I never approved of it," pursued Utterson, ruthlessly disregarding the fresh topic.

"My will? Yes, certainly, I know that," said the doctor, a trifle sharply. "You have told me so."

tutto cuore. C'erano padroni di casa a cui piaceva trattenere il taciturno uomo di legge proprio quando gli altri ospiti spensierati e faceti erano già sulla soglia, e si gustavano allora quella compagnia riservata per esserne iniziati alla solitudine, acquietando la mente tesa e sfibrata dall'allegria, in quel fervido silenzio. Il dottor Jekyll non faceva eccezione alla regola e mentre quella sera egli, un uomo sulla cinquantina robusto e ben fatto, dal volto fresco e un tantino malizioso, forse, ma con tutti i segni della capacità e della gentilezza, se ne stava seduto dall'altro lato del caminetto, si sarebbe potuto leggere nel suo sguardo che per il signor Utterson nutriva un affetto caldo e sincero.

«Volevo parlarti da tempo, Jekyll» prese a dire l'avvocato «hai presente quel tuo testamento?»

Un acuto osservatore avrebbe colto a volo che l'argomento non era tra i più graditi, ma il dottore se la cavò con disinvoltura.

«Mio povero Utterson» disse «per te è una disgrazia avermi come cliente. Non ho mai visto nessuno afflitto come te per il mio testamento, se si escludono le rimostranze di quella mummia pedante di Lanyon per quelle che lui chiama le mie eresie in materia di scienza. Oh, so bene che è una brava persona, non c'è bisogno che mi guardi a quel modo, una gran brava persona e mi propongo sempre di vederlo più spesso; ma ciò non toglie che sia un inguaribile pedante, un pedante becero e volgare. Lanyon mi ha deluso quanto altri mai.»

«Sai bene che non l'ho mai approvato» tirò dritto Utterson, trascurando senza tante cerimonie il diversivo.

«Il mio testamento? Sì, lo so» rispose il dottore piuttosto secco «me l'hai già detto.»

"Well, I tell you so again," continued the lawyer. "I have been learning something of young Hyde."

The large handsome face of Dr. Jekyll grew pale to the very lips, and there came a blackness about his eyes. "I do not care to hear more," said he. "This is a matter I thought we had agreed to drop."

"What I heard was abominable," said Utterson.

"It can make no change. You do not understand my position," returned the doctor, with a certain incoherency of manner. "I am painfully situated, Utterson; my position is a very strange—a very strange one. It is one of those affairs that cannot be mended by talking."

"Jekyll," said Utterson, "you know me: I am a man to be trusted. Make a clean breast of this in confidence; and I make no doubt I can get you out of it."

"My good Utterson," said the doctor, "this is very good of you, this is down-right good of you, and I cannot find words to thank you in. I believe you fully; I would trust you before any man alive, ay, before myself, if I could make the choice; but indeed it isn't what you fancy; it is not as bad as that; and just to put your good heart at rest, I will tell you one thing: the moment I choose, I can be rid of Mr. Hyde. I give you my hand upon that; and I thank you again and again; and I will just add one little word, Utterson, that I'm sure you'll take in good part: this is a private matter, and I beg of you to let it sleep."

Utterson reflected a little, looking in the fire.

"I have no doubt you are perfectly right," he said at last, getting to his feet.

"Well, but since we have touched upon this busi-

«Allora te lo ripeto» proseguì il legale «sono venuto a sapere qualcosa sul conto del giovane Hyde.»

Il viso aperto e piacente del dottor Jekyll, e perfino le labbra, cambiarono colore e nei suoi occhi apparve un'ombra sinistra: «Non voglio sentire altro» disse. «Eravamo d'accordo, se non sbaglio, di non toccare più questo tasto.»

«Quanto ho saputo è abominevole» disse Utterson.

«Ciò non cambia nulla. Non ti rendi conto della mia posizione» replicò il dottore con una certa incoerenza «sono messo proprio male, Utterson, la mia è una posizione molto, molto penosa... Ed è una di quelle faccende che non saranno mai le chiacchiere a migliorare.»

«Jekyll» disse Utterson «tu mi conosci, sai che puoi riporre in me tutta la tua fiducia. Sgravati il cuore da questo peso confidandomi tutto, e sono sicuro che ti trarrò d'impaccio.»

«Mio caro Utterson» disse il dottore «è un gesto da amico il tuo, veramente da amico e non trovo parole per ringraziarti come vorrei. Credo in te ciecamente e mi fiderei più di te che di qualsiasi altro, sì, me compreso, se mi fosse consentita la scelta. Ma davvero non si tratta di quello che immagini, non è grave fino a questo punto e per tranquillizzarti ti dico che posso liberarmi del signor Hyde in qualunque momento. Ecco la mia mano in pegno di quanto ti dico, ti ringrazio di cuore; voglio aggiungere ancora una parola, Utterson, e sono sicuro che non te la prenderai a male: questa, vedi, è una faccenda strettamente personale e ti prego di lasciarla stare.»

Utterson rifletté un poco, lo sguardo perso sul fuoco.

«Non dubito che tu abbia perfettamente ragione» disse infine alzandosi.

«Orbene, dal momento che abbiamo toccato que-

ness, and for the last time I hope," continued the doctor, "there is one point I should like you to understand. I have really a very great interest in poor Hyde. I know you have seen him; he told me so; and I fear he was rude. But, I do sincerely take a great, a very great interest in that young man; and if I am taken away, Utterson, I wish you to promise me that you will bear with him and get his rights for him. I think you would, if you knew all; and it would be a weight off my mind if you would promise."

"I can't pretend that I shall ever like him," said the lawyer.

"I don't ask that," pleaded Jekyll, laying his hand upon the other's arm; "I only ask for justice; I only ask you to help him for my sake, when I am no longer here."

Utterson heaved an irrepressible sigh. "Well," said he, "I promise."

The Carew Murder Case

Nearly a year later, in the month of October, 18—, London was startled by a crime of singular ferocity and rendered all the more notable by the high position of the victim. The details were few and startling. A maid servant living alone in a house not far from the river, had gone upstairs to bed about eleven. Although a fog rolled over the city in the small hours, the early part of the night was cloudless, and the lane, which the maid's window overlooked, was brilliantly lit by the full moon. It seems she was romantically given, for she sat down upon her box, which stood immediately under

sto argomento, e spero per l'ultima volta» riprese il dottore «c'è un punto che vorrei tu capissi. Ho un grande interesse, è vero, per il povero Hyde. So che lo hai visto, me l'ha detto lui, e temo che sia stato molto sgarbato. Ma io ripongo, te lo dico con tutta sincerità, un grande, grandissimo interesse in quel giovane, e se me ne andassi, promettimi, te ne prego Utterson, di sostenerlo e di assicurargli i diritti che gli spettano. Se tu fossi a conoscenza di tutto, sono sicuro che lo faresti. Promettendomelo, comunque, mi allevieresti l'animo da un pesante fardello.»

«Non posso fingere che mi vada a genio» rispose l'avvocato.

«Non è questo che ti chiedo» proseguì Jekyll, perorando la propria causa e ponendo una mano sul braccio dell'altro «ti chiedo solo di essere giusto. Ti chiedo solo di aiutarlo per amor mio, quando non sarò più tra voi.»

Utterson non riuscì a reprimere un profondo sospiro: «Bene» disse «lo prometto.»

L'orribile delitto Carew

Quasi un anno dopo, nell'ottobre del 18..., un delitto d'inaudita ferocia, reso ancor più clamoroso dall'elevata condizione della vittima, sconvolse Londra. Scarsi e drammatici i particolari. Verso le undici una cameriera che viveva da sola in una casa non lontana dal fiume, era salita in camera per coricarsi. A quell'ora della notte l'aria era tersa, sebbene più tardi la nebbia fosse calata come una cappa sulla città, e il vicolo su cui dava la finestra della cameriera era rischiarato dalla luce brillante della luna piena. A quanto pare doveva essere una ragazza d'indole romantica poiché s'era seduta sul bauletto che teneva sotto il davanzale,

the window, and fell into a dream of musing. Never (she used to say, with streaming tears, when she narrated that experience), never had she felt more at peace with all men or thought more kindly of the world. And as she so sat she became aware of an aged and beautiful gentleman with white hair, drawing near along the lane; and advancing to meet him, another and very small gentleman, to whom at first she paid less attention. When they had come within speech (which was just under the maid's eyes) the older man bowed and accosted the other with a very pretty manner of politeness. It did not seem as if the subject of his address were of great importance; indeed, from his pointing, it sometimes appeared as if he were only inquiring his way; but the moon shone on his face as he spoke, and the girl was pleased to watch it, it seemed to breathe such an innocent and old-world kindness of disposition, yet with something high too, as of a well-founded self-content. Presently her eye wandered to the other, and she was surprised to recognise in him a certain Mr. Hyde, who had once visited her master and for whom she had conceived a dislike. He had in his hand a heavy cane, with which he was trifling; but he answered never a word, and seemed to listen with an ill-contained impatience. And then all of a sudden he broke out in a great flame of anger, stamping with his foot, brandishing the cane, and carrying on (as the maid described it) like a madman. The old gentleman took a step back, with the air of one very much surprised and a trifle hurt; and at that Mr. Hyde broke out of all bounds and clubbed him to the earth And next moment, with ape-like fury, he was trampl

perdendosi in fantasticherie. Mai, ripeteva mentre i lacrimoni le scendevano quattro a quattro raccontando l'esperienza vissuta, mai s'era sentita più in pace con l'umanità e altrettanto bendisposta verso il mondo intero. Standosene così seduta s'accorse d'un signore distinto, anziano, dai capelli candidi[25] che procedeva lungo il vicolo, mentre dalla parte opposta veniva avanti un altro signore, striminzito, al quale sul momento non aveva badato. Quando furono vicini l'un l'altro (proprio sotto lo sguardo della ragazza), l'uomo anziano fece un inchino e si rivolse all'altro con maniere di squisita cortesia. Non sembrava che l'avesse fermato per domandargli alcunché d'importante, dai gesti anzi era facile comprendere che gli chiedeva informazioni sulla via da seguire; ma mentre parlava aveva il volto illuminato dalla luna e la ragazza l'osservava con piacere, perché quel volto sembrava emanare una purezza e una cortesia di maniere quale più non s'usa, pur con un tocco di aristocratica, consapevole superiorità. A quel punto lo sguardo della ragazza scivolò sull'altro individuo e fu sorpresa di riconoscere un certo signor Hyde, che era venuto una volta a fare visita al suo padrone, e per il quale aveva subito provato un'avversione istintiva. Questi aveva un bastone da passeggio, forte come un randello, che si passava da una mano all'altra; non rispondeva affatto e sembrava addirittura ascoltarlo con malcelata impazienza. Poi tutto d'un tratto proruppe in una furia incontenibile, si mise a battere i piedi per terra brandendo il bastone e gesticolando (così raccontava la ragazza), come un ossesso. Il vecchio signore arretrò d'un passo con aria esterrefatta e un po' risentita, al che il signor Hyde perse il lume degli occhi e con un colpo terribile lo fece stramazzare a terra. Si mise subito a calpestarlo come un gorilla inferocito, scari-

ing his victim under foot and hailing down a storm of blows, under which the bones were audibly shattered and the body jumped upon the roadway. At the horror of these sights and sounds, the maid fainted.

It was two o'clock when she came to herself and called for the police. The murderer was gone long ago; but there lay his victim in the middle of the lane, incredibly mangled. The stick with which the deed had been done, although it was of some rare and very tough and heavy wood, had broken in the middle under the stress of this insensate cruelty; and one splintered half had rolled in the neighbouring gutter—the other, without doubt, had been carried away by the murderer. A purse and a gold watch were found upon the victim: but no cards or papers, except a sealed and stamped envelope, which he had been probably carrying to the post, and which bore the name and address of Mr. Utterson.

This was brought to the lawyer the next morning, before he was out of bed; and he had no sooner seen it, and been told the circumstances, than he shot out a solemn lip. "I shall say nothing till I have seen the body," said he; "this may be very serious. Have the kindness to wait while I dress." And with the same grave countenance he hurried through his breakfast and drove to the police station, whither the body had been carried. As soon as he came into the cell, he nodded.

"Yes," said he, "I recognise him. I am sorry to say that this is Sir Danvers Carew."

"Good God, sir," exclaimed the officer, "is it possible?" And the next moment his eye lighted up with

candogli addosso una tale tempesta di colpi che s'udiva lo scricchiolio delle ossa fracassate mentre il corpo sobbalzava sul selciato. L'orrore della scena e soprattutto di quel suono[26] fece cadere la ragazza in deliquio.

Erano le due allorché rinvenne e fu in grado di chiamare la polizia. L'assassino se l'era svignata da un pezzo, ma in mezzo al vicolo restava la poltiglia orrenda della sua vittima. Anche il bastone con il quale era stato compiuto il misfatto s'era spezzato per la violenza di quell'aggressione frenetica, sebbene fosse d'un legno pregiato, duro e pesante: un mozzicone scheggiato era andato a rotolare nella zanella, l'altro pezzo era rimasto senza dubbio in mano all'assassino. Indosso alla vittima trovarono il portafogli e un orologio d'oro, anche se non aveva né biglietti da visita né altre carte all'infuori di una busta sigillata e affrancata, e che con tutta probabilità stava per essere imbucata, sulla quale era scritto il nome e l'indirizzo del signor Utterson.

Il mattino appresso, di buon'ora, portarono il plico all'avvocato il quale era ancora sotto le coltri. Appena l'ebbe visto e fu messo al corrente dell'accaduto, assunse un'aria riservata e solenne: «Non dirò nulla finché non mi sarà mostrato il corpo» disse. «Può essere una faccenda maledettamente seria. Abbiate la cortesia di attendere mentre mi vesto.» E sempre con la stessa austerità consumò una sobria colazione e si fece condurre alla stazione di polizia dove avevano portato il cadavere. Non appena entrò nella cella adibita a obitorio annuì:

«Sì» disse «lo riconosco. Ho l'ingrata incombenza di annunciarvi che si tratta di Sir Danvers Carew.»

«Santo cielo! Che dite?» esclamò il funzionario. «È mai possibile?» E un attimo dopo nel suo sguardo si

professional ambition. "This will make a deal of noise," he said. "And perhaps you can help us to the man." And he briefly narrated what the maid had seen, and showed the broken stick.

Mr. Utterson had already quailed at the name of Hyde; but when the stick was laid before him, he could doubt no longer; broken and battered as it was, he recognised it for one that he had himself presented many years before to Henry Jekyll.

"Is this Mr. Hyde a person of small stature?" he inquired.

"Particularly small and particularly wicked-looking, s what the maid calls him," said the officer.

Mr. Utterson reflected; and then, raising his head, "If you will come with me in my cab," he said, "I think I can take you to his house."

It was by this time about nine in the morning, and the first fog of the season. A great chocolate-coloured pall lowered over heaven, but the wind was continually charging and routing these embattled vapours; so that as the cab crawled from street to street, Mr. Utterson beheld a marvellous number of degrees and hues of twilight; for here it would be dark like the back-end of evening; and there would be a glow of a rich, lurid brown, like the light of some strange conflagration; and here, for a moment, the fog would be quite broken up, and a haggard shaft of daylight would glance in between the swirling wreaths. The dismal quarter of Soho seen under these changing glimpses, with its muddy ways, and slatternly passengers, and its lamps, which had never been extinguished or had been kin-

accese il lampo dell'ambizione professionale. «Questo caso solleverà un gran scalpore» disse. «Voi forse potete aiutarci a scovare l'assassino.» E gli narrò in breve quel che aveva visto la cameriera, mostrandogli anche il moncherino del bastone.

Al nome di Hyde il signor Utterson s'era sentito tremare le ginocchia, ma quando gli fecero vedere il bastone non ebbe più dubbi: per quanto spezzato e pieno di ammaccature era il medesimo che anni addietro lui stesso aveva recato in dono a Henry Jekyll.

«Questo signor Hyde è un uomo di bassa statura?» chiese.

«Molto basso, sì, e con un aspetto d'incredibile malvagità, come ha riferito la ragazza» rispose il funzionario.

Il signor Utterson sembrò riflettere e quindi, alzando il capo. «Se favorite con me, nella mia carrozza» disse «penso di potervi condurre al suo domicilio.»

Saranno state ormai le nove del mattino ed erano calate le prime nebbie della stagione. Un immenso velario color cioccolata gravava opprimente dal cielo, ma il vento sospingeva senza tregua e sbaragliava sovente quelle vaporose falangi; perciò, mentre il calesse scivolava lento da una strada all'altra, al signor Utterson si dischiuse una gamma incredibile e stupenda di sfumature: qui infatti s'addensava l'ombra cupa della sera che muore, là il bagliore d'un bruno livido e intenso simile al riverbero d'una qualche strana conflagrazione, altrove la bruma si diradava per un attimo e fra quelle volubili spire guizzava la lama del giorno. Intravisto fra questi mutevoli squarci, il tetro quartiere di Soho, con le sue strade melmose, i passanti infagottati di cenci, i lumi che non erano stati mai spenti o erano stati riattizzati per

dled afresh to combat this mournful reinvasion of darkness, seemed, in the lawyer's eyes, like a district of some city in a nightmare. The thoughts of his mind, besides, were of the gloomiest dye; and when he glanced at the companion of his drive, he was conscious of some touch of that terror of the law and the law's officers, which may at times assail the most honest.

As the cab drew up before the address indicated, the fog lifted a little and showed him a dingy street, a gin palace, a low French eating house, a shop for the retail of penny numbers and twopenny salads, many ragged children huddled in the doorways, and many women of many different nationalities passing out, key in hand, to have a morning glass; and the next moment the fog settled down again upon that part, as brown as umber, and cut him off from his black-guardly surroundings. This was the home of Henry Jekyll's favourite; of a man who was heir to a quarter of a million sterling.

An ivory-faced and silvery-haired old woman opened the door. She had an evil face, smoothed by hypocrisy; but her manners were excellent. Yes, she said, this was Mr. Hyde's, but he was not at home; he had been in that night very late, but had gone away again in less than an hour; there was nothing strange in that; his habits were very irregular, and he was often absent; for instance, it was nearly two months since she had seen him till yesterday.

"Very well, then, we wish to see his rooms," said the lawyer; and when the woman began to declare it was impossible, "I had better tell you who this person is," he added. "This is Inspector Newcomen of Scotland Yard."

combattere quella luttuosa resipiscenza delle tene
bre, apparve agli occhi dell'avvocato come se facesse
parte di una metropoli d'incubo.[27] I suoi pensieri,
inoltre, erano dei più foschi e quando guardò in tra-
lice il compagno di viaggio, provò il terror panico
che a volte assale gli innocenti al cospetto della legge
e dei suoi esecutori.

Mentre il calessino si fermava all'indirizzo indica-
to, la nebbia s'alzò quel tanto da svelargli una via luri-
da, sulla quale davano una mescita di gin, una lercia
trattoria francese, una botteghina dove si vendevano
giornalucoli a un soldo e lattuga a due soldi, con nugo-
li di mocciosi sbrindellati sulle soglie delle catapec-
chie e tante donne di paesi diversi che si recavano, la
chiave in mano, a tracannare un cicchetto. Un attimo,
e la nebbia color terra bruciata riprese il sopravvento
calando come un sipario fra lui e quel mondo di mise-
rie. Era da quelle parti dunque che abitava il protetto
di Henry Jekyll, uno che era destinato a ereditare due-
centocinquantamila sterline.

Ad aprire venne una vecchia gialla come l'avorio e
con i capelli color argento. Le si leggeva la cattiveria
sulla faccia, ricomposta invano dall'ipocrisia, sebbene ostentasse forbite maniere. Sì, disse, era proprio
quello il domicilio del signor Hyde, ma non era in
casa; era rientrato a notte fonda per riuscire dopo
appena mezz'ora; ma non c'era nulla di strano, si
comportava in maniera imprevedibile e spesso spariva dalla circolazione, difatti l'ultima volta l'aveva rivisto dopo quasi due mesi d'assenza.

«Molto bene, allora andiamo a dare un'occhiata al
suo appartamento» disse l'avvocato; e allorché la donna cominciò a strepitare che non era possibile «forse
avrei dovuto dirvi prima chi è costui» aggiunse «si
tratta dell'ispettore Newcomen di Scotland Yard.»

A flash of odious joy appeared upon the woman's face. "Ah!" said she, "he is in trouble! What has he done?

Mr. Utterson and the inspector exchanged glances. "He don't seem a very popular character," observed the latter. "And now, my good woman, just let me and this gentleman have a look about us."

In the whole extent of the house, which but for the old woman remained otherwise empty, Mr. Hyde had only used a couple of rooms; but these were furnished with luxury and good taste. A closet was filled with wine; the plate was of silver, the napery elegant; a good picture hung upon the wall, a gift (as Utterson supposed) from Henry Jekyll, who was much of a connoisseur; and the carpets were of many plies and agreeable in colour. At this moment, however, the rooms bore every mark of having been recently and hurriedly ransacked; clothes lay about the floor, with their pockets inside out; lock-fast drawers stood open; and on the hearth there lay a pile of grey ashes, as though many papers had been burned. From these embers the inspector disinterred the butt end of a green cheque book, which had resisted the action of the fire; the other half of the stick was found behind the door. and as this clinched his suspicions, the officer declared himself delighted. A visit to the bank, where several thousand pounds were found to be lying to the murderer's credit, completed his gratification.

"You may depend upon it, sir," he told Mr. Utterson: "I have him in my hand. He must have lost his head, or he never would have left the stick or, above all, burned the cheque book. Why, money's life to the man. We have nothing to do but wait for him at the bank, and get out the handbills."

Sul volto della donna comparve un lampo di infame esultanza: «Ah!» disse «È nei guai! E cos'ha combinato?».

Il signor Utterson e l'ispettore si scambiarono uno sguardo d'intesa. «Non sembra una persona molto benvoluta» osservò quest'ultimo. «E ora, buona donna, lasciateci dare un'occhiata in giro.»

Di tutto il casamento che, a eccezione della donna, era deserto, il signor Hyde s'era riservato un paio di stanze. Queste tuttavia erano arredate con lusso raffinato. C'era una credenzina piena di bottiglie di vino, il vasellame era d'argento, le tovaglie ricamate. Alla parete era appeso un quadro d'autore, un dono (pensò Utterson) di Henry Jekyll; folti e con i colori bene assortiti i tappeti. E tuttavia in quel momento le stanze portavano i segni di una ricognizione frettolosa e recente: sul pavimento giacevano i vestiti con le tasche rovesciate, i cassetti a molla erano spalancati e sul focolare c'era un mucchietto di cenere, resto evidente di un bel falò di carte. Fra quei residui l'ispettore ripescò il dorso strinato d'un blocchetto di assegni, verdognolo, scampato all'azione del fuoco. Da dietro l'uscio saltò fuori l'altra metà del bastone e l'ispettore andò in brodo di giuggiole dinnanzi alla conferma dei suoi sospetti. La sua soddisfazione fu completa allorché, fatta una capatina alla banca, si venne a sapere che c'era un deposito di varie migliaia di sterline intestate all'assassino.

«Potete contarci, signore» disse al signor Utterson. «Lo tengo già in pugno. Deve aver perso la testa, altrimenti non avrebbe lasciato qui il bastone e soprattutto non avrebbe bruciato gli assegni. Per l'uomo il denaro è la vita. Non ci resta che fargli la posta alla banca e tirar fuori le manette.»

This last, however, was not so easy of accomplish
ment; for Mr. Hyde had numbered few familiars—
even the master of the servant maid had only seen
him twice; his family could nowhere be traced; he
had never been photographed; and the few who
could describe him differed widely, as common ob·
servers will. Only on one point were they agreed; and
that was the haunting sense of unexpressed deformi·
ty with which the fugitive impressed his beholders.

Incident of the Letter

It was late in the afternoon, when Mr. Utterson
found his way to Dr. Jekyll's door, where he was at
once admitted by Poole, and carried down by the
kitchen offices and across a yard which had once
been a garden, to the building which was indifferent-
ly known as the laboratory or the dissecting rooms
The doctor had bought the house from the heirs of a
celebrated surgeon; and his own tastes being rather
chemical than anatomical, had changed the destina
tion of the block at the bottom of the garden. It was
the first time that the lawyer had been received in
that part of his friend's quarters; and he eyed the
dingy, windowless structure with curiosity, and
gazed round with a distasteful sense of strangeness
as he crossed the theatre, once crowded with eager
students and now lying gaunt and silent, the tables
laden with chemical apparatus, the floor strewn with
crates and littered with packing straw, and the light
falling dimly through the foggy cupola. At the fur

Quest'ultima fu comunque un'impresa non tanto agevole, dal momento che il signor Hyde era conosciuto da pochi... Lo stesso padrone della cameriera l'aveva visto solo un paio di volte; della sua famiglia si sapeva men che niente; sue fotografie non esistevano e coloro che l'avevano visto fornivano versioni del tutto contrastanti, come succede agli osservatori improvvisati. Semmai erano tutti d'accordo su un dettaglio, ed era l'ossessiva impressione di indefinita mostruosità che il fuggiasco lasciava in chi l'aveva visto.

L'incidente della lettera

Solo nel tardo pomeriggio il signor Utterson fu in grado di recarsi a casa del dottor Jekyll, dove Poole lo fece subito entrare scortandolo attraverso le cucine, e di là in uno spiazzo che un tempo era stato un giardino, proseguendo giù fino al padiglione, indifferentemente noto come il laboratorio o la sala d'anatomia. Il dottore aveva acquistato la casa dagli eredi di un eminente chirurgo, ma poiché la sua vera vocazione era la chimica piuttosto che la chirurgia, aveva cambiato destinazione all'edificio in fondo al giardino. Era la prima volta che l'avvocato veniva ricevuto in quella parte della casa. Osservava con curiosità quell'ambiente spettrale, privo di finestre, e si guardava attorno con una sgradevole sensazione di estraneità mentre attraversava il teatro anatomico,[28] un tempo affollato di studenti avidi di sapere, e ora ridotto a tempio della desolazione e del silenzio, con i tavoli stracolmi di alambicchi e di strumenti di chimica, il pavimento ingombro di casse e cosparso di paglia da imballaggio, nella luce fioca che spioveva dall'opaco lucernario. In fondo alla sala una rampa

ther end, a flight of stairs mounted to a door covered with red baize; and through this, Mr. Utterson was at last received into the doctor's cabinet. It was a large room, fitted round with glass presses, furnished, among other things, with a cheval-glass and a business table, and looking out upon the court by three dusty windows barred with iron. The fire burned in the grate; a lamp was set lighted on the chimney shelf, for even in the houses the fog began to lie thickly; and there, close up to the warmth, sat Dr. Jekyll, looking deathly sick. He did not rise to meet his visitor, but held out a cold hand and bade him welcome in a changed voice.

"And now," said Mr. Utterson, as soon as Poole had left them, "you have heard the news?"

The doctor shuddered." They were crying it in the square," he said. "I heard them in my dining-room."

"One word," said the lawyer. "Carew was my client, but so are you, and I want to know what I am doing. You have not been mad enough to hide this fellow?"

"Utterson, I swear to God, " cried the doctor, "I swear to God I will never set eyes on him again. I bind my honour to you that I am done with him in this world. It is all at an end. And indeed he does not want my help; you do not know him as I do; he is safe, he is quite safe; mark my words, he will never more be heard of."

The lawyer listened gloomily; he did not like his friend's feverish manner. "You seem pretty sure of him," said he; "and for your sake, I hope you may be right. If it came to a trial, your name might appear."

"I am quite sure of him," replied Jekyll; "I have

di scale s'inerpicava fino a una porta foderata di felpa rossa, oltre la quale il signor Utterson venne finalmente ricevuto dal dottore. Era una stanza vasta, che dava sul cortile attraverso tre finestre polverose e munite di inferriate, con teche alle pareti e vari arredi fra i quali spiccavano un tavolo da lavoro e una specchiera a cavalletto.[29] Il fuoco ardeva nel camino, sulla cui mensola era posato un lume acceso, poiché la caligine cominciava a addensarsi anche dentro le case. Lì, a ridosso del tepore, sedeva il dottor Jekyll, pallido come un morto. Non s'alzò per andare incontro all'ospite, ma si limitò a tendergli la mano gelida e a dargli il benvenuto con una voce che non sembrava la sua.

«E ora» disse il signor Utterson appena fu uscito Poole «hai sentito la notizia?»

Il dottore rabbrividì: «La gridavano sulla piazza» disse «e l'ho sentita dalla sala da pranzo».

«Una sola parola» disse l'avvocato. «Carew era mio cliente, ma anche tu lo sei e vorrei sapere come devo comportarmi. Non sarai mica stato tanto insensato da nascondere quell'individuo?»

«Utterson, giuro davanti a Dio» gridò il dottore «giuro davanti a Dio che non poserò più lo sguardo su di lui. Ti do la mia parola d'onore che con lui è finita, su questa terra. È un capitolo chiuso. E lui non ha davvero bisogno di me; non lo conosci come lo conosco io; lui è al sicuro, proprio al sicuro, e non se ne sentirà più parlare.»

L'avvocato l'ascoltava con aria tetra, urtato dai modi febbrili dell'amico. «Sembri molto sicuro di lui» disse «e voglio sperare per amor tuo che tu abbia ragione. Certo è che, se si arrivasse a un processo, salterebbe fuori anche il tuo nome.»

«Sono sicuro di lui» replicò Jekyll «la mia certezza

grounds for certainty that I cannot share with any-one. But there is one thing on which you may advise me. I have—I have received a letter; and I am at a loss whether I should show it to the police. I should like to leave it in your hands, Utterson; you would judge wisely, I am sure; I have so great a trust in you."

"You fear, I suppose, that it might lead to his detection?" asked the lawyer.

"No," said the other. "I cannot say that I care what becomes of Hyde; I am quite done with him. I was thinking of my own character, which this hateful business has rather exposed."

Utterson ruminated a while; he was surprised at his friend's selfishness, and yet relieved by it. "Well," said he, at last, "let me see the letter."

The letter was written in an odd, upright hand and signed "Edward Hyde": and it signified, briefly enough, that the writer's benefactor, Dr. Jekyll, whom he had long so unworthily repaid for a thousand generosities, need labour under no alarm for his safety, As he had means of escape on which he placed a sure dependence. The lawyer liked this letter well enough; it put a better colour on the intimacy than he had looked for; and he blamed himself for some of his past suspicions.

"Have you the envelope?" he asked.

"I burned it," replied Jekyll, "before I thought what I was about. But it bore no postmark. The note was handed in."

si fonda su elementi che non posso esternare a nessuno. Ma c'è una cosa sulla quale potresti consigliarmi. Ho ricevuto una... una missiva e non so se consegnarla o meno alla polizia. Vorrei affidartela, Utterson, poiché tu sapresti giudicare da persona saggia. Non ne ho alcun dubbio, in te ripongo la massima fiducia.»

«Temi forse che possa condurre al suo arresto?» chiese il legale.

«No» disse l'altro «non posso dire che mi preoccupi di quel che accadrà di Hyde. Con lui ho chiuso, ormai. Stavo pensando alla mia reputazione che rischia di essere messa sulla bocca di tutti da questa storia infame.»

Utterson se ne stette a rimuginare per un po'. Era rimasto sbigottito dall'egoismo dell'amico, anche se per altro verso quella sortita costituiva un elemento di sollievo. «Bene» disse alla fine «fammi vedere la lettera.»

Questa era scritta in una calligrafia piuttosto diritta, bislacca e recava la firma di "Edward Hyde". Comunicava in rapida concisione che il benefattore dello scrivente, il dottor Jekyll, che da lungo tempo si vedeva così mal ripagato della tanta generosità profusa, non doveva assolutamente preoccuparsi per la di lui sicurezza personale, poiché aveva vie di scampo sulle quali poter contare. La missiva colpì l'avvocato abbastanza favorevolmente, poiché gli stessi rapporti che correvano fra i due apparivano sotto una luce migliore di quanto avesse supposto e giunse perfino a biasimarsi per certi sospetti coltivati in passato.

«Hai la busta?» chiese.

«L'ho bruciata» rispose Jekyll «prima ancora di sapere cosa stessi facendo. Non aveva timbro, comunque: l'hanno recapitata a mano.»

"Shall I keep this and sleep upon it?" asked Utterson.

"I wish you to judge for me entirely," was the reply. "I have lost confidence in myself."

"Well, I shall consider," returned the lawyer. "And now one word more: it was Hyde who dictated the terms in your will about that disappearance?"

The doctor seemed seized with a qualm of faintness: he shut his mouth tight and nodded.

"I knew it," said Utterson. "He meant to murder you. You have had a fine escape."

"I have had what is far more to the purpose," returned the doctor solemnly: "I have had a lesson—O God, Utterson, what a lesson I have had!" And he covered his face for a moment with his hands.

On his way out, the lawyer stopped and had a word or two with Poole. "By the bye," said he, "there was a letter handed in to-day: what was the messenger like?" But Poole was positive nothing had come except by post; "and only circulars by that," he added.

This news sent off the visitor with his fears renewed. Plainly the letter had come by the laboratory door; possibly, indeed, it had been written in the cabinet; and if that were so, it must be differently judged, and handled with the more caution. The newsboys, as he went, were crying themselves hoarse along the footways: "Special edition. Shocking murder of an M.P." That was the funeral oration of one friend and client; and he could not help a certain apprehension lest the good name of another should be sucked down in the eddy of the scandal. It was, at least, a ticklish decision that he had to make; and self-reliant

«Posso tenerla e dormirci sopra?» chiese Utterson.

«Devi decidere tu, in tutto e per tutto» fu la risposta «non ho più fiducia in me stesso.»

«Bene, ci penserò» rispose l'avvocato. «Ancora una parola, se permetti: fu Hyde a dettare le clausole testamentarie relative alla tua scomparsa?»

Sembrò che il dottore fosse colto da un improvviso senso di spossatezza, serrò le labbra e annuì con il capo.

«Lo sapevo» disse Utterson «voleva assassinarti. L'hai scampata bella.»

«Ho ricevuto qualcosa di ben altra portata» replicò il dottore in tono solenne. «Ho avuto una lezione... Buon Dio, Utterson, e che lezione!» E per un attimo si coprì il volto con le mani.

Mentre stava uscendo, l'avvocato si fermò a scambiare qualche parola con Poole. «A proposito» disse «oggi qualcuno ha recapitato a mano una lettera, sapreste descrivermi che aspetto aveva colui che l'ha portata?» Ma Poole fu categorico: di posta era arrivata quella normale, niente altro. «E solo delle circolari» aggiunse.

L'informazione rinfocolò i timori sopiti del visitatore in procinto di uscire. La lettera doveva essere giunta attraverso la porta del laboratorio, forse l'avevano scritta nello stesso studio. Se era così, l'intera faccenda doveva essere giudicata diversamente e trattata con maggiore cautela. Sulla via di casa sentì che gli strilloni gridavano dai marciapiedi: «Edizione straordinaria! Orribile assassinio di un deputato...». Ecco l'orazione funebre di un amico e di un cliente, e Utterson non poté fare a meno di avvertire una certa angoscia pensando che anche il buon nome di un altro rischiava di venir risucchiato nel gorgo dello scandalo. Doveva prendere una decisione quantomeno delicata,

as he was by habit, he began to cherish a longing for
advice. It was not to be had directly; but perhaps, he
thought, it might be fished for.

Presently after, he sat on one side of his own
hearth, with Mr. Guest, his head clerk, upon the other,
and midway between, at a nicely calculated distance
from the fire, a bottle of a particular old wine that
had long dwelt unsunned in the foundations of his
house. The fog still slept on the wing above the
drowned city, where the lamps glimmered like car-
buncles; and through the muffle and smother of
these fallen clouds, the procession of the town's life
was still rolling in through the great arteries with a
sound as of a mighty wind. But the room was gay
with firelight. In the bottle the acids were long ago
resolved; the imperial dye had softened with time, as
the colour grows richer in stained windows; and the
glow of hot autumn afternoons on hillside vineyards,
was ready to be set free and to disperse the fogs of
London. Insensibly the lawyer melted. There was no
man from whom he kept fewer secrets than Mr.
Guest; and he was not always sure that he kept as
many as he meant. Guest had often been on business
to the doctor's; he knew Poole; he could scarce have
failed to hear of Mr. Hyde's familiarity about the
house; he might draw conclusions: was it not as well,
then, that he should see a letter which put that mystery to rights? and above all since Guest, being a

e per quanto fosse avvezzo a risolvere da sé i propri problemi, desiderò il consiglio di qualcuno. Non si trattava di un genere di consigli da chiedere direttamente; ma forse, pensò, avrebbe potuto ricavarli per via indiretta.

Poco dopo si trovava seduto a casa sua vicino al caminetto in compagnia del signor Guest, suo primo aiutante, che sedeva dall'altro lato, mentre in mezzo a costoro, a una distanza dal fuoco calcolata con meticolosità, c'era una bottiglia di vino stravecchio rimasta da tempo a poltrire fuor dalla luce nelle cantine di casa. La nebbia gravava ancora torpida, affogando sotto le proprie ali la città i cui lampioni luccicavano come carbonchi, mentre quelle nubi radenti attutivano e soffocavano il flusso della vita urbana che scorreva nelle grandi arterie con il rombo del vento impetuoso. La stanza era rallegrata dal guizzo delle fiamme. Entro la bottiglia i fermenti del vino s'erano dissolti da tempo, il colore imperiale aveva assunto un tono più pastoso, come avviene con le vetrate multicolori che acquistano più morbide intensità con il tempo, e lo splendore degli assolati meriggi autunnali sui vigneti collinari era in procinto di erompere per disperdere le nebbie di Londra. Pian piano anche la gelida scorza dell'avvocato cominciò a sciogliersi. Non c'era persona con la quale serbasse meno segreti come con il signor Guest, con il quale non era sicuro di mantenere nemmeno quelli che avrebbe voluto tenersi nel cuore. Guest frequentava la casa del dottor Jekyll per motivi di lavoro; conosceva bene Poole e difficilmente avrebbe potuto ignorare la familiarità di cui godeva il signor Hyde in quella casa, e magari avrebbe finito per trarre conclusioni arbitrarie. Non era forse il caso di mostrargli la lettera che poneva il mistero nella giusta luce? E soprattutto, considerando che Guest era un

great student and critic of handwriting, would consider the step natural and obliging? The clerk, besides, was a man of counsel; he could scarce read so strange a document without dropping a remark; and by that remark Mr. Utterson might shape his future course.

"This is a sad business about Sir Danvers," he said.

"Yes, sir, indeed. It has elicited a great deal of public feeling," returned Guest. "The man, of course, was mad."

"I should like to hear your views on that," replied Utterson. "I have a document here in his handwriting; it is between ourselves, for I scarce know what to do about it; it is an ugly business at the best. But there it is; quite in your way: a murderer's autograph."

Guest's eyes brightened, and he sat down at once and studied it with passion. "No, sir," he said: "not mad; but it is an odd hand."

"And by all accounts a very odd writer," added the lawyer.

Just then the servant entered with a note.

"Is that from Dr. Jekyll, sir?" inquired the clerk. "I thought I knew the writing. Anything private, Mr. Utterson?"

"Only an invitation to dinner. Why? Do you want to see it?"

"One moment. I thank you, sir;" and the clerk laid the two sheets of paper alongside and sedulously compared their contents. "Thank you, sir," he said at last, returning both; "it's a very interesting autograph."

There was a pause, during which Mr. Utterson

accanito studioso e un perito di grafologia,[30] non avrebbe forse considerato quel passo come un gesto naturale e cortese? Inoltre l'aiutante era una persona di giudizio e non avrebbe letto il documento senza lasciarsi sfuggire qualche osservazione: su questa il signor Utterson avrebbe eventualmente imbastito la propria strategia.

«Brutta faccenda il caso di Sir Danvers» disse.

«Sì, signore, davvero molto brutta. Ha allarmato l'opinione pubblica» rispose Guest. «Opera di un pazzo, senza dubbio.»

«A questo proposito, mi interesserebbe il vostro parere» riprese Utterson. «Ho qui uno scritto di suo pugno. Resti fra noi, poiché non so ancora che uso farne. Comunque vada è un gran brutto affare. Ma ecco proprio quel che ci vuole per voi: l'autografo di un assassino.»

Con gli occhi che gli scintillavano, Guest si mise subito a studiarlo con passione. «No, signore» disse «non si tratta di un pazzo, anche se è una strana scrittura.»

«E lo scrivente non è da meno, in ogni caso» aggiunse l'avvocato.

In quel preciso istante entrò un domestico con un biglietto.

«È stato scritto dal dottor Jekyll, signore?» chiese l'aiutante. «Mi è sembrato di riconoscere la calligrafia. Ma sono cose private, signor Utterson?»

«Si tratta solo di un invito a cena. Perché, lo volete vedere?»

«Solo un istante, grazie, signore» e l'aiutante mise i due fogli uno accanto all'altro e si dette a fare un puntiglioso raffronto. «Grazie, signore» disse infine restituendoglieli «è un autografo molto interessante.»

Ci fu una pausa durante la quale il signor Utterson

struggled with himself. "Why did you compare them, Guest?" he inquired suddenly.

"Well, sir," returned the clerk, "there's a rather singular resemblance; the two hands are in many points identical: only differently sloped."

"Rather quaint," said Utterson.

"It is, as you say, rather quaint," returned Guest.

"I wouldn't speak of this note, you know," said the master.

"No, sir," said the clerk. "I understand."

But no sooner was Mr. Utterson alone that night, than he locked the note into his safe, where it reposed from that time forward. "What!" he thought. "Henry Jekyll forge for a murderer!" And his blood ran cold in his veins.

Remarkable Incident of Dr. Lanyon

Time ran on; thousands of pounds were offered in reward, for the death of Sir Danvers was resented as a public injury; but Mr. Hyde had disappeared out of the ken of the police as though he had never existed. Much of his past was unearthed, indeed, and all disreputable: tales came out of the man's cruelty, at once so callous and violent; of his vile life, of his strange associates, of the hatred that seemed to have surrounded his career; but of his present whereabouts, not a whisper. From the time he had left the house in Soho on the morning of the murder, he was simply blotted out; and gradually, as time drew on, Mr. Utterson began to recover from the hotness of his alarm, and to grow more at quiet with himself. The death of Sir Danvers was, to his way of thinking, more than paid for by the disappearance of Mr. Hyde. Now that that evil influence had been with-

dovette lottare con se stesso. «Guest, perché li avete messi a confronto?» chiese all'improvviso.

«Bene, signore» rispose l'aiutante «c'è un'analogia sorprendente fra le due calligrafie; per molti versi sono quasi identiche, varia solo l'inclinazione.»

«Piuttosto strano» disse Utterson.

«Proprio così, molto strano» fece eco Guest.

«Non vorrei far parola di questo biglietto, capite» disse l'avvocato.

«D'accordo signore» disse l'aiutante «capisco.»

Non appena il signor Utterson rimase solo, quella sera, chiuse il biglietto nella cassaforte personale, dove giacque per sempre. "Ma come!" pensò "Henry Jekyll falsario per coprire un assassino!" E si sentì gelare il sangue.

Il grave incidente del dottor Lanyon

Passò del tempo. Fu offerta una taglia di diverse migliaia di sterline, perché la morte di Sir Danvers era apparsa come un'offesa pubblica, ma il signor Hyde rimase inafferrabile come se non fosse mai esistito. Si scavò in ogni angolo del suo passato che risultò davvero ignobile: si raccontava della sua crudeltà, disumana e violenta, della vita infame, degli strani complici, dell'odio di cui era intrisa la sua esistenza, ma non un cenno sulla sua attuale dimora. Da quando aveva abbandonato la casa nel quartiere di Soho, il mattino del delitto, s'era dissolto nell'aria! A poco a poco, con il trascorrere del tempo, le eccitate angosce del signor Utterson cominciarono a placarsi e il suo animo a recuperare la calma. A suo modo di vedere, la morte di Sir Danvers era più che compensata dalla scomparsa del signor Hyde. Ora che quell'influenza malefica s'era

drawn, a new life began for Dr. Jekyll. He came out of his seclusion, renewed relations with his friends, became once more their familiar guest and enter-tainer; and whilst he had always been known for charities, he was now no less distinguished for relig-ion. He was busy, he was much in the open air, he did good; his face seemed to open and brighten, as if with an inward consciousness of service; and for more than two months, the doctor was at peace.

On the 8th of January Utterson had dined at the doctor's with a small party; Lanyon had been there; and the face of the host had looked from one to the other as in the old days when the trio were insepar-able friends. On the 12th, and again on the 14th, the door was shut against the lawyer. "The doctor was confined to the house," Poole said, "and saw no one." On the 15th, he tried again, and was again re-fused; and having now been used for the last two months to see his friend almost daily, he found this return of solitude to weigh upon his spirits. The fifth night he had in Guest to dine with him; and the sixth he betook himself to Dr. Lanyon's.

There at least he was not denied admittance; but when he came in, he was shocked at the change which had taken place in the doctor's appearance. He had his death-warrant written legibly upon his face. The rosy man had grown pale; his flesh had fallen away; he was visibly balder and older; and yet it was not so much these tokens of a swift physical decay that arrested the lawyer's notice, as a look in the eye and quality of manner that seemed to testify to some deep-seated terror of the mind. It was un-likely that the doctor should fear death; and yet that

ritratta nell'ombra, il dottor Jekyll sembrava sorto a nuova vita. Prese a uscire da quella sorta di isolamento volontario, riallacciò i rapporti con gli amici, tornò ancora una volta a essere per loro l'ospite consueto. Se un tempo era rinomato per le sue opere di carità, ora non lo era meno per la devozione religiosa. Pieno di alacrità, trascorreva molto tempo all'aria aperta, faceva del bene. Anche il suo volto sembrava disteso e irradiato dall'intima coscienza del dovere da compiere. Per oltre due mesi il dottore visse in pace.

L'otto gennaio Utterson fu a casa del dottore, in una cena fra intimi. C'era anche Lanyon e lo sguardo dell'ospite trascorreva dall'uno all'altro con la gaiezza dei bei tempi, quando costituivano un terzetto inseparabile. Il dodici, e quindi il quattordici, l'avvocato non fu ricevuto: «Il dottore è chiuso nello studio» disse Poole «e non vuole vedere nessuno». Tentò ancora il quindici, invano anche questa volta. Poiché s'era abituato a incontrare l'amico quasi tutti i giorni negli ultimi due mesi, si sentì alquanto intristito da questo nuovo empito di solitudine. Il quinto giorno invitò a cena Guest, il sesto si recò a casa del dottor Lanyon.

Qui almeno non gli fu opposto un rifiuto. Appena entrato, tuttavia, rimase esterrefatto dal mutamento che era avvenuto nella fisionomia del dottore: portava scritta sul volto la propria condanna. L'uomo baldanzoso e rubizzo d'un tempo era diventato cereo, tutto ossa, calvo, invecchiato. Eppure non furono tanto questi segni d'un rapido disfacimento del corpo a impressionare l'avvocato, quanto la luce degli occhi e le maniere che sembravano rivelare un terrore occulto e radicato nella mente. Era improbabile che il dottore temesse la morte, anche se questo fu il

was what Utterson was tempted to suspect. "Yes," he thought; "he is a doctor, he must know his own state and that his days are counted; and the knowledge is more than he can bear." And yet when Utterson remarked on his ill-looks, it was with an air of great firmness that Lanyon declared himself a doomed man.

"I have had a shock," he said, "and I shall never recover. It is a question of weeks. Well, life has been pleasant; I liked it; yes, sir, I used to like it. I sometimes think if we knew all, we should be more glad to get away."

"Jekyll is ill, too," observed Utterson. "Have you seen him?"

But Lanyon's face changed, and he held up a trembling hand. "I wish to see or hear no more of Dr. Jekyll," he said in a loud, unsteady voice. "I am quite done with that person; and I beg that you will spare me any allusion to one whom I regard as dead."

"Tut-tut," said Mr. Utterson; and then after a considerable pause, "Can't I do anything?" he inquired. "We are three very old friends, Lanyon; we shall not live to make others."

"Nothing can be done," returned Lanyon; "ask himself."

"He will not see me," said the lawyer.

"I am not surprised at that," was the reply. "Some day, Utterson, after I am dead, you may perhaps come to learn the right and wrong of this. I cannot tell you. And in the meantime, if you can sit and talk with me of other things, for God's sake, stay and do so; but if you cannot keep clear of this accursed topic, then in God's name, go, for I cannot bear it."

primo sospetto che balenò nella mente di Utterson. "Sì" pensò "come medico deve essersi reso conto delle proprie condizioni e dei giorni che gli restano, e non regge a questa prospettiva." Ma quando Utterson fece riferimento alla sua brutta cera, il dottor Lanyon dichiarò, sì, di essere un uomo finito, ma lo fece con grande dignità e forza d'animo.

«Ho avuto un colpo tremendo» disse «dal quale non mi rimetterò più. È questione di settimane. Sì, la vita è stata bella, mi piaceva, sissignore, e ci ero attaccato. Ma talvolta penso che se sapessimo tutto, ce ne andremmo con minor riluttanza.»

«Anche Jekyll è malato» osservò Utterson. «L'hai visto?»

A queste parole Lanyon cambiò espressione e sollevando una mano scossa dal tremito: «Non voglio più vedere, né sentir parlare di Jekyll» disse con voce stentorea ma alta «non ho più nulla a che spartire con quell'individuo e ti supplico di risparmiarmi qualsiasi riferimento a uno che considero già morto e sepolto».

«Ma via! Ma via!» disse il signor Utterson; poi, dopo una lunga pausa, «Non c'è nulla che possa fare?» domandò. «Siamo tutti e tre amici di vecchia data, Lanyon, e non ci resta più tempo di farcene degli altri.»

«Assolutamente nulla» ribatté Lanyon «vai a chiederglielo.»

«Non mi vuole ricevere» sospirò l'avvocato.

«Non mi meraviglia» fu la risposta. «Un giorno, quando sarò morto, forse ti sarà dato di sapere il torto e la ragione di tutto. Non posso aggiungere altro. Nel frattempo se vuoi trattenerti con me a parlare di altre cose, per amor di Dio, resta; ma se pensi di ritornare su questo maledetto argomento, in nome di Dio, vattene perché andrebbe oltre la mia sopportazione.»

As soon as he got home, Utterson sat down and wrote to Jekyll, complaining of his exclusion from the house, and asking the cause of this unhappy break with Lanyon; and the next day brought him a long answer, often very pathetically worded, and sometimes darkly mysterious in drift. The quarrel with Lanyon was incurable. "I do not blame our old friend," Jekyll wrote, "but I share his view that we must never meet. I mean from henceforth to lead a life of extreme seclusion; you must not be surprised, nor must you doubt my friendship, if my door is often shut even to you. You must suffer me to go my own dark way. I have brought on myself a punishment and a danger that I cannot name. If I am the chief of sinners, I am the chief of sufferers also. I could not think that this earth contained a place for sufferings and terrors so unmanning; and you can do but one thing, Utterson, to lighten this destiny, and that is to respect my silence." Utterson was amazed; the dark influence of Hyde had been withdrawn, the doctor had returned to his old tasks and amities; a week ago, the prospect had smiled with every promise of a cheerful and an honoured age; and now in a moment, friendship, and peace of mind, and the whole tenor of his life were wrecked. So great and unprepared a change pointed to madness; but in view of Lanyon's manner and words there must lie for it some deeper ground.

A week afterwards Dr. Lanyon took to his bed, and in something less than a fortnight he was dead. The night after the funeral, at which he had been sadly affected, Utterson locked the door of his business room, and sitting there by the light of a melancholy

Appena fu a casa, Utterson si mise subito a tavolino e scrisse a Jekyll lagnandosi della protratta esclusione e chiedendo ragguagli su quella sciagurata rottura con Lanyon. Il giorno dopo ricevette una risposta alquanto prolissa, molto patetica nei toni, oscura e misteriosa in più punti. Il contrasto con Lanyon era insanabile. "Non biasimo il nostro vecchio compagno" scriveva Jekyll "e condivido la sua opinione sull'opportunità di non incontrarci mai più. D'ora innanzi sono fermamente deciso a vivere in assoluto eremitaggio. Se la mia porta resterà chiusa sovente anche a te, non deve sorprenderti, né mettere in dubbio la mia amicizia. Devi lasciarmi proseguire nella mia strada di tenebre. Ho attirato sul mio capo una punizione e un pericolo che non posso confessare. Sono il più abietto dei peccatori, ma anche il più sciagurato dei sofferenti. Non avrei mai creduto che su questa terra potessero albergare pene e terrori così disumani... Puoi fare una cosa sola per alleviare il mio destino, Utterson, ed è rispettare il mio silenzio." Utterson era sbalordito. La torbida malìa di Hyde era cessata, il dottore era tornato alle amicizie e alle incombenze di sempre, appena una settimana prima il futuro sembrava arridere a una lunga vecchiaia, solerte e onorata, e ora, in un baleno, l'amicizia, la serenità, l'esistenza intera stavano naufragando. Un mutamento così radicale e subitaneo faceva pensare alla follia, anche se le parole e la condotta di Lanyon insinuavano il sospetto di un motivo più recondito.

Una settimana dopo il dottor Lanyon si mise a letto e in poco meno di una quindicina di giorni rese l'anima al Creatore. La notte che seguì al funerale, dal quale tornò sconsolato, Utterson chiuse a chiave la porta dello studio e, sedutosi al lume di una ma-

candle, drew out and set before him an envelope addressed by the hand and sealed with the seal of his dead friend. "PRIVATE: for the hands of G. J. Utterson ALONE, and in case of his predecease *to be destroyed unread*," so it was emphatically superscribed; and the lawyer dreaded to behold the contents. "I have buried one friend to-day," he thought: "what if this should cost me another?" And then he condemned the fear as a disloyalty, and broke the seal. Within there was another enclosure, likewise sealed, and marked upon the cover as "not to be opened till the death or disappearance of Dr. Henry Jekyll." Utterson could not trust his eyes. Yes, it was disappearance; here again, as in the mad will which he had long ago restored to its author, here again were the idea of a disappearance and the name of Henry Jekyll bracketed. But in the will, that idea had sprung from the sinister suggestion of the man Hyde; it was set there with a purpose all too plain and horrible. Written by the hand of Lanyon, what should it mean? A great curiosity came on the trustee, to disregard the prohibition and dive at once to the bottom of these mysteries; but professional honour and faith to his dead friend were stringent obligations; and the packet slept in the inmost corner of his private safe.

It is one thing to mortify curiosity, another to conquer it; and it may be doubted if, from that day forth, Utterson desired the society of his surviving friend with the same eagerness. He thought of him kindly; but his thoughts were disquieted and fearful. He went to call indeed; but he was perhaps relieved to be denied admittance; perhaps, in his heart, he preferred to speak with Poole upon the doorstep and

linconica candela, tirò fuori e si pose dinnanzi un plico scritto di pugno dal suo amico estinto e recante impresso il suo sigillo: "RISERVATO. Da consegnare SOLTANTO nelle mani di J.G. Utterson e da *distruggere senza leggere* in caso della di lui morte". Tale era la solenne ingiunzione vergata sulla busta. L'avvocato tremò all'idea di leggere il contenuto. "Oggi ho sepolto un amico" pensò "che questo documento mi costi la perdita di un altro?" Ma respinse subito il timore come un atto sleale e fece saltare il sigillo. La busta ne conteneva un'altra, anch'essa sigillata, recante la dicitura: "Da non aprire fino alla morte o alla scomparsa di Henry Jekyll". Utterson non riusciva a credere ai propri occhi. Sì, c'era scritto la parola "scomparsa", proprio come in quel folle testamento che da tempo aveva restituito al suo autore; ancora una volta ricompariva l'idea della scomparsa in stretta connessione con il nome di Henry Jekyll. Tuttavia nel caso del testamento l'idea era scaturita dall'influenza nefanda di Hyde, e tradiva un fine anche troppo scoperto e criminale. Ma scritto da Lanyon, che voleva significare? Il depositario fu preso dalla curiosità incontenibile di infrangere il divieto e di sprofondarsi senza indugio in quei misteri, ma l'etica professionale e la lealtà verso l'amico estinto erano imperativi categorici e il plico scivolò intatto nell'angolo più riposto della sua cassaforte personale.

Ma inibire la curiosità non è la stessa cosa che vincerla, ed è molto dubbio che da quel giorno in poi Utterson desiderasse con il consueto trasporto la compagnia dell'amico rimastogli. Pensava a lui con affetto, ma non senza inquietudine e timore. Tentò ancora di rivederlo, e quando gli fu opposto un rifiuto, provò un senso indefinito di sollievo. In cuor suo preferiva conversare con Poole sui gradini d'ingres-

surrounded by the air and sounds of the open city, rather than to be admitted into that house of voluntary bondage, and to sit and speak with its inscrutable recluse. Poole had, indeed, no very pleasant news to communicate. The doctor, it appeared, now more than ever confined himself to the cabinet over the laboratory, where he would sometimes even sleep; he was out of spirits, he had grown very silent, he did not read; it seemed as if he had something on his mind. Utterson became so used to the unvarying character of these reports, that he fell off little by little in the frequency of his visits.

Incident at the Window

It chanced on Sunday, when Mr. Utterson was on his usual walk with Mr. Enfield, that their way lay once again through the by-street; and that when they came in front of the door, both stopped to gaze on it.

"Well," said Enfield, "that story's at an end at least. We shall never see more of Mr. Hyde."

"I hope not," said Utterson. "Did I ever tell you that I once saw him, and shared your feeling of repulsion?"

"It was impossible to do the one without the other," returned Enfield. "And by the way, what an ass you must have thought me, not to know that this was a back way to Dr. Jekyll's! It was partly your own fault that I found it out, even when I did."

"So you found it out, did you?" said Utterson. "But if that be so, we may step into the court and take a look at the windows. To tell you the truth, I am uneasy about poor Jekyll; and even outside, I feel as if the presence of a friend might do him good."

so, all'aria aperta e in mezzo al frastuono della città, piuttosto che venire introdotto in quella casa di volontaria reclusione e sedersi a parlare con il suo enigmatico romito. Certo, anche Poole era latore di notizie poco confortanti. A quanto pareva, il dottore viveva isolato, ora più che mai, nel suo studio sopra il laboratorio, e vi trascorreva spesso anche la notte. Era prostrato, affetto da mutismo, non leggeva più un rigo, sembrava avesse un tarlo nella mente. Utterson fece una tale abitudine alla invariabile giaculatoria dei responsi, che a poco a poco diradò la frequenza delle proprie visite.

L'incidente della finestra

Successe che una domenica il signor Utterson e il signor Enfield passarono di nuovo per la solita stradina, nel corso della loro consueta passeggiata, e quando furono dinnanzi alla porta del mistero, si fermarono puntandovi lo sguardo.

«Be'» disse Enfield «questa storia almeno ha avuto una fine. Non vedremo più il signor Hyde.»

«Lo spero» disse Utterson. «Ti ho mai raccontato che una volta l'ho visto e che ho provato come te un senso di repulsione?»

«L'una cosa è inseparabile dall'altra» rispose Enfield. «A proposito, devi avermi giudicato un somaro per non aver capito subito che questo è l'ingresso secondario della casa di Jekyll! In parte è stato per un tuo errore se alla fine l'ho scoperto.»

«E allora ci sei arrivato?» disse Utterson. «Tanto vale quindi entrare nel chiostro e dare un'occhiata alle finestre. A dirti il vero, sto in pensiero per il povero Jekyll e, seppure dall'esterno, sento che la presenza di un amico può giovargli.»

The court was very cool and a little damp, and full of premature twilight, although the sky, high up overhead, was still bright with sunset. The middle one of the three windows was half-way open; and sitting close beside it, taking the air with an infinite sadness of mien, like some disconsolate prisoner, Utterson saw Dr. Jekyll.

"What! Jekyll!" he cried. "I trust you are better."

"I am very low, Utterson," replied the doctor, drearily, "very low. It will not last long, thank God."

"You stay too much indoors," said the lawyer. "You should be out, whipping up the circulation like Mr. Enfield and me. (This is my cousin—Mr. Enfield—Dr. Jekyll.) Come, now; get your hat and take a quick turn with us."

"You are very good," sighed the other. "I should like to very much; but no, no, no, it is quite impossible; I dare not. But indeed, Utterson, I am very glad to see you; this is really a great pleasure; I would ask you and Mr. Enfield up, but the place is really not fit."

"Why, then," said the lawyer, good-naturedly, "the best thing we can do is to stay down here and speak with you from where we are."

"That is just what I was about to venture to propose," returned the doctor with a smile. But the words were hardly uttered, before the smile was struck out of his face and succeeded by an expression of such abject terror and despair, as froze the very blood of the two gentlemen below. They saw it but for a glimpse for the window was instantly thrust down; but that glimpse had been sufficient, and they turned and left the court without a word. In

Il cortile era molto fresco e non privo di umidità, inoltre vi si addensava una precoce penombra, sebbene il cielo, al di sopra delle loro teste, splendesse ancora della luce vespertina. Delle tre finestre quella di mezzo era socchiusa: seduto accanto al davanzale, Utterson scorse il dottor Jekyll che prendeva aria con un'espressione di infinita malinconia, come un prigioniero senza speranza.

«Oh! Jekyll!» gridò l'avvocato. «Spero che ti senta un po' meglio.»

«Sono sfinito, Utterson» rispose il dottore con tono mesto «proprio sfinito. Ma grazie a Dio non durerà a lungo.»

«Stai troppo tappato in casa» disse l'avvocato «dovresti uscire e riattivare la circolazione, come facciamo noi, il signor Enfield e io (a proposito, questo è mio cugino, il signor Enfield... il dottor Jekyll). Ora, via, prendi il cappello e vieni a sgranchirti le gambe con noi.»

«Sei troppo buono» sospirò l'altro. «Lo farei volentieri, ma no, no, no! È assolutamente impossibile. Non oso farlo. Ma sappi, Utterson, che sono tanto felice di vederti, è veramente un piacere inestimabile. Vorrei farti salire insieme al signor Enfield, ma il luogo non è dei più adatti.»

«In questo caso» disse l'avvocato con fare cordiale «la cosa migliore è starcene a parlarti di quaggiù.»

«Appunto quello che stavo per proporti» rispose il dottore con un sorriso. Ma aveva appena pronunciate queste parole, che il sorriso svanì dal suo volto per trasformarsi in una smorfia di tale abietto terrore e di disperazione, da gelare il sangue dei due visitatori. Fu questione d'un lampo, poiché la finestra fu chiusa all'istante, ma quel lampo fu sufficiente e i due si volsero abbandonando il cortile senza aprire

silence, too, they traversed the by-street; and it was not until they had come into a neighbouring thoroughfare, where even upon a Sunday there were still some stirrings of life, that Mr. Utterson at last turned and looked at his companion. They were both pale; and there was an answering horror in their eyes.

"God forgive us, God forgive us," said Mr. Utterson.

But Mr. Enfield only nodded his head very seriously, and walked on once more in silence.

The Last Night

Mr. Utterson was sitting by his fireside one evening after dinner, when he was surprised to receive a visit from Poole.

"Bless me, Poole, what brings you here?" he cried; and then taking a second look at him, "What ails you?" he added; "is the doctor ill?"

"Mr. Utterson," said the man, "there is something wrong."

"Take a seat, and here is a glass of wine for you," said the lawyer. "Now, take your time, and tell me plainly what you want."

"You know the doctor's ways, sir," replied Poole, "and how he shuts himself up. Well, he's shut up again in the cabinet; and I don't like it, sir—I wish I may die if I like it. Mr. Utterson, sir, I'm afraid."

"Now, my good man," said the lawyer, "be explicit. What are you afraid of?"

"I've been afraid for about a week," returned Poole, doggedly disregarding the question, "and I can bear it no more."

bocca. Sempre ammutoliti attraversarono la stradina e solo quando raggiunsero una via più frequentata nelle adiacenze, dove c'era un po' di vita malgrado la giornata festiva, il signor Utterson si volse a guardare il compagno. Entrambi erano esangui e nei loro occhi l'orrore forniva un'eloquente risposta.

«Iddio ci perdoni! Iddio ci perdoni!»[31] disse il signor Utterson.

Il signor Enfield si limitò ad annuire con il capo, senza proferir verbo, e riprese il cammino in silenzio.

L'ultima notte

Una sera il signor Utterson se ne stava seduto accanto al caminetto, quando ricevette, con sua grande sorpresa, la visita di Poole.

«Dio vi benedica, Poole, qual vento vi porta?» esclamò e poi, osservandolo un po' meglio: «Cos'è che vi turba?» aggiunse. «Il dottore sta male?»

«Signor Utterson» disse l'uomo «c'è qualcosa che non torna.»

«Sedetevi, ecco un bicchiere di vino» disse l'avvocato. «Ora ditemi perché siete venuto, con calma, senza precipitazione.»

«Conoscete le abitudini del dottore, signore» rispose Poole «e come se ne stia sovente in quel suo romitaggio. Ebbene, s'è di nuovo tappato dentro, e questo non mi convince, signore... Mi venga un colpo se mi convince. Signor Utterson, ho una paura matta.»

«Ora, mio caro Poole» disse l'avvocato «siate più esplicito. Di che cosa avete paura?»

«È stata una settimana di terrore» rispose Poole, evitando, cocciuto, di rispondere alla domanda «e non ce la faccio più.»

The man's appearance amply bore out his words; his manner was altered for the worse; and except for the moment when he had first announced his terror, he had not once looked the lawyer in the face. Even now, he sat with the glass of wine untasted on his knee, and his eyes directed to a corner of the floor. "I can bear it no more," he repeated.

"Come," said the lawyer, "I see you have some good reason, Poole; I see there is something seriously amiss. Try to tell me what it is."

"I think there's been foul play," said Poole, hoarsely.

"Foul play!" cried the lawyer, a good deal frightened and rather inclined to be irritated in consequence. "What foul play? What does the man mean?"

"I daren't say, sir" was the answer; "but will you come along with me and see for yourself?"

Mr. Utterson's only answer was to rise and get his hat and greatcoat; but he observed with wonder the greatness of the relief that appeared upon the butler's face, and perhaps with no less, that the wine was still untasted when he set it down to follow.

It was a wild, cold, seasonable night of March, with a pale moon, lying on her back as though the wind had tilted her, and a flying wrack of the most diaphanous and lawny texture. The wind made talking difficult, and flecked the blood into the face. It seemed to have swept the streets unusually bare of passengers, besides; for Mr. Utterson thought he had never seen that part of London so deserted. He could have wished it otherwise; never in his life had he

L'aspetto dell'uomo confermava ampiamente le parole. Il suo modo di fare era alterato non poco, e in peggio, tanto è vero che, all'infuori del momento in cui aveva esordito con le sue paure, non aveva guardato una sola volta in faccia l'avvocato. Anche adesso se ne stava imbambolato con il bicchiere di vino poggiato sul ginocchio, senza averci messo le labbra, gli occhi inchiodati a un angolo dell'impiantito. «No, non ce la faccio più» era il suo ritornello.

«Suvvia» disse l'avvocato «mi rendo conto che vi spinge un motivo serio e che c'è qualcosa che vi sconcerta.»

«Mi pare che ci sia sotto qualcosa di criminale» disse Poole con voce roca.

«Criminale!» esclamò l'avvocato alquanto spaventato e quindi propenso a perdere le staffe. «Come sarebbe a dire criminale? Cosa intendete dire?»

«Non oso parlarne» fu la risposta. «Ma perché non venite con me a rendervi conto di persona?»

Per tutta risposta il signor Utterson balzò in piedi agguantando cappello e cappotto, ma rimase trasecolato nel constatare l'immenso sollievo che si diffondeva sul volto del maggiordomo e, con non minore meraviglia, che il vino era intatto quando questi aveva deposto il bicchiere per seguirlo. Era una tipica notte di marzo, gelida e tempestosa, con una luna scialba e coricata sul dorso, come se il vento l'avesse sbalzata di seggio, e nubi sfrangiate che formavano un ordito quanto mai serico e opalescente. Era difficile parlare con quel vento che frustava il viso. Inoltre sembrava che avesse spazzato le strade, insolitamente deserte, così che il signor Utterson pensò che non aveva mai visto quella parte di Londra così spopolata. Avrebbe desiderato proprio il contrario, perché in vita sua non gli era mai capitato di provare un

been conscious of so sharp a wish to see and touch his fellow-creatures; for struggle as he might, there was borne in upon his mind a crushing anticipation of calamity. The square, when they got there, was all full of wind and dust, and the thin trees in the garden were lashing themselves along the railing. Poole, who had kept all the way a pace or two ahead, now pulled up in the middle of the pavement, and in spite of the biting weather, took off his hat and mopped his brow with a red pocket-handkerchief. But for all the hurry of his coming, these were not the dews of exertion that he wiped away, but the moisture of some strangling anguish; for his face was white and his voice, when he spoke, harsh and broken.

"Well, sir," he said, "here we are, and God grant there be nothing wrong."

"Amen, Poole," said the lawyer.

Thereupon the servant knocked in a very guarded manner; the door was opened on the chain; and a voice asked from within, "Is that you, Poole?"

"It's all right," said Poole. "Open the door."

The hall, when they entered it, was brightly lighted up; the fire was built high; and about the hearth the whole of the servants, men and women, stood huddled together like a flock of sheep. At the sight of Mr. Utterson, the housemaid broke into hysterical whimpering; and the cook, crying out, "Bless God! it's Mr. Utterson," ran forward as if to take him in her arms.

"What, what? Are you all here?" said the lawyer peevishly. "Very irregular, very unseemly; your master would be far from pleased."

"They're all afraid," said Poole.

desiderio altrettanto cocente di vedere e di toccare i suoi simili. Per quanto cercasse di reagire, non riusciva a scrollarsi di dosso un terribile presentimento di sventura. Quando raggiunsero la piazzetta, era tutta un mulinare di vento e di polvere, mentre gli alberelli rachitici del giardino sferzavano con i rami la cancellata. Poole, che per tutto il tragitto aveva preceduto l'avvocato di un paio di passi, si piantò in mezzo al marciapiede e, malgrado il freddo tagliente, si tolse il cappello e si asciugò la fronte con un fazzoletto rosso. Sebbene avesse camminato di gran carriera, non stava detergendosi il sudore della fatica, ma l'essudazione di un'angoscia che gli serrava la gola, infatti s'era fatto bianco come un panno, e quando parlò emise una voce rotta e gutturale.

«Ebbene, signore» disse «siamo a destinazione e Dio voglia che non ci sia nulla di irreparabile.»

«Amen, Poole» disse l'avvocato.

Quindi il domestico bussò con circospezione. Si schiuse un battente, con la catenella tirata, e una voce dal di dentro domandò: «Siete voi, Poole?».

«Tutto a posto» disse Poole. «Aprite pure.»

Quando entrarono, la sala d'ingresso era inondata di luce, un fuoco vigoroso ardeva nel camino attorno al quale c'era la servitù al gran completo, uomini e donne, addossati l'un l'altro come pecore. Alla vista del signor Utterson la cameriera scoppiò in un pianto isterico e la cuoca si slanciò innanzi come per abbracciarlo, gridando: «Dio sia benedetto! È il signor Utterson!».

«Cosa vedo? Cosa vedo? Siete tutti qui?» disse l'avvocato con un tono di stizza. «È fuori delle regole, non è decoroso, non farebbe certo piacere al vostro padrone.»

«Sono impauriti» commentò Poole.

Blank silence followed, no one protesting; only the maid lifted up her voice and now wept loudly.

"Hold your tongue!" Poole said to her, with a ferocity of accent that testified to his own jangled nerves; and indeed, when the girl had so suddenly raised the note of her lamentation, they had all started and turned toward the inner door with faces of dreadful expectation. "And now," continued the butler, addressing the knife-boy, "reach me a candle, and we'll get this through hands at once." And then he begged Mr. Utterson to follow him, and led the ·vay to the back garden.

"Now, sir," said he, "you come as gently as you can. I want you to hear, and I don't want you to be heard. And see here, sir, if by any chance he was to ask you in, don't go."

Mr. Utterson's nerves, at this unlooked-for termination, gave a jerk that nearly threw him from his balance; but he recollected his courage and followed the butler into the laboratory building through the surgical theatre, with its lumber of crates and bottles, to the foot of the stair. Here Poole motioned him to stand on one side and listen; while he himself, setting down the candle and making a great and obvious call on his resolution, mounted the steps and knocked with a somewhat uncertain hand on the red baize of the cabinet door.

"Mr. Utterson, sir, asking to see you," he called; and even as he did so, once more violently signed to the lawyer to give ear.

A voice answered from within: "Tell him I cannot see any one," it said complainingly.

"Thank you, sir," said Poole, with a note of something like triumph in his voice; and taking up his candle, he led Mr. Utterson back across the yard and

Seguì un silenzio di tomba, nessuno accennò a un moto di protesta e solo la cameriera riprese a gridare piangendo più forte di prima.

«Sta' zitta!» le ordinò Poole con una tale veemenza che rivelava la sua tensione nervosa. Difatti quando la ragazza aveva ripreso a lagnarsi ad alta voce, erano sobbalzati tutti volgendosi verso l'uscio che dava all'interno con un'espressione d'attesa spasmodica dipinta sul volto. «E ora» proseguì il maggiordomo rivolto allo sguattero «passami una candela e mettiamoci in azione.» Quindi pregò il signor Utterson di seguirlo e si diresse verso il giardino del retro.

«Ora, signore» disse «fate più piano che potete. Vorrei che voi udiste, senza farvi sentire. E ascoltatemi: anche se dovesse chiedervi di entrare, non lo fate.»

A questa conclusione inattesa, i nervi di Utterson vibrarono di una tale scossa da fargli quasi perdere l'equilibrio, ma fece appello al proprio coraggio e seguì il maggiordomo nell'ambiente del laboratorio e attraverso il teatro anatomico ingombro di casse e di ampolle, fino ai piedi della scala. Qui Poole gli fece cenno di mettersi in disparte e di tendere le orecchie, mentre lui stesso, posata la candela e con un immane, palese sforzo di volontà, salì gli scalini e bussò all'uscio felpato di rosso con mano esitante.

«Signore, c'è il signor Utterson che chiede di vedervi» disse a voce alta, e mentre parlava continuava a sbracciarsi per far capire all'avvocato di prestare orecchio.

Da dentro s'udì una voce lamentosa: «Digli che non posso vedere nessuno».

«Grazie, signore» disse Poole con un'inflessione quasi trionfante nella voce, quindi, ripresa la candela, scortò di nuovo il signor Utterson attraverso il

into the great kitchen, where the fire was out and the beetles were leaping on the floor.

"Sir," he said, looking Mr. Utterson in the eyes, "was that my master's voice?"

"It seems much changed," replied the lawyer, very pale, but giving look for look.

"Changed? Well, yes, I think so," said the butler. "Have I been twenty years in this man's house, to be deceived about his voice? No, sir; master's made away with; he was made away with eight days ago, when we heard him cry out upon the name of God; and *who's* in there instead of him, and *why* it stays there, is a thing that cries to Heaven, Mr. Utterson!"

"This is a very strange tale, Poole; this is rather a wild tale, my man," said Mr. Utterson, biting his finger. "Suppose it were as you suppose, supposing Dr. Jekyll to have been—well, murdered, what could induce the murderer to stay? That won't hold water; it doesn't commend itself to reason."

"Well, Mr. Utterson, you are a hard man to satisfy, but I'll do it yet," said Poole. "All this last week (you must know) him, or it, or whatever it is that lives in that cabinet, has been crying night and day for some sort of medicine and cannot get it to his mind. It was sometimes his way—the master's, that is—to write his orders on a sheet of paper and throw it on the stair. We've had nothing else this week back; nothing but papers, and a closed door, and the very meals left

piazzale fino al cucinone, dove il fuoco era spento e gli scarafaggi scorrazzavano sull'ammattonato.

«Signore» disse, fissando il signor Utterson negli occhi «quella che avete udita vi sembra la voce del mio padrone?»

«Sembra assai cambiata» rispose il legale che aveva mutato colore, ma fissandolo a sua volta dritto negli occhi.

«Cambiata? Proprio così, ed è quello che penso io, signore» disse il maggiordomo. «Dopo vent'anni che sono in questa casa, potrei forse sbagliarmi sulla voce del mio padrone? No, signore, il padrone l'hanno fatto fuori, l'hanno fatto fuori otto giorni fa quando lo sentimmo invocare con tutta l'anima il nome di Dio, e *chi* sia là dentro invece di lui, e *perché*, è cosa che grida vendetta al cielo, signor Utterson!»

«È una vicenda molto strana, Poole, e delle più atroci, quella che mi raccontate» disse il signor Utterson mordicchiandosi le dita. «Mettiamo che sia come voi dite, che il dottor Jekyll sia stato... be', assassinato, perché mai chi l'ha ucciso resterebbe sul luogo del delitto? La faccenda non quadra ed è contro ogni logica.»

«Bene, signor Utterson, vedo che non è facile persuadervi, ma ci riuscirò» disse Poole. «Dovete sapere che per tutta la settimana lui, voglio dire quell'essere, o qualunque bestia sia quella che è rinchiusa nello studio, non ha fatto altro che lamentarsi piangendo ad alta voce e invocando una certa medicina che, una volta avuta, non gli andava più bene. Era un'abitudine, talvolta, anche del... padrone, cioè quella... di scrivere i suoi ordinativi su pezzetti di carta e gettarceli sulla scala. La settimana scorsa non ha fatto altro: un foglietto dopo l'altro e la porta sempre sbarrata; persino il cibo, che dove-

there to be smuggled in when nobody was looking Well, sir, every day, ay, and twice and thrice in the same day, there have been orders and complaints, and I have been sent flying to all the wholesale chemists in town. Every time I brought the stuff back, there would be another paper telling me to return it, because it was not pure, and another order to a different firm. This drug is wanted bitter bad, sir, whatever for."

"Have you any of these papers?" asked Mr. Utterson.

Poole felt in his pocket and handed out a crumpled note, which the lawyer, bending nearer to the candle, carefully examined. Its contents ran thus: "Dr. Jekyll presents his compliments to Messrs. Maw. He assures them that their last sample is impure and quite useless for his present purpose. In the year 18—, Dr. J. purchased a somewhat large quantity from Messrs. M. He now begs them to search with most sedulous care, and should any of the same quality be left, to forward it to him at once. Expense is no consideration. The importance of this to Dr. J. can hardly be exaggerated." So far the letter had run composedly enough, but here with a sudden splutter of the pen, the writer's emotion had broken loose. "For God's sake," he added, "find me some of the old."

"This is a strange note," said Mr. Utterson; and then sharply, "How do you come to have it open?"

"The man at Maw's was main angry, sir, and he

va essere lasciato sulla soglia, veniva ritirato furti-
vamente, quando non vedeva nessuno. Ebbene, tutti i giorni la medesima storia. Sì, anche due o tre
volte al giorno si sono susseguiti ordini e lagnanze,
e io a trottare di qua e di là, presso tutti i rivendito-
ri di sostanze chimiche della città. Ogni volta che
riportavo qualcosa, c'era un altro biglietto che mi
ingiungeva di restituirla perché era impura, assieme a un altro dispaccio per una ditta diversa. Di
questo farmaco, ne ha un bisogno disperato, signore, qualunque sia lo scopo.»

«Avete ancora uno di quei pezzi di carta?» chiese
il signor Utterson.

Poole si frugò nelle tasche e tirò fuori un foglietto
gualcito e il legale, chinandosi al lume di candela,
esaminò con cura lo scritto: "Il dottor Jekyll invia
distinti ossequi ai sigg. Maw, titolari della Ditta
Maw. Li assicura che l'ultimo campione inviato non
è raffinato e risulta quindi inutilizzabile allo scopo
prefisso. Nell'anno 18... il dottor Jekyll ne aveva
comperata una buona quantità presso la loro ditta.
Pertanto li prega ardentemente di verificare con la
massima cura se esiste qualche rimanenza di detta
sostanza e, in caso positivo, di inviargliela subito.
Non fa questione di prezzo. La cosa è di vitale importanza per il dottor Jekyll". Fino a quel punto il
tenore della missiva era pacato, ma proprio in chiu-
sura uno spruzzo d'inchiostro lasciava intendere
che l'emozione aveva avuto il sopravvento: "Per
amor di Dio" suonava la postilla "rintracciatene un
po' di quella vecchia".

«Una missiva sconcertante» disse il signor Utterson, quindi in tono brusco: «Perché si trova aperta
fra le vostre mani?»

«Il commesso della ditta Maw era imbestialito, si-

threw it back to me like so much dirt," returned Poole.

"This is unquestionably the doctor's hand, do you know?" resumed the lawyer.

"I thought it looked like it," said the servant rather sulkily; and then, with another voice, "But what matters hand of write? " he said. "I've seen him!"

"Seen him?" repeated Mr. Utterson. "Well?"

"That's it!" said Poole. "It was this way. I came suddenly into the theatre from the garden. It seems he had slipped out to look for this drug or whatever it is; for the cabinet door was open, and there he was at the far end of the room digging among the crates. He looked up when I came in, gave a kind of cry, and whipped upstairs into the cabinet. It was but for one minute that I saw him, but the hair stood upon my head like quills. Sir, if that was my master, why had he a mask upon his face? If it was my master, why did he cry out like a rat, and run from me? I have served him long enough. And then..." The man paused and passed his hand over his face.

"These are all very strange circumstances," said Mr. Utterson, "but I think I begin to see daylight. Your master, Poole, is plainly seised with one of those maladies that both torture and deform the sufferer; hence, for aught I know, the alteration of his voice; hence the mask and the avoidance of his friends; hence his eagerness to find this drug, by

gnore, e me l'ha ributtata indietro come fosse robaccia» rispose Poole.

«È la calligrafia del dottore, non c'è dubbio, vi sembra?» disse l'avvocato.

«Per assomigliare, le assomiglia» disse il domestico con sufficienza, poi con voce alterata. «Ma che importa la calligrafia?» disse. «L'ho visto con questi occhi!»

«L'avete visto!» gli fece eco il signor Utterson. «E allora?»

«Ecco com'è andata!» prese a narrare Poole. «Proprio a questo modo: un giorno m'era capitato di entrare all'improvviso nel teatro anatomico venendo dal giardino. Lui doveva essere uscito fuori a cercare quella droga, o di che altra diavoleria si tratta, perché la porta dello studiolo era aperta e lui era all'altro capo dello stanzone che frugava fra il pagliericcio e le casse. Al mio ingresso alzò lo sguardo, emise una specie di grido e salì molto in fretta le scale infilando l'uscio dello studio: questione d'un baleno, ma fu sufficiente a farmi rizzare i capelli come gli aghi d'un porcospino. Signore, se quello era il mio padrone, perché s'era messa una maschera sul volto? Se era proprio lui, perché al mio cospetto si era dileguato squittendo come un sorcio? Sono stato troppo a lungo al suo servizio! E poi...» Il domestico fece una pausa passandosi una mano sul volto.

«Sono circostanze davvero strane» disse il signor Utterson. «Ma forse comincio a intravedere un po' di chiarore. Il vostro padrone, Poole, è vittima di una di quelle infermità che a un tempo torturano e deformano il corpo di chi ne è affetto. Di qui, per quanto ne so, la sua voce che non è più la stessa, di qui quella sorta di camuffamento e quel suo sottrarsi alle persone care e la frenesia di rintracciare il composto

means of which the poor soul retains some hope of ultimate recovery—God grant that he be not deceived! There is my explanation; it is sad enough, Poole, ay, and appalling to consider; but it is plain and natural, hangs well together, and delivers us from all exorbitant alarms."

"Sir," said the butler, turning to a sort of mottled pallor, "that thing was not my master, and there's the truth. My master"—here he looked round him and began to whisper—"is a tall, fine build of a man, and this was more of a dwarf." Utterson attempted to protest. "O, sir," cried Poole, "do you think I do not know my master after twenty years? Do you think I do not know where his head comes to in the cabinet door, where I saw him every morning of my life? No, sir, that thing in the mask was never Dr. Jekyll—God knows what it was, but it was never Dr. Jekyll; and it is the belief of my heart that there was murder done."

"Poole," replied the lawyer, "if you say that, it will become my duty to make certain. Much as I desire to spare your master's feelings, much as I am puzzled by this note which seems to prove him to be still alive, I shall consider it my duty to break in that door."

"Ah Mr. Utterson, that's talking!" cried the butler.

"And now comes the second question," resumed Utterson: "Who Is going to do it?"

"Why, you and me, sir," was the undaunted reply.

"That's very well said," returned the lawyer; "and whatever comes of it, I shall make it my business to see you are no loser."

chimico in cui quell'anima derelitta ripone qualche speranza di guarigione... Dio voglia che non s'illuda! La mia spiegazione è questa, ed è abbastanza dolorosa, Poole, certo, e tremenda se ci si pensa. Ma è semplice e conforme ai dettami di natura, logica e conseguente, e ci libera da paure infondate.»

«Signore» disse il maggiordomo «quel coso non era il mio padrone, ecco come stanno le cose! Il mio padrone» e così dicendo si guardò attorno con circospezione, abbassando il tono della voce fino a un sussurro «è un bel pezzo d'uomo, mentre quello era una specie di nano.» Utterson cercò di replicare. «Ma signore!» gridò Poole. «Credete forse che non conosca il mio padrone dopo vent'anni? E che non sappia dove gli arrivi il capo quando passa per la porta dello studiolo, in cui l'ho visto entrare giorno dopo giorno per quasi una vita? No, signore, quel coso camuffato non era assolutamente il dottor Jekyll... Dio solo sa chi fosse, ma non il dottor Jekyll, e me lo sento nel sangue che è stato commesso un delitto.»

«Poole» rispose l'avvocato «se dite questo, sarà mio dovere accertarmene. Per quanto desideri rispettare le volontà del vostro padrone, per quanto questo biglietto, che sembra dimostrare che è ancora in vita, mi lasci ancora un margine di dubbio, considero mio dovere forzare quell'uscio.»

«Ah! Signor Utterson, questo sì che si chiama parlare!» gridò il maggiordomo.

«Veniamo al secondo punto» proseguì Utterson. «Chi lo deve fare?»

«Ma voi e io, signore» rispose Poole con determinazione.

«Ben detto» disse a sua volta l'avvocato «e qualunque cosa accada, mi assumo la responsabilità anche per voi.»

"There is an axe in the theatre," continued Poole; "and you might take the kitchen poker for yourself."

The lawyer took that rude but weighty instrument into his hand, and balanced it. "Do you know, Poole," he said, looking up, "that you and I are about to place ourselves in a position of some peril?"

"You may say so, sir, indeed," returned the butler.

"It is well, then, that we should be frank," said the other. "We both think more than we have said; let us make a clean breast. This masked figure that you saw, did you recognise it?"

"Well, sir, it went so quick, and the creature was so doubled up, that I could hardly swear to that," was the answer. "But if you mean, was it Mr. Hyde?— why, yes, I think it was! You see, it was much of the same bigness; and it had the same quick, light way with it; and then who else could have got in by the laboratory door? You have not forgot, sir, that at the time of the murder he had still the key with him? But that's not all. I don't know, Mr. Utterson, if ever you met this Mr. Hyde?"

"Yes," said the lawyer, "I once spoke with him."

"Then you must know as well as the rest of us that there was something queer about that gentleman— something that gave a man a turn—I don't know rightly how to say it, sir, beyond this: that you felt in your marrow kind of cold and thin."

"I own I felt something of what you describe," said Mr. Utterson.

"Quite so, sir," returned Poole. "Well, when that masked thing like a monkey jumped from among the chemicals and whipped into the cabinet, it went

«Nel teatro anatomico c'è un'accetta» proseguì Poole. «Voi potete prendere l'attizzatoio di cucina.»

L'avvocato afferrò quell'arnese greve e massiccio e lo soppesò fra le mani. «Vi rendete conto, Poole» disse alzando lo sguardo «che ci stiamo imbarcando in un'impresa alquanto pericolosa?»

«Potete ben dirlo, signore» rispose Poole.

«A questo punto è bene vuotare il sacco fino in fondo» disse l'altro. «A entrambi ci frulla in testa qualcosa che non abbiamo detto esplicitamente. Parliamoci chiaro: quella figura mascherata che avete visto, l'avete riconosciuta?»

«Be', signore, quel coso sgattaiolò via così lesto e talmente rincagnato su se stesso, che non potrei giurarlo» rispose. «Ma se con questo volete alludere al signor Hyde, certo, sì, credo che si trattasse di lui! Vedete, era più o meno della sua statura e aveva lo stesso modo di muoversi rapido e agile. E poi, chi altri avrebbe potuto introdursi qui passando dalla porta del laboratorio? Non avrete di sicuro scordato, signore, che al tempo del delitto egli aveva ancora la chiave. Ma non è tutto; voi, signore, avete mai incontrato il signor Hyde?»

«Sì» disse l'avvocato «mi è capitato di parlarci una volta.»

«Allora saprete come tutti noi che quel signore aveva un che di strano... un qualcosa che vi provocava... non so come dire, fin dentro alle ossa... una puntura gelida e penetrante.»

«Anch'io ho provato una sensazione analoga» disse il signor Utterson.

«Proprio così, signore» riprese Poole. «Quando quel coso mascherato si mise a saltellare con l'agilità di una scimmia fra le apparecchiature del laboratorio e da ultimo balzò dentro lo studiolo, avvertii un

down my spine like ice. O, I know it's not evidence, Mr. Utterson; I'm book-learned enough for that; but a man has his feelings, and I give you my bible-word it was Mr. Hyde!"

"Ay, ay," said the lawyer. "My fears incline to the same point. Evil, I fear, founded—evil was sure to come—of that connection. Ay, truly, I believe you; I believe poor Harry is killed; and I believe his murderer (for what purpose, God alone can tell) is still lurking in his victim's room. Well, let our name be vengeance. Call Bradshaw."

The footman came at the summons, very white and nervous.

"Put yourself together, Bradshaw," said the lawyer. "This suspense, I know, is telling upon all of you; but it is now our intention to make an end of it. Poole, here, and I are going to force our way into the cabinet. If all is well, my shoulders are broad enough to bear the blame. Meanwhile, lest anything should really be amiss, or any malefactor seek to escape by the back, you and the boy must go round the corner with a pair of good sticks and take your post at the laboratory door. We give you ten minutes, to get to your stations."

As Bradshaw left, the lawyer looked at his watch. "And now, Poole, let us get to ours," he said; and taking the poker under his arm, led the way into the yard. The scud had banked over the moon, and it was now quite dark. The wind, which only broke in puffs and draughts into that deep well of building, tossed the light of the candle to and fro about their steps, until they came into the shelter of the theatre, where they sat down silently to wait. London hummed

brivido di gelo lungo la spina dorsale. Oh, so bene che non è una prova attendibile, questa, signor Utterson, ma ognuno di noi le cose le sente, e vi assicuro, in fede mia, che quello era il signor Hyde.»

«Sì, sì» disse l'avvocato. «È quel che temo anch'io. Quel legame sorto dal male... non poteva che portare al male. Sì, in verità, vi credo. Sono convinto anch'io che il povero Harry sia stato ucciso e non ho più dubbi che il suo assassino, e Dio solo può dire il perché, sia rintanato nello studio della sua vittima. Bene, la vendetta sarà il nostro motto. Ora chiamate Bradshaw.»

Quando arrivò, il valletto era terreo, i nervi a fior di pelle.

«Fatevi coraggio, Bradshaw» disse l'avvocato. «Mi rendo conto che questa attesa spasmodica vi mette in uno stato di agitazione, ma abbiamo deciso di venire al dunque. Poole e io stiamo per forzare la porta dello studio. Se risulta tutto secondo le regole, credo di avere le spalle abbastanza larghe per accollarmi l'onta di questa azione. Ma nel caso che sia veramente successo qualcosa, per evitare che il lestofante ci scappi dalla porticina che dà sul retro, voi e lo sguattero andrete a mettervi al varco dietro la porta del laboratorio, appena girato l'angolo, con un paio di robusti randelli. Avete una decina di minuti per raggiungere il posto.»

Appena Bradshaw uscì, l'avvocato consultò l'orologio: «Ora, Poole, tocca a noi» disse, e con l'attizzatoio sotto braccio lo precedette nel cortile. La luna sembrava essere divenuta l'approdo di una fitta nuvolaglia, faceva un buio pesto. Il vento che s'ingolfava nell'incavo profondo di quel pozzo fra le case con tenui folate, faceva vacillare la fiamma della candela confondendo i loro passi. Alla fine giunsero al riparo nella sala d'anatomia e si sedettero zitti ad aspettare.

solemnly all around; but nearer at hand, the stillness was only broken by the sounds of a footfall moving to and fro along the cabinet floor.

"So it will walk all day, sir," whispered Poole; "ay, and the better part of the night. Only when a new sample comes from the chemist, there's a bit of a break. Ah, it's an ill conscience that's such an enemy to rest! Ah, sir, there's blood foully shed in every step of it! But hark again, a little closer—put your heart in your ears, Mr. Utterson, and tell me, is that the doctor's foot?"

The steps fell lightly and oddly, with a certain swing, for all they went so slowly; it was different indeed from the heavy creaking tread of Henry Jekyll. Utterson sighed. "Is there never anything else?" he asked.

Poole nodded. "Once," he said. "Once I heard it weeping!"

"Weeping? how that?" said the lawyer, conscious of a sudden chill of horror.

"Weeping like a woman or a lost soul," said the butler. "I came away with that upon my heart, that I could have wept too."

But now the ten minutes drew to an end. Poole disinterred the axe from under a stack of packing straw; the candle was set upon the nearest table to light them to the attack; and they drew near with bated breath to where that patient foot was still going up and down, up and down, in the quiet of the night. "Jekyll," cried Utterson, with a loud voice, "I demand to see you." He paused a moment, but there came no reply. "I give you fair warning, our suspicions are aroused, and I must and shall see you," he

Tutt'intorno s'udiva il brontolio solenne di Londra, ma più d'appresso la quiete era rotta da uno scalpiccio che andava avanti e indietro sul pavimento dello studiolo.

«Fa sempre così, tutto il santo giorno, signore» bisbigliò Poole «e la gran parte della notte. Solo quando gli portano un genere nuovo di quella roba, ha un po' di tregua. Ah, è la sua coscienza nera che non gli dà requie! Ah, signore, ognuno di quei passi gronda del sangue che ha versato! Ecco, ascoltate bene, un po' più vicino... ascoltate con tutta l'anima, signor Utterson, e ditemi: vi sembrano questi i passi del dottore?»

Per quanto lenti, i passi si posavano con una curiosa elasticità e una certa cadenza; erano tutt'altra cosa dalla camminata greve e crepitante di Henry Jekyll. Utterson emise un sospiro: «Avete mai sentito altro?» chiese.

Poole fece cenno di sì. «Una volta» disse «una volta ho sentito che piangeva!»

«Piangeva? E come?» domandò sentendosi addosso un fremito di orrore.

«Piangeva come una donna o un'anima persa» disse il maggiordomo. «Mi allontanai con il cuore così gonfio, che mi sarei messo a piangere anch'io.»

Ormai il tempo stringeva. Poole tirò fuori l'ascia da sotto un mucchio di ricci da imballaggio; posarono la candela sul tavolo più vicino in modo da far luce durante l'assalto e si avvicinarono col fiato sospeso fin dove quell'indomito passo percorreva la stanza su e giù, giù e su nella notte silente.

«Jekyll» gridò Utterson a gran voce. «Chiedo di vederti.» Stette un attimo in ascolto, ma non ci fu risposta. «Ti avverto lealmente: abbiamo dei sospetti, devo vederti e ti vedrò» quindi proseguì «con le buo-

resumed; "if not by fair means, then by foul—if not of your consent, then by brute force!"

"Utterson," said the voice, "for God's sake, have mercy!"

"Ah, that's not Jekyll's voice—it's Hyde's!" cried Utterson. "Down with the door, Poole!"

Poole swung the axe over his shoulder; the blow shook the building, and the red baize door leaped against the lock and hinges. A dismal screech, as of mere animal terror, rang from the cabinet. Up went the axe again, and again the panels crashed and the frame bounded; four times the blow fell; but the wood was tough and the fittings were of excellent workmanship; and it was not until the fifth, that the lock burst and the wreck of the door fell inwards on the carpet.

The besiegers, appalled by their own riot and the stillness that had succeeded, stood back a little and peered in. There lay the cabinet before their eyes in the quiet lamplight, a good fire glowing and chattering on the hearth, the kettle singing its thin strain, a drawer or two open, papers neatly set forth on the business table, and nearer the fire, the things laid out for tea: the quietest room, you would have said, and, but for the glazed presses full of chemicals, the most commonplace that night in London.

Right in the midst there lay the body of a man sorely contorted and still twitching. They drew near on tiptoe, turned it on its back and beheld the face of Edward Hyde. He was dressed in clothes far too large for him, clothes of the doctor's bigness; the

ne o con le cattive... se non ce lo permetti, ricorreremo alla forza!»

«Utterson» disse la voce «per amor di Dio, abbi misericordia!»

«Ah, questa non è la voce di Jekyll, ma quella di Hyde!» grido Utterson. «Giù la porta, Poole.»

Poole vibrò l'ascia sollevandola fin sopra la spalla.[32] Il colpo fece rintronare l'edificio, la porta felpata di rosso sussultò sull'ancoraggio dei cardini e della serratura. Nello studiolo echeggiò uno strillo agghiacciante, come di un animale braccato dalla paura. L'ascia fu vibrata ancora e di nuovo i battenti scricchiolarono e la struttura dette un sobbalzo. S'abbatterono quattro colpi, ma il legno era compatto e solide le connessure. Fu solo il quinto fendente che fece saltare la serratura e rovinare l'intelaiatura all'interno, sul tappeto.

Frastornati dal loro stesso empito tumultuoso, e dalla quiete subitanea che era succeduta, i due arretrarono un po' frugando all'interno con lo sguardo. Dinnanzi ai loro occhi s'apriva il gabinetto scientifico del dottore nella luce immobile della lampada: nel camino ardeva scoppiettando un fuoco gagliardo; la teiera emetteva il proprio fischio canterino, un paio di cassetti erano semiaperti, ben ordinate sullo scrittoio giacevano le carte e accanto al fuoco l'occorrente per il tè. Se non fosse stato per le vetrine stracolme di prodotti chimici, la si sarebbe detta la stanza più tipica e tranquilla nella Londra notturna.

Proprio in mezzo alla stanza c'era riverso il corpo d'un uomo orribilmente contratto e ancora scosso dagli spasimi dell'agonia. S'accostarono in punta di piedi, lo rigirarono sul dorso e videro la faccia di Edward Hyde. Indossava degli abiti stazzonati, esorbitanti per la sua corporatura smilza, adatti piuttosto a una taglia

cords of his face still moved with a semblance of life, but life was quite gone; and by the crushed phial in the hand and the strong smell of kernels that hung upon the air, Utterson knew that he was looking on the body of a self-destroyer.

"We have come too late," he said sternly, "whether to save or punish. Hyde is gone to his account; and it only remains for us to find the body of your master."

The far greater proportion of the building was occupied by the theatre, which filled almost the whole ground story and was lighted from above, and by the cabinet, which formed an upper story at one end and looked upon the court. A corridor joined the theatre to the door on the by-street; and with this the cabinet communicated separately by a second flight of stairs. There were besides a few dark closets and a spacious cellar. All these they now thoroughly examined. Each closet needed but a glance, for all were empty, and all, by the dust that fell from their doors, had stood long unopened. The cellar, indeed, was filled with crazy lumber, mostly dating from the times of the surgeon who was Jekyll's predecessor; but even as they opened the door they were advertised of the uselessness of further search, by the fall of a perfect mat of cobweb which had for years sealed up the entrance. Nowhere was there any trace of Henry Jekyll, dead or alive.

Poole stamped on the flags of the corridor. "He must be buried here," he said, hearkening to the sound.

come quella del dottore. I muscoli del volto si contraevano ancora in una parvenza di vita, anche se la vita s'era ormai dileguata. Dalla fiala infranta che stringeva ancora in mano e dall'odore intenso di mandorle che stagnava nell'aria, Utterson capì che stava osservando il corpo di uno che si era tolto la vita.[33]

«Siamo arrivati troppo tardi» disse in tono grave «sia per salvare che per castigare. Hyde è andato a render conto dei suoi peccati. Non ci resta che scoprire dove è la salma del vostro padrone.»

Quasi tutto l'edificio consisteva nell'anfiteatro anatomico, grande quanto il pianoterra; il quale prendeva luce da un lucernario e dallo studiolo; quest'ultimo costituiva infatti una specie di soppalco le cui finestre davano sul cortile. La sala d'anatomia era in comunicazione con la porta che si apriva sulla stradina mediante un angusto corridoio, il quale serviva a sua volta anche lo studiolo tramite una seconda rampa di scale. C'erano inoltre alcuni bugigattoli e un ampio scantinato. Setacciarono tutti questi locali da cima a fondo. I primi, vuoti com'erano, richiesero poco tempo, anche perché dalla polvere sollevata aprendo gli usci, era facile arguire che erano rimasti chiusi da tempo. La cantina invece era ingombra delle più impensabili carabattole, in gran parte sedimentate laggiù sin dai tempi del chirurgo che aveva abitato la casa prima di Jekyll. Ma quando scostarono la porta, il distacco d'un vasto lacerto di ragnatele[34] che per anni aveva suggellato quell'ingresso, fu il segno inequivocabile che ogni altra ricerca sarebbe stata vana. Da nessuna parte c'era traccia di Jekyll, vivo o morto che fosse.

Poole tentò con il tacco l'ammattonato del corridoio: «Deve essere sepolto qui» disse tendendo l'orecchio al suono cavo.

"Or he may have fled," said Utterson, and he turned to examine the door in the by-street. It was locked; and lying near by on the flags, they found the key, already stained with rust.

"This does not look like use," observed the lawyer.

"Use!" echoed Poole. "Do you not see, sir, it is broken? much as if a man had stamped on it."

"Ay," continued Utterson, "and the fractures, too, are rusty." The two men looked at each other with a scare. "This is beyond me, Poole," said the lawyer. "Let us go back to the cabinet."

They mounted the stair in silence, and still with an occasional awestruck glance at the dead body, proceeded more thoroughly to examine the contents of the cabinet. At one table, there were traces of chemical work, various measured heaps of some white salt being laid on glass saucers, as though for an experiment in which the unhappy man had been prevented.

"That is the same drug that I was always bringing him," said Poole; and even as he spoke, the kettle with a startling noise boiled over.

This brought them to the fireside, where the easy-chair was drawn cosily up, and the tea things stood ready to the sitter's elbow, the very sugar in the cup. There were several books on a shelf; one lay beside the tea things open, and Utterson was amazed to find it a copy of a pious work, for which Jekyll had several times expressed a great esteem, annotated, in his own hand, with startling blasphemies.

Next, in the course of their review of the chamber, the searchers came to the cheval-glass, into whose

«Oppure è fuggito» disse Utterson, andando a verificare la porta che dava sulla stradina. Questa era inchiavardata e per terra, nella connessura dei mattoni, trovarono la chiave mezza intaccata dalla ruggine.

«Non sembra che sia stata usata» osservò l'avvocato.

«Usata?» fece eco Poole. «Non avete notato, signore, che è rotta, come se l'avessero schiantata?»

«Ah» proseguì Utterson «anche dove si è rotta porta la ruggine.»

I due si scambiarono uno sguardo pieno di paura. «Questo è troppo, Poole» disse l'avvocato «torniamo nello studiolo.»

Salirono le scale ammutoliti e quindi, data un'occhiata di raccapriccio al cadavere, procedettero a un esame più accurato di quanto conteneva il gabinetto. Su di un tavolino c'erano segni evidenti di una qualche operazione chimica: diversi mucchietti dosati di un sale biancastro colmavano altrettanti scodellini di vetro, come per un esperimento che l'infelice avesse dovuto interrompere.

«Ecco la droga che continuavo a portargli» disse Poole, e mentre parlava l'ebollizione fece traboccare la teiera con uno sfrigolio che li fece trasalire.

Si volsero d'istinto verso il caminetto dov'era il confortevole approdo della poltrona e l'occorrente per il tè a portata di mano di chi vi fosse seduto, compresa la tazza già zuccherata. Una scansia conteneva vari volumi, uno di questi era aperto accanto agli ammennicoli del tè. Utterson rimase allibito nel constatare che si trattava di un'opera devozionale per la quale Jekyll aveva espresso più volte la propria incondizionata ammirazione, ma che recava sui margini incredibili bestemmie annotate di sua mano.

Nel corso della verifica a cui stavano sottoponendo l'ambiente, s'imbatterono nello specchio a caval-

depths they looked with an involuntary horror. But it was so turned as to show them nothing but the rosy glow playing on the roof, the fire sparkling in a hundred repetitions along the glazed front of the presses, and their own pale and fearful countenances stooping to look in.

"This glass has seen some strange things, sir," whispered Poole.

"And surely none stranger than itself," echoed the lawyer in the same tones. "For what did Jekyll"—he caught himself up at the word with a start, and then conquering the weakness—"what could Jekyll want with it?" he said.

"You may say that!" said Poole.

Next they turned to the business-table. On the desk, among the neat array of papers, a large envelope was uppermost, and bore, in the doctor's hand, the name of Mr. Utterson. The lawyer unsealed it, and several enclosures fell to the floor. The first was a will, drawn in the same eccentric terms as the one which he had returned six months before, to serve as a testament in case of death and as a deed of gift in case of disappearance; but in place of the name of Edward Hyde, the lawyer, with indescribable amazement, read the name of Gabriel John Utterson. He looked at Poole, and then back at the paper, and last of all at the dead malefactor stretched upon the carpet.

"My head goes round," he said. "He has been all these days in possession; he had no cause to like me; he must have raged to see himself displaced; and he has not destroyed this document."

He caught up the next paper; it was a brief note in the doctor's hand and dated at the top. "O Poole!" the

letto nel cui abisso gettarono uno sguardo pieno di orrore. Ma esso era inclinato in modo da riflettere solo il riverbero rossastro che si muoveva sul soffitto, il guizzo del fuoco che rimbalzava all'infinito sui vetri delle teche e i loro stessi sembianti pallidi e scorati che si protendevano a guardare.

«Questo specchio è muto testimone di strane cose, signore» bisbigliò Poole.

«Anche se la sua presenza qui è la più strana di tutte» gli fece eco l'avvocato nello stesso tono. «Perché mai Jekyll...» s'interruppe con un sussulto su quel nome, e quindi, con uno sforzo di volontà «Che se ne faceva Jekyll d'uno specchio come questo?»

«È quello che mi domando anch'io» disse Poole.

Si volsero quindi alla scrivania sul cui ripiano, tra le carte disposte con ordine meticoloso, spiccava una busta rigonfia sul cui dorso la mano del dottore aveva vergato il nome del signor Utterson. Il legale fece saltare il sigillo e mentre l'apriva diversi fogli volarono per terra. Il primo era un testamento redatto negli stessi termini bislacchi di quello che aveva già respinto, il quale doveva attestare le ultime volontà in caso di decesso, e servire come atto di donazione in caso di scomparsa; ma al posto del nome di Edward Hyde l'avvocato lesse, al colmo dello sbigottimento, quello di Gabriel John Utterson. Questi guardò Poole, poi di nuovo il documento, e per ultimo quel manigoldo stecchito sull'impiantito.

«Mi fa perdere il cervello» disse. «L'ha avuto a portata di mano tutti questi giorni, e dire che non gli ero certo simpatico; deve essere andato su tutte le furie nel vedersi messo da parte; eppure non ha distrutto il testamento.»

Raccolse un'altra carta. Era una minuta scritta dal dottore con la data in cima al foglio. «Oh, Poole!»

lawyer cried, "he was alive and here this day. He cannot have been disposed of in so short a space; he must be still alive, he must have fled! And then, why fled? and how? and in that case, can we venture to declare this suicide? O, we must be careful. I foresee that we may yet involve your master in some dire catastrophe."

"Why don't you read it, sir?" asked Poole.

"Because I fear," replied the lawyer solemnly. "God grant I have no cause for it!" And with that he brought the paper to his eyes and read as follows:

> "My dear Utterson,—When this shall fall into your hands, I shall have disappeared, under what circumstances I have not the penetration to foresee, but my instinct and all the circumstances of my nameless situation tell me that the end is sure and must be early. Go then, and first read the narrative which Lanyon warned me he was to place in your hands; and if you care to hear more, turn to the confession of
> "Your unworthy and unhappy friend,
> "Henry Jekyll."

"There was a third enclosure?" asked Utterson.

"Here, sir," said Poole, and gave into his hands a considerable packet sealed in several places.

The lawyer put it in his pocket. "I would say nothing of this paper. If your master has fled or is dead, we may at least save his credit. It is now ten; I must go home and read these documents in quiet; but I shall be back before midnight, when we shall send for the police."

gridò l'avvocato. «Era qui, ancora in vita, oggi stesso. Non possono averlo fatto sparire in così breve tempo; deve essere ancora vivo. O forse è fuggito! Ma perché fuggito? E in che modo? E in questo caso, possiamo arrischiarci a denunciare quanto è successo come un suicidio? Oh, dobbiamo usare cautela altrimenti potremmo coinvolgere il vostro padrone in qualche sciagura funesta.»

«Perché non leggete, signore?» chiese Poole.

«Perché mi fa paura» rispose l'avvocato con austero cipiglio. «Dio voglia che non ne abbia il motivo.» Così dicendo si avvicinò il foglio fin sotto gli occhi e lesse quanto segue:

> Mio caro Utterson,
>
> ... quando avrai fra le mani questo foglio sarò già scomparso, anche se non posso prevedere in qual modo; ma l'istinto e la situazione innominabile in cui mi trovo, mi dicono che ormai incombe una fine sicura e imminente. Vai dunque, e leggi il memoriale che Lanyon, a quanto mi disse, deve avere affidato alle tue mani, e se vuoi avere ulteriori ragguagli puoi ricorrere alle confessioni del
>
> tuo immeritevole e infelice amico
>
> *Henry Jekyll*

«C'era anche un terzo allegato?» chiese Utterson.

«Eccolo, signore» disse Poole, passandogli un plico voluminoso e sigillato in più punti.

L'avvocato se l'infilò in tasca: «Preferirei che non se ne facesse parola con nessuno. Se il vostro padrone è fuggito o è deceduto, cerchiamo almeno di salvare la sua reputazione. Sono le dieci. Corro a casa a leggermi con calma questi documenti. Sarò di ritorno prima di mezzanotte e allora manderemo a chiamare la polizia».

They went out, locking the door of the theatre behind them; and Utterson, once more leaving the servants gathered about the fire in the hall, trudged back to his office to read the two narratives in which this mystery was now to be explained.

Dr. Lanyon's Narrative

On the ninth of January, now four days ago, I received by the evening delivery a registered envelope, addressed in the hand of my colleague and old school companion, Henry Jekyll. I was a good deal surprised by this; for we were by no means in the habit of correspondence; I had seen the man, dined with him, indeed, the night before; and I could imagine nothing in our intercourse that should justify formality of registration. The contents increased my wonder; for this is how the letter ran:

> "10th December, 18—
>
> "Dear Lanyon,—You are one of my oldest friends; and although we may have differed at times on scientific questions, I cannot remember, at least on my side, any break in our affection. There was never a day when, if you had said to me, 'Jekyll, my life, my honour, my reason, depend upon you,' I would not have sacrificed my left hand to help you. Lanyon, my life, my honour, my reason, are all at your mercy; if you fail me to-night, I am lost. You might suppose, after this preface, that I am going to ask you for something dishonourable to grant. Judge for yourself.
>
> "I want you to postpone all other engagements for

Uscirono mettendo sotto chiave il teatro anatomico. Lasciata la servitù ancora raccolta attorno al fuoco, Utterson trascinò le gambe fino al suo studio per leggere i due memoriali che gli avrebbero svelato il mistero.

Il memoriale del dottor Lanyon

Quattro giorni or sono, il nove gennaio, ricevetti con la posta del pomeriggio una lettera raccomandata il cui indirizzo rivelava la calligrafia del mio collega, e vecchio compagno di scuola, Henry Jekyll. Ne fui sorpreso non poco poiché non avevamo mai avuto l'abitudine di ricorrere a scambi epistolari. Oltretutto l'avevo incontrato la sera prima trattenendomi con lui a cena, e, per quanto potessi immaginare, non c'era nulla nei nostri rapporti che richiedesse una simile procedura formale. Il contenuto della missiva aumentò il mio stupore. Ecco infatti quel che vi era scritto:

Addì, 10 dicembre 18...

Caro Lanyon,

... sei uno dei miei più vecchi amici, e per quanto ci siano stati fra noi dissapori per questioni scientifiche, non rammento, almeno da parte mia, che il nostro affetto sia mai venuto meno. Non c'è stato un attimo in cui, se mi avessi gridato: "Jekyll, la mia vita, l'onore, il senno, dipendono da te", non avrei sacrificato la mia fortuna e la mia mano sinistra per venirti in aiuto. Lanyon, la mia vita, l'onore, il senno sono alla tua mercé. Se mi viene meno il tuo soccorso, questa notte, sono finito. Da questo preambolo può venirti il sospetto che stia per chiederti un'azione disonorevole. Lascio a te giudicare.

Voglio che questa notte tu rinvii ogni altra incom-

to-night—ay, even if you were summoned to the bed-side of an emperor; to take a cab, unless your carriage should be actually at the door; and with this letter in your hand for consultation, to drive straight to my house. Poole, my butler, has his orders; you will find him waiting your arrival with a locksmith. The door of my cabinet is then to be forced: and you are to go in alone; to open the glazed press (letter E) on the left hand, breaking the lock if it be shut; and to draw out, *with all its contents as they stand*, the fourth drawer from the top or (which is the same thing) the third from the bottom. In my extreme distress of mind, I have a morbid fear of misdirecting you; but even if I am in error, you may know the right drawer by its contents: some powders, a phial and a paper book. This drawer I beg of you to carry back with you to Cavendish Square exactly as it stands.

"That is the first part of the service: now for the second. You should be back, if you set out at once on the receipt of this, long before midnight; but I will leave you that amount of margin, not only in the fear of one of those obstacles that can neither be prevented nor foreseen, but because an hour when your servants are in bed is to be preferred for what will then remain to do. At midnight, then, I have to ask you to be alone in your consulting room, to admit with your own hand into the house a man who will present himself in my name, and to place in his hands the drawer that you will have brought with you from my cabinet. Then you will have played your part and earned my gratitude completely. Five minutes afterwards, if you insist upon an explanation, you will have understood that these arrangements are of capital importance; and that by the neglect of one of them, fantastic as they must appear, you might have charged your conscience with my death or the shipwreck of my reason.

"Confident as I am that you will not trifle with this

benza... sì, anche se tu fossi convocato al capezzale di un imperatore; che tu prenda a nolo un calesse, se non hai già la carrozza al portone, e corra senza indugio in casa mia con questa lettera che ti guiderà nei movimenti. Poole, il maggiordomo, ha ricevuto istruzioni in proposito e lo troverai ad attenderti con un fabbro. Dovrete forzare la porta del mio gabinetto scientifico, ma sarai tu solo a entrare. Aprirai quindi la vetrina sulla parete sinistra contrassegnata dalla lettera E, facendo saltare la serratura se fosse chiusa, e ne estrarrai il quarto cassettino dall'alto *con tutto il suo contenuto così come si trova*, oppure, il che è lo stesso, il terzo dal basso. Nella mia folle disperazione ho l'insano terrore di fornirti istruzioni errate, ma anche se dovessi sbagliare, riconoscerai il cassettino da quel che contiene: alcune polveri, una fiala, un taccuino. Ti prego di portare con te, a Cavendish Square, questo contenitore, così come lo troverai.

Dopo la prima parte del favore che ti chiedo, viene la seconda. Se ti metti in cammino appena ricevuta la presente, dovresti essere di ritorno molto prima della mezzanotte. Ho calcolato un buon lasso di tempo non solo per tema di uno di quegli intoppi imprevedibili e inevitabili, ma anche perché è preferibile scegliere, per il resto dell'operazione, un'ora in cui la servitù si sia già ritirata. Pertanto debbo chiederti di farti trovare solo, a mezzanotte, nel tuo ambulatorio dove accoglierai un tale che ti si presenterà adducendo il mio nome e al quale consegnerai il contenitore prelevato nel mio studio. A questo punto avrai compiuto un'azione per la quale ti sarò perennemente grato. Se tu dovessi insistere per avere spiegazioni, cinque minuti dopo ti renderai conto che tutti questi particolari sono d'una importanza decisiva, e che il trascurarne anche uno solo potrebbe far ricadere sulla tua coscienza, per quanto bizzarro possa apparire, la mia morte o il naufragio della mia mente.

Il solo pensiero di una simile evenienza mi provo-

appeal, my heart sinks and my hand trembles at the bare thought of such a possibility. Think of me at this hour, in a strange place, labouring under a blackness of distress that no fancy can exaggerate, and yet well aware that, if you will but punctually serve me, my troubles will roll away like a story that is told. Serve me, my dear Lanyon, and save

"Your friend,
"H. J."

"P.S.—I had already sealed this up when a fresh terror struck upon my soul. It is possible that the post-office may fail me, and this letter not come into your hands until to-morrow morning. In that case, dear Lanyon, do my errand when it shall be most convenient for you in the course of the day; and once more expect my messenger at midnight. It may then already be too late; and if that night passes without event, you will know that you have seen the last of Henry Jekyll."

Upon the reading of this letter, I made sure my colleague was insane; but till that was proved beyond the possibility of doubt, I felt bound to do as he requested. The less I understood of this farrago, the less I was in a position to judge of its importance; and an appeal so worded could not be set aside without a grave responsibility. I rose accordingly from table, got into a hansom, and drove straight to Jekyll's house. The butler was awaiting my arrival; he had received by the same post as mine a registered letter of instruction, and had sent at once for a locksmith and

ca un tuffo al cuore e mi fa tremare i polsi, anche se credo fermamente che non prenderai alla leggera la mia supplica. In questa ora rivolgi il tuo pensiero all'amico che pencola in strani luoghi e sotto i triboli di una angoscia che nessuna immaginazione riuscirebbe a concepire, seppure nella consapevolezza che queste pene, solo che tu voglia seguire le mie istruzioni, svaniranno come l'incubo alla fine di una favola. Viemmi in soccorso, caro Lanyon, e salva
il tuo amico

H.J.

P.S. Avevo già chiuso la presente quando mi son sentito raggelare il sangue da un nuovo timore. Può darsi che le poste mi tradiscano e che questa mia non ti arrivi prima di domani mattina. In questo caso, caro Lanyon, esegui la prima parte dell'operazione durante la giornata, quando ti torna meglio, e attendi, come pattuito, il mio emissario di mezzanotte. Può darsi che allora sia già troppo tardi e se la notte trascorre senza che succeda nulla, saprai di aver visto per l'ultima volta Henry Jekyll.

Nel leggere la missiva, mi convinsi che il mio collega aveva perso il lume dell'intelletto; tuttavia, nell'attesa di esserne certo oltre ogni ragionevole dubbio, mi sentii in obbligo di eseguire quanto mi veniva richiesto. E quanto più mi trovavo irretito in quel guazzabuglio, tanto meno ero in grado di valutarne l'entità. D'altra parte mi sarei assunto una responsabilità troppo pesante se avessi deciso di trascurare un appello redatto in questi termini. Come richiesto, dunque, mi alzai dallo scrittoio, presi a nolo un calesse e mi diressi a casa di Jekyll. Trovai ad attendermi il maggiordomo, avvertito anche lui nello stesso giro di posta da una raccomandata con relative istruzioni, il quale aveva fatto subito chiamare un fabbro e un fa-

a carpenter. The tradesmen came while we were yet speaking; and we moved in a body to old Dr. Denman's surgical theatre, from which (as you are doubtless aware) Jekyll's private cabinet is most conveniently entered. The door was very strong, the lock excellent; the carpenter avowed he would have great trouble and have to do much damage, if force were to be used; and the locksmith was near despair. But this last was a handy fellow, and after two hours' work, the door stood open. The press marked E was unlocked; and I took out the drawer, had it filled up with straw and tied in a sheet, and returned with it to Cavendish Square.

Here I proceeded to examine its contents. The powders were neatly enough made up, but not with the nicety of the dispensing chemist; so that it was plain they were of Jekyll's private manufacture; and when I opened one of the wrappers I found what seemed to me a simple crystalline salt of a white colour. The phial, to which I next turned my attention, might have been about half full of a blood-red liquor, which was highly pungent to the sense of smell and seemed to me to contain phosphorus and some volatile ether. At the other ingredients I could make no guess. The book was an ordinary version book and contained little but a series of dates. These covered a period of many years, but I observed that the entries ceased nearly a year ago and quite abruptly. Here and there a brief remark was appended to a date, usually no more than a single word: "double" occurring perhaps six times in a total of several hundred entries; and once very early in the list and followed by several marks of exclamation, "total failure!!!" All this, though it whetted my curiosity, told me little that was definite. Here were a

legname. I due artigiani ci raggiunsero mentre discorrevamo ancora sulla soglia di casa. Ci dirigemmo in gruppo verso la sala chirurgica del defunto dottor Denman dalla quale, come saprai, s'accede direttamente allo studiolo privato di Jekyll. La porta era solida e la serratura un capolavoro. Il falegname sentenziò che per forzare l'uscio avrebbe dovuto penare non poco e provocare gravi danni. Il fabbro si mise le mani nei capelli, ma aveva il fiuto del magnano, e in capo a un paio d'ore l'uscio finì per cedere. La teca contrassegnata dalla lettera E era aperta per cui, estratto il cassettino, lo riempii di pagliericcio, l'avvolsi in un foglio e me lo portai a Cavendish Square.

Qui cominciai a esaminare il contenuto. Le polverine erano incartate con cura, ma non con la destrezza manuale del vero farmacista, dal che arguii che erano state manipolate dallo stesso Jekyll. Quando scartai una bustina, ebbi l'impressione che fosse un sale cristallino, di color bianco, comune. La fiala alla quale volsi quindi la mia attenzione era piena per metà d'un liquido rosso sanguigno, dall'odore assai penetrante e che doveva contenere fosforo e un etere volatilizzabile. Non potrei fare alcuna ipotesi sugli altri ingredienti. Quanto al taccuino, era uno di quelli usuali, e vi era annotata una serie di date e qualche riferimento occasionale. Le date coprivano un arco di tempo di diversi anni, ma osservai che le registrazioni s'interrompevano bruscamente un anno fa. Qua e là le date erano corredate da una nota, in genere condensata in una parola: "doppio" ricorreva un sei volte su un totale di parecchie centinaia di registrazioni; e una volta, proprio agli inizi della serie, seguita da diversi punti esclamativi, l'espressione "fiasco completo!!!". Per quanto tutto ciò stuzzicasse la mia curiosità, non mi suggeriva alcunché di preci-

phial of some salt, and the record of a series of experiments that had led (like too many of Jekyll's investigations) to no end of practical usefulness. How could the presence of these articles in my house affect either the honour, the sanity, or the life of my flighty colleague? If his messenger could go to one place, why could he not go to another? And even granting some impediment, why was this gentleman to be received by me in secret? The more I reflected the more convinced I grew that I was dealing with a case of cerebral disease: and though I dismissed my servants to bed, I loaded an old revolver, that I might be found in some posture of self-defence.

Twelve o'clock had scarce rung out over London, ere the knocker sounded very gently on the door. I went myself at the summons, and found a small man crouching against the pillars of the portico.

"Are you come from Dr. Jekyll?" I asked.

He told me "yes" by a constrained gesture; and when I had bidden him enter, he did not obey me without a searching backward glance into the darkness of the square. There was a policeman not far off, advancing with his bull's eye open; and at the sight, I thought my visitor started and made greater haste.

These particulars struck me, I confess, disagreeably; and as I followed him into the bright light of the consulting room, I kept my hand ready on my weapon. Here, at last, I had a chance of clearly seeing him. I had never set eyes on him before, so much was certain. He was small, as I have said; I was

so. Il tutto si riduceva a una fiala di liquido colorato, un calepino, alcune dosi di sali e le annotazioni di una serie di esperimenti che Jekyll aveva effettuato senza alcun fine di pratica utilità come tante, troppe sue ricerche. Perché mai l'onore, la sanità mentale, perfino la vita del mio volubile compagno dipendevano dalla presenza di questi oggetti in casa mia? Perché il suo messo poteva recarsi indisturbato in un luogo e non in un altro? Pure concedendogli remore di un qualche genere, perché costui avrebbe dovuto farsi ricevere nel massimo segreto? Più ci almanaccavo sopra e più entravo nella convinzione che avevo a che fare con un caso di squilibrio mentale. Sebbene avessi fatto ritirare la servitù nei loro alloggi, caricai la mia vecchia pistola nel caso mi fossi trovato nella condizione di dovermi difendere.

Non s'era ancora spenta su Londra l'eco dell'ultimo rintocco di mezzanotte, quando bussarono con discrezione alla porta. Andai io stesso ad aprire e scorsi un uomo minuto, rincantucciato contro una colonna del portico.

«Venite da parte del dottor Jekyll?» chiesi.

Mi rispose di sì con una mossa goffa e quando lo invitai a entrare, mi obbedì gettando prima un'occhiata indagatrice dietro le spalle, nella piazza tenebrosa. A non molta distanza c'era un poliziotto che veniva verso di noi con la sua lanterna cieca; alla vista di costui mi sembrò che il mio visitatore trasalisse e s'affrettasse a sgattaiolare dentro.

Ammetto che questi particolari mi colpirono in modo sgradevole e finché lo scortai nel mio ambulatorio ben illuminato, tenni costantemente la mano sulla pistola. Qui finalmente riuscii a vederlo per bene. Fui subito sicuro di non essermi mai imbattuto in lui prima di allora: era piccoletto, come ho avuto

struck besides with the shocking expression of his face, with his remarkable combination of great muscular activity and great apparent debility of constitution, and—last but not least—with the odd, subjective disturbance caused by his neighbourhood. This bore some resemblance to incipient rigour, and was accompanied by a marked sinking of the pulse. At the time, I set it down to some idiosyncratic, personal distaste, and merely wondered at the acuteness of the symptoms; but I have since had reason to believe the cause to lie much deeper in the nature of man, and to turn on some nobler hinge than the principle of hatred.

This person (who had thus, from the first moment of his entrance, struck in me what I can only describe as a disgustful curiosity) was dressed in a fashion that would have made an ordinary person laughable; his clothes, that is to say, although they were of rich and sober fabric, were enormously too large for him in every measurement—the trousers hanging on his legs and rolled up to keep them from the ground, the waist of the coat below his haunches, and the collar sprawling wide upon his shoulders. Strange to relate, this ludicrous accoutrement was far from moving me to laughter. Rather, as there was something abnormal and misbegotten in the very essence of the creature that now faced me—something seizing, surprising, and revolting—this fresh disparity seemed but to fit in with and to reinforce it; so that to my interest in the man's nature and character, there was added a curiosity as to his origin, his life, his fortune and status in the world.

modo di dire, ma quel che mi colpì fu soprattutto la conturbante espressione del volto, la coesistenza abnorme di una eccezionale vigoria muscolare con un'evidente fragilità di costituzione, e per ultimo, ma non meno impressionante, il malessere inspiegabile che mi provocava la sua vicinanza. Un malessere che si manifestava con sintomi analoghi a un principio di irrigidimento degli arti[35] e un'accentuata decelerazione del battito cardiaco. Lì per lì l'attribuii a una qualche idiosincrasia, a una repulsione del tutto soggettiva, meravigliandomi semmai dell'acutezza dei sintomi; ma poi ebbi ragione di credere che la causa giaceva negli stadi più profondi della natura umana e faceva leva su ben altri principi che non fosse quello dell'odio. Questo uomo, che aveva suscitato in me sin dal suo primo apparire un sentimento ambiguo, una curiosità frammista a disgusto, era vestito in un modo che avrebbe resa grottesca ogni altra persona. Voglio dire che i suoi abiti, sebbene fossero di fattura sobria e raffinata, erano smisuratamente grandi per lui... i pantaloni gli ciondolavano sulle gambe ed erano rimboccati in fondo per non strusciare per terra, la vita della giubba gli arrivava alle anche, il colletto gli ballonzolava sulle spalle. Strano a dirsi, ma quel suo grottesco sguazzare nei vestiti era ben lungi dal farmi ridere. Al contrario, così come nell'essenza stessa della creatura che avevo di fronte c'era qualcosa di anormale e di contraffatto, qualcosa che destava stupore, curiosità e ripugnanza a un tempo, questa nuova bizzarria sembrava coincidere proprio con quelle sensazioni e addirittura renderle più pregnanti. Di conseguenza al mio interesse circa la natura e l'indole dell'uomo, s'aggiungeva ora la curiosità di sapere qualcosa sulle origini, la vita, le sostanze e la posizione sociale.

These observations, though they have taken so great a space to be set down in, were yet the work of a few seconds. My visitor was, indeed, on fire with sombre excitement.

"Have you got it?" he cried. "Have you got it?" And so lively was his impatience that he even laid his hand upon my arm and sought to shake me.

I put him back, conscious at his touch of a certain icy pang along my blood. "Come, sir," said I. "You forget that I have not yet the pleasure of your acquaintance. Be seated, if you please." And I showed him an example, and sat down myself in my customary seat and with as fair an imitation of my ordinary manner to a patient, as the lateness of the hour, the nature of my preoccupations, and the horror I had of my visitor, would suffer me to muster.

"I beg your pardon, Dr. Lanyon," he replied civilly enough. "What you say is very well founded; and my impatience has shown its heels to my politeness. I come here at the instance of your colleague, Dr. Henry Jekyll, on a piece of business of some moment; and I understood..." He paused and put his hand to his throat, and I could see, in spite of his collected manner, that he was wrestling against the approaches of the hysteria—"I understood, a drawer..."

But here I took pity on my visitor's suspense, and some perhaps on my own growing curiosity.

"There it is, sir," said I, pointing to the drawer, where it lay on the floor behind a table and still covered with the sheet.

He sprang to it, and then paused, and laid his hand upon his heart: I could hear his teeth grate with the convulsive action of his jaws; and his face was so ghastly to see that I grew alarmed both for his life and reason.

Per quanto mi ci sia voluto molto spazio per riferire queste osservazioni, nella realtà fu un lavorio mentale di qualche secondo. Il mio ospite sembrava stare sui tizzoni ardenti, scosso da una cupa agitazione.

«Ce l'avete?» gridò. «Ce l'avete?» La sua impazienza era tale che giunse al punto di posarmi una mano sul braccio come per scuotermi. Lo respinsi, ma al suo contatto avvertii un brivido di gelo scorrermi nelle vene. «Prego, signore» dissi. «Dimenticate che non ho ancora il piacere di conoscervi; accomodatevi, prego.» Gli diedi l'esempio sedendomi per primo nella mia poltrona e simulando il modo di fare abituale che ho con i pazienti, per quanto me lo consentivano l'ora tarda, la natura della mia inquietudine e l'orrore che il visitatore mi incuteva.

«Vi chiedo scusa, dottor Lanyon» mi disse con fare abbastanza educato. «Quel che dite è più che giusto, la mia impazienza ha messo alla porta la buona creanza. Sono venuto su incarico del vostro collega, il dottor Jekyll, per una questione piuttosto seria, m'è sembrato d'intendere...» fece una sosta portandosi le mani alla gola e compresi che, malgrado la forzata compostezza stava lottando contro un attacco isterico. «Ho inteso, un cassetto...»

A questo punto provai un senso di pena per l'attesa spasmodica del mio visitatore e un po' per la mia crescente curiosità.

«Eccolo, signore» dissi, indicandogli il cassetto che giaceva sul pavimento dietro il tavolo, ancora coperto dal foglio.

Fece un salto, poi s'arrestò portandosi la mano al cuore; udii che arrotava i denti sotto la pressione convulsa delle mascelle mentre sul suo volto si stendeva un'ombra talmente spettrale, che temetti per la sua vita e la luce della ragione.

"Compose yourself," said I.

He turned a dreadful smile to me, and as if with the decision of despair, plucked away the sheet. At sight of the contents, he uttered one loud sob of such immense relief that I sat petrified. And the next moment, in a voice that was already fairly well under control, "Have you a graduated glass?" he asked.

I rose from my place with something of an effort and gave him what he asked.

He thanked me with a smiling nod, measured out a few minims of the red tincture and added one of the powders. The mixture, which was at first of a reddish hue, began, in proportion as the crystals melted, to brighten in colour, to effervesce audibly, and to throw off small fumes of vapour. Suddenly and at the same moment, the ebullition ceased and the compound changed to a dark purple, which faded again more slowly to a watery green. My visitor, who had watched these metamorphoses with a keen eye, smiled, set down the glass upon the table, and then turned and looked upon me with an air of scrutiny.

"And now," said he, "to settle what remains. Will you be wise? will you be guided? will you suffer me to take this glass in my hand and to go forth from your house without further parley? or has the greed of curiosity too much command of you? Think before you answer, for it shall be done as you decide. As you decide, you shall be left as you were before, and neither richer nor wiser, unless the sense of service rendered to a man in mortal distress may be counted as a kind of riches of the soul. Or, if you shall so prefer to choose, a new province of knowledge and new avenues to fame and power shall be laid open to you, here, in this room, upon the in-

«Calmatevi» dissi.

Si volse ostentando il ghigno d'un sorriso e, come se fosse mosso dall'impulso della disperazione, tirò via il foglio. Alla vista del contenuto emise un unico, profondo singulto saturo di sconfinato sollievo, tanto che rimasi di sasso. Un attimo dopo, con una voce ormai sotto controllo: «Avete una provetta graduata?» mi chiese.

M'alzai dalla sedia con un certo sforzo e gli porsi quanto mi aveva domandato. Lui mi ringraziò sorridendo, con un cenno d'assenso. Poi misurò qualche goccia del liquido sanguigno versandovi la polvere di una cartina. La miscela, che da principio aveva un colore rossastro, cominciò ad assumere brillantezza via via che i cristalli si scioglievano, a diventare effervescente con un intenso sfrigolio e a emanare lievi spire di vapore. A un tratto l'ebollizione cessò e nello stesso istante la soluzione si fece viola scuro per trascolorare ancora, e più lentamente, in un verde acquamarina.[36] Il visitatore, il quale aveva seguito quei mutamenti con un'accesa partecipazione, sorrise, depose il bicchiere graduato sul tavolino, quindi si volse verso di me con occhio indagatore.

«Ora» disse «spicciamo il resto. Volete essere ragionevole? Volete lasciar fare a me? Permetterete che prenda questo bicchiere e me ne vada senza ulteriori spiegazioni? Oppure la curiosità avrà il sopravvento su di voi? Prima di rispondere pensateci bene, perché avverrà come voi vorrete. A seconda della vostra scelta, resterete come eravate prima, né più ricco né più saggio, a meno che si possa considerare una ricchezza dell'animo la coscienza di aver teso una mano a un essere in pericolo mortale. Oppure dinnanzi a voi si schiuderanno nuovi regni del sapere e nuove prospettive di fama e di potenza: tutto avverrà qui, in questa stanza, su-

stant; and your sight shall be blasted by a prodigy to stagger the unbelief of Satan."

"Sir," said I, affecting a coolness that I was far from truly possessing, "you speak enigmas, and you will perhaps not wonder that I hear you with no very strong impression of belief. But I have gone too far in the way of inexplicable services to pause before I see the end."

"It is well," replied my visitor. "Lanyon, you remember your vows: what follows is under the seal of our profession. And now, you who have so long been bound to the most narrow and material views, you who have denied the virtue of transcendental medicine, you who have derided your superiors—behold!"

He put the glass to his lips and drank at one gulp. A cry followed; he reeled, staggered, clutched at the table and held on, staring with injected eyes, gasping with open mouth; and as I looked there came, I thought, a change—he seemed to swell—his face became suddenly black and the features seemed to melt and alter—and the next moment, I had sprung to my feet and leaped back against the wall, my arm raised to shield me from that prodigy, my mind submerged in terror.

"O God!" I screamed, and "O God!" again and again; for there before my eyes—pale and shaken, and half fainting, and groping before him with his hands, like a man restored from death—there stood Henry Jekyll!

What he told me in the next hour, I cannot bring my mind to set on paper. I saw what I saw, I heard what I heard, and my soul sickened at it; and yet

bito. Un prodigio, capace di scuotere l'incredulità di Satana, vi folgorerà lo sguardo.»

«Signore» risposi ostentando un sangue freddo che non avevo affatto «voi parlate per enigmi e non vi stupirete forse, se vi dico che vi ascolto prestando tenue fiducia alle vostre parole. In realtà sono andato troppo oltre sulla strada di questi servigi inesplicabili per fermarmi prima di vedere la conclusione.»

«Sta bene» fu la replica del visitatore. «Ma ricordate il giuramento: quanto avverrà è coperto dal segreto professionale. E ora, voi che siete rimasto ancorato per tanto tempo ai canoni più meschini e materiali, voi che avete negato la virtù della medicina trascendentale, voi che avete schernito chi era superiore... Guardate!»

Si portò il bicchiere alle labbra e tranguigiò il contenuto tutto d'un fiato. Seguì un grido; cominciò a vacillare, a barcollare; s'aggrappò al tavolo, che divenne il suo sostegno, strabuzzando gli occhi iniettati di sangue, boccheggiando nell'ansimo; e sotto il mio sguardo avvenne, mi parve, una metamorfosi... sembrava acquistare turgore... il volto tumefatto all'improvviso, i lineamenti che si dissolvevano cangiando... un attimo dopo scattavo in piedi e con un balzo m'addossavo alla parete alzando le braccia per proteggermi da quel prodigio, l'animo annegato nel terrore.

«Oh Dio!» urlai, e di nuovo, più volte «Dio! Dio» perché là, dinnanzi ai miei occhi... pallido, tremebondo, emergente dal deliquio, le mani che annaspavano innanzi a sé come uno che si svincoli dalla morte... c'era Henry Jekyll!

Non sono mai riuscito a consegnare a un foglio quel che mi raccontò nell'ora seguente. Vidi quel che vidi, udii quel che udii e la mia anima ne fu trafitta.

now when that sight has faded from my eyes, I ask myself if I believe it, and I cannot answer. My life is shaken to its roots; sleep has left me; the deadliest terror sits by me at all hours of the day and night; and I feel that my days are numbered, and that I must die; and yet I shall die incredulous. As for the moral turpitude that man unveiled to me, even with tears of penitence, I cannot, even in memory, dwell on it without a start of horror. I will say but one thing, Utterson, and that (if you can bring your mind to credit it) will be more than enough. The creature who crept into my house that night was, on Jekyll's own confession, known by the name of Hyde and hunted for in every corner of the land as the murderer of Carew.

Hastie Lanyon

Henry Jekyll's Full Statement of the Case

I was born in the year 18— to a large fortune, endowed besides with excellent parts, inclined by nature to industry, fond of the respect of the wise and good among my fellowmen, and thus, as might have been supposed, with every guarantee of an honourable and distinguished future. And indeed the worst of my faults was a certain impatient gaiety of disposition, such as has made the happiness of many, but such as I found it hard to reconcile with my imperious desire to carry my head high, and wear a more than commonly grave countenance before the public. Hence it came about that I concealed my pleasures; and that when I reached years of reflection, and began to look round me and take stock

Ancor oggi, che quella vista s'è dissolta al mio sguardo, continuo a chiedermi se debbo crederci, e non so dare una risposta. La mia vita è rimasta scossa fino alle radici. Il sonno mi ha abbandonato, giorno e notte mio inseparabile custode è un terrore mortale. Sento che ho i giorni contati e che la fine mi sovrasta, eppure muoio nell'incredulità. Quanto allo sfacelo morale su cui quell'uomo volle alzare un velo impietoso, seppure con le lacrime del penitente, quella vista s'affaccia alla mia riluttante memoria accompagnata ogni volta da un sussulto d'orrore. Voglio dire un'unica cosa, Utterson, e solo che tu ci possa credere sarà bastevole: per confessione stessa di Jekyll, la creatura che quella notte s'insinuò in casa mia rispondeva al nome di Hyde, ed era ricercata in ogni angolo del paese come l'assassino di Carew.

Hastie Lanyon

Relazione completa di Henry Jekyll sul proprio caso

Sono nato nell'anno 18... erede di cospicue sostanze, dotato per altro di eccellenti requisiti, portato per natura alla laboriosità, desideroso del rispetto dei migliori e più saggi fra i miei simili, e pertanto, come si potrebbe supporre, con tutte le carte in regola per un futuro di prestigio e di onori. In verità il mio peggior difetto era una certa irrequieta gaiezza di temperamento, che può aver fatto la felicità degli altri, ma che in me stentava a conciliarsi con il desiderio categorico di andare a testa alta e di esibire agli occhi della gente un'autorevolezza inusitata. Di qui ebbe origine l'abitudine a celare i miei piaceri, tanto è vero che quando raggiunsi l'età della riflessione, e cominciai a guardarmi attorno per fare un inventa-

of my progress and position in the world, I stood already committed to a profound duplicity of life. Many a man would have even blazoned such irregularities as I was guilty of; but from the high views that I had set before me, I regarded and hid them with an almost morbid sense of shame. It was thus rather the exacting nature of my aspirations than any particular degradation in my faults, that made me what I was and, with even a deeper trench than in the majority of men, severed in me those provinces of good and ill which divide and compound man's dual nature. In this case, I was driven to reflect deeply and inveterately on that hard law of life, which lies at the root of religion and is one of the most plentiful springs of distress. Though so profound a double-dealer, I was in no sense a hypocrite; both sides of me were in dead earnest; I was no more myself when I laid aside restraint and plunged in shame, than when I laboured, in the eye of day, at the furtherance of knowledge or the relief of sorrow and suffering. And it chanced that the direction of my scientific studies, which led wholly towards the mystic and the transcendental, reacted and shed a strong light on this consciousness of the perennial war among my members. With every day, and from both sides of my intelligence, the moral and the intellectual, I thus drew steadily nearer to that truth, by whose partial discovery I have been doomed to such a dreadful shipwreck: that man is not truly one, but truly two. I say two, because the state of my own knowledge does not pass beyond that point. Others

rio dei miei progressi e della mia posizione nel mondo, mi ritrovai già coinvolto in una radicata doppiezza esistenziale. Molti avrebbero addirittura tratto vanto dalle intemperanze che imputavo a me stesso, ma per le alte mire che mi ero proposto non potevo non occultarle con un senso di vergogna che sfiorava la morbosità. Perciò dovrà attribuirsi all'esosa natura delle mie aspirazioni, piuttosto che a particolari indulgenze all'errore, l'essere quel che sono stato, e soprattutto se un solco più profondo di quanto in genere avvenga nella maggioranza degli uomini, venne a separare in me quei dominii del bene e del male in cui si spacca, e di cui si compone a un tempo, la duplice natura dell'uomo. In questo stato ero indotto a profonde, estenuanti meditazioni su quella dura legge della vita che costituisce il nocciolo della religione e che è una delle più roride fonti di dolore. Per quanto così doppio nell'intimo, non ero in alcun modo un ipocrita; i miei due versanti coesistevano in perfetta buona fede; e quando deponevo ogni ritegno per tuffarmi nell'infamia, ero me stesso né più né meno di quando m'affaticavo, alla luce del giorno, per incrementare il sapere o per portare sollievo alla sofferenza. Accadde così che l'orientamento dei miei studi scientifici, volti interamente al mistico e al trascendentale, finirono per reagire gettando una luce più intensa sulla consapevolezza di una diuturna conflittualità fra le mie due dimensioni. Giorno dopo giorno, e attraverso le due entità del mio spirito, quella morale e quella intellettuale, mi avvicinai sempre più a quella verità la cui parziale scoperta mi condannò a una spaventosa catastrofe, e che riconosce come l'uomo non sia unico, bensì duplice. Duplice, appunto, poiché il grado della mia conoscenza non va oltre quella soglia. Altri proseguiranno sulla stes-

will follow, others will outstrip me on the same lines; and I hazard the guess that man will be ultimately known for a mere polity of multifarious, incongruous, and independent denizens. I, for my part, from the nature of my life, advanced infallibly in one direction and in one direction only. It was on the moral side, and in my own person, that I learned to recognise the thorough and primitive duality of man; I saw that, of the two natures that contended in the field of my consciousness, even if I could rightly be said to be either, it was only because I was radically both; and from an early date, even before the course of my scientific discoveries had begun to suggest the most naked possibility of such a miracle, I had learned to dwell with pleasure, as a beloved daydream, on the thought of the separation of these elements. If each, I told myself, could but be housed in separate identities, life would be relieved of all that was unbearable; the unjust might go his way, delivered from the aspirations and remorse of his more upright twin; and the just could walk steadfastly and securely on his upward path, doing the good things in which he found his pleasure, and no longer exposed to disgrace and penitence by the hands of this extraneous evil. It was the curse of mankind that these incongruous faggots were thus bound together— that in the agonised womb of consciousness, these polar twins should be continuously struggling. How, then, were they dissociated?

I was so far in my reflections when, as I have said,

sa strada, destinati a sorpassarmi; a me non resta
che formulare la rischiosa ipotesi secondo la quale
l'uomo sarà conosciuto come un sistema di entità
multiformi, incongrue e indipendenti. Da parte mia,
facendo aggio sulla natura della mia esistenza, ho
progredito senza deviazioni in una direzione soltanto. È stato in campo morale e basandomi unicamente sulla mia persona che ho imparato a riconoscere il
dualismo intrinseco e primordiale dell'uomo. Vidi
che, se potevo considerarmi con legittimità sia l'uno
che l'altro dei due esseri che si dilaniavano nella mia
coscienza, ciò era dovuto unicamente al fatto che
ero ambedue fin nei precordi del mio intimo. Da
tempo immemorabile, prima ancora che il corso delle mie ricerche scientifiche avesse cominciato a farmi baluginare innanzi la seria possibilità di un tale
miracolo, avevo preso l'abitudine di compiacermi,
quasi un sogno a occhi aperti, al pensiero della scissione di questi elementi. Pensavo che se ognuno di
questi avesse potuto essere confinato in un'entità se-
parata, allora la vita stessa avrebbe potuto sgravarsi
di tutto ciò che è insopportabile: l'ingiusto avrebbe
potuto seguire la propria strada di nequizie, svinco-
lato dalle aspirazioni e dalle pastoie del virtuoso ge-
mello; al giusto sarebbe stato dato altresì di procedere spedito e sicuro nel suo nobile intento, compiendo
quelle buone azioni che lo avessero gratificato, senza
essere più esposto alla gogna e al vituperio di un sor-
dido compagno a lui estraneo. Era una maledizione
del genere umano che questo eteroclito guazzabuglio dovesse così tenacemente tenersi avviluppato...
che fin nel grembo tormentoso della coscienza questi gemelli antitetici dovessero essere in perenne ten-
zone. Come fare, allora, a separarli?
    Ero pervenuto a questo stadio delle mie riflessio-

a side light began to shine upon the subject from the laboratory table. I began to perceive more deeply than it has ever yet been stated, the trembling immateriality, the mistlike transience, of this seemingly so solid body in which we walk attired. Certain agents I found to have the power to shake and to pluck back that fleshly vestment, even as a wind might toss the curtains of a pavilion. For two good reasons, I will not enter deeply into this scientific branch of my confession. First, because I have been made to learn that the doom and burthen of our life is bound for ever on man's shoulders, and when the attempt is made to cast it off, it but returns upon us with more unfamiliar and more awful pressure. Second, because, as my narrative will make, alas! too evident, my discoveries were incomplete. Enough then, that I not only recognised my natural body from the mere aura and effulgence of certain of the powers that made up my spirit, but managed to compound a drug by which these powers should be dethroned from their supremacy, and a second form and countenance substituted, none the less natural to me because they were the expression, and bore the stamp of lower elements in my soul.

I hesitated long before I put this theory to the test of practice. I knew well that I risked death; for any drug that so potently controlled and shook the very fortress of identity, might, by the least scruple of an overdose or at the least inopportunity in the moment of exhibition, utterly blot out that immaterial tabernacle which I looked to it to change. But the tempta-

ni, allorché, come ho detto, un esperimento di laboratorio comincio a gettare una luce indiretta sulla
questione. Iniziai a percepire, con una profondità
mai prima attestata, la tremula fralezza, la vaporosa
inconsistenza di questo involucro all'apparenza così
compatto quando lo meniamo dattorno. Scoprii che
certi agenti avevano il potere di squassare e di svelle-
re questo vestimento di carne, al modo stesso in cui
il vento spazza via le tende d'un padiglione. Non mi
addentrerò nell'aspetto prettamente scientifico della
questione per due buoni motivi. Innanzi tutto perché
ho imparato a mie spese che il destino e il fardello
della nostra esistenza gravano in eterno sulle spalle
di ognuno di noi, e quando tentiamo di liberarcene,
ce li ritroviamo sul groppone con un peso più spaventoso ed estraneo di prima. Inoltre perché le mie
scoperte erano incomplete, come dimostrerà, ahimè,
la presente relazione. Basti dire, quindi, che non solo
ritenni il mio corpo fisico come pura aura e irradia-
zione di alcuni poteri che formavano il mio spirito,
ma che arrivai a elaborare una sostanza capace di
spiccare di seggio tali poteri, finché venivano sosti-
tuiti da forme diverse e da un nuovo sembiante per
me altrettanto naturali, poiché erano l'espressione e
recavano il suggello degli elementi più bassi della
mia anima.

Prima di verificare nella sperimentazione pratica
questa teoria, esitai a lungo. Sapevo bene che avrei
messo a repentaglio la vita, poiché una droga[37] così
potente da avere il dominio e perfino da scuotere il
nucleo stesso dell'identità personale, avrebbe potuto,
per un eccesso infinitesimale di dosaggio, o per un
errore nella scelta del momento più adatto, distruggere quel tabernacolo immateriale che aveva avuto
in consegna perché lo trasformasse. Ma alla fine le

tion of a discovery so singular and profound at last overcame the suggestions of alarm. I had long since prepared my tincture; I purchased at once, from a firm of wholesale chemists, a large quantity of a particular salt which I knew, from my experiments, to be the last ingredient required; and late one accursed night, I compounded the elements, watched them boil and smoke together in the glass, and when the ebullition had subsided, with a strong glow of courage, drank off the potion.

The most racking pangs succeeded: a grinding in the bones, deadly nausea, and a horror of the spirit that cannot be exceeded at the hour of birth or death. Then these agonies began swiftly to subside, and I came to myself as if out of a great sickness. There was something strange in my sensations, something indescribably new and, from its very novelty, incredibly sweet. I felt younger, lighter, happier in body; within I was conscious of a heady recklessness, a current of disordered sensual images running like a millrace in my fancy, a solution of the bonds of obligation, an unknown but not an innocent freedom of the soul. I knew myself, at the first breath of this new life, to be more wicked, tenfold more wicked, sold a slave to my original evil; and the thought, in that moment, braced and delighted me like wine. I stretched out my hands, exulting in the freshness of these sensations; and in the act, I was suddenly aware that I had lost in stature.

There was no mirror, at that date, in my room; that which stands beside me as I write, was brought

tentazioni di una scoperta straordinaria e basilare ebbero il sopravvento sulle remore della prudenza. Il liquido era pronto da tempo, per cui acquistai da una ditta di prodotti farmaceutici un grosso quantitativo di un certo sale che, come mi avevano dimostrato gli esperimenti, sarebbe stato l'ultimo degli ingredienti necessari. Infine una notte sciagurata, a tarda ora, mescolai il liquido e i sali, li osservai ribollire e fumigare nel bicchiere, e quando quel processo ebbe termine ingurgitai la pozione in un empito ardimentoso.

Sopravvennero spasimi atroci: uno stridere delle ossa, una nausea letale, un orrore dello spirito che nemmeno l'attimo della nascita o della morte può superare. Poi queste sofferenze volsero a un rapido lenimento e ritornai in me, quasi fossi convalescente da una grave malattia. Nelle mie sensazioni c'era qualcosa di insolito, qualcosa di nuovo e di indescrivibile e, per la stessa novità, di infinitamente dolce. Mi sentivo più giovane, più leggero, più felice nel corpo e dentro di me avvertivo l'urgere d'una irrequietezza, un flusso disordinato di immagini sensuali che mi vorticavano nell'immaginazione come la ruota d'un mulino, un disciogliersi dalle pastoie di ogni costrizione, una libertà dell'anima sconosciuta ma non per questo innocente. Al primo vagito di questa nuova vita ebbi coscienza di essere più malvagio, dieci volte più malvagio, incatenato come schiavo al mio male originario. E quel pensiero allora mi inebriò, mi colmò di delizie come una coppa di vino. Stesi le braccia nella prorompente ebbrezza di quelle sensazioni e nel compiere quel gesto m'accorsi all'improvviso d'essermi ridotto di statura.

Nel mio studio, a quel tempo, non c'era uno specchio; quello che ho accanto mentre scrivo fu portato

there later on and for the very purpose of these transformations. The night, however, was far gone into the morning—the morning, black as it was, was nearly ripe for the conception of the day—the inmates of my house were locked in the most rigorous hours of slumber; and I determined, flushed as I was with hope and triumph, to venture in my new shape as far as to my bedroom. I crossed the yard, wherein the constellations looked down upon me, I could have thought, with wonder, the first creature of that sort that their unsleeping vigilance had yet disclosed to them; I stole through the corridors, a stranger in my own house; and coming to my room, I saw for the first time the appearance of Edward Hyde.

I must here speak by theory alone, saying not that which I know, but that which I suppose to be most probable. The evil side of my nature, to which I had now transferred the stamping efficacy, was less robust and less developed than the good which I had just deposed. Again, in the course of my life, which had been, after all, nine tenths a life of effort, virtue, and control, it had been much less exercised and much less exhausted. And hence, as I think, it came about that Edward Hyde was so much smaller, slighter and younger than Henry Jekyll. Even as good shone upon the countenance of the one, evil was written broadly and plainly on the face of the other. Evil besides (which I must still believe to be the lethal side of man) had left on that body an imprint of deformity and decay. And yet when I looked upon that ugly idol in the glass, I was conscious of no repugnance, rather of a leap of welcome. This, too, was myself. It seemed

in un periodo successivo per verificarvi appunto queste trasformazioni. La notte andava frattanto mutando nell'alba... un'alba che, per quanto buia, era quasi matura per concepire il giorno... il sonno profondo di quelle ore antelucane sigillava gli occhi di quanti abitavano la casa, e io decisi, nell'ebbrezza del trionfo e della speranza, di arrischiarmi a salire in camera mia nel mio nuovo sembiante. Traversai il piazzale dove gli astri, così mi venne di pensare, scorsero in me, trasecolando, il primo esemplare di una specie che nelle loro insonni vigilie non avevano mai osservato. Sgusciai lungo il corridoio, estraneo in casa mia, e giunto in camera, scorsi per la prima volta la fisionomia di Edward Hyde.

A questo punto debbo esprimermi solo in linea teorica, dicendo non quello che so, ma quello che ritengo più probabile. Il versante malvagio della mia natura, al quale avevo ora trasferito la facoltà di imprimere il proprio suggello, era meno sviluppato e aveva una struttura più fragile di quello buono che avevo dimesso. Inoltre nel corso della mia esistenza, che dopo tutto era stata per nove decimi una vita di sacrifici, di virtù e di moderazione, proprio quel lato era stato molto meno in esercizio, e molto meno messo alla prova. Da qui, suppongo, deriva il fatto che Edward Hyde fosse tanto più minuto, striminzito e giovane di Henry Jekyll. E come il bene riluceva nel sembiante dell'uno, il male era stampato a chiare lettere sulla faccia dell'altro. Il male inoltre (che debbo ancora reputare il lato mortale dell'uomo), aveva lasciato in quel corpo l'impronta della deformità e della decadenza. Eppure quando affissai lo sguardo su quell'idolo deforme riflesso nello specchio, non avvertii alcun senso di ripugnanza, bensì un moto di gioia. Anche costui era parte di me. Sembrava naturale e umano.

natural and human. In my eyes it bore a livelier image of the spirit, it seemed more express and single, than the imperfect and divided countenance I had been hitherto accustomed to call mine. And in so far I was doubtless right. I have observed that when I wore the semblance of Edward Hyde, none could come near to me at first without a visible misgiving of the flesh This, as I take it, was because all human beings, as we meet them, are commingled out of good and evil: and Edward Hyde, alone in the ranks of mankind, was pure evil.

I lingered but a moment at the mirror: the second and conclusive experiment had yet to be attempted; it yet remained to be seen if I had lost my identity beyond redemption and must flee before daylight from a house that was no longer mine; and hurrying back to my cabinet, I once more prepared and drank the cup, once more suffered the pangs of dissolution, and came to myself once more with the character, the stature and the face of Henry Jekyll.

That night I had come to the fatal cross-roads. Had I approached my discovery in a more noble spirit, had I risked the experiment while under the empire of generous or pious aspirations, all must have been otherwise, and from these agonies of death and birth, I had come forth an angel instead of a fiend. The drug had no discriminating action; it was neither diabolical nor divine; it but shook the doors of the prisonhouse of my disposition; and like the captives of Philippi, that which stood within ran forth. At that time my virtue slumbered; my evil, kept awake by ambition, was alert and swift to seize

Ai miei occhi denotava un'immagine più alacre dello spirito, appariva più immediato e omogeneo rispetto all'altro, la cui espressione scissa e imperfetta ero abituato da sempre a considerare come mia. E fino a questo punto avevo ragioni da vendere. Ho osservato che quando mi trovavo nelle spoglie di Edward Hyde, nessuno poteva accostarmisi senza provare un ribrezzo istintivo, palese. Credo che fosse dovuto al fatto che gli esseri che incontriamo sono una mescolanza di bene e di male: solo Hyde, nel novero degli umani, era il male allo stato puro.

Indugiai solo un attimo allo specchio. Ora dovevo portare a termine la seconda parte, quella conclusiva, dell'esperimento. Rimaneva infatti da verificare se avevo perduto la mia identità per sempre, senza possibilità di recupero, e se, in questo caso, fossi dovuto fuggire prima del giorno da una casa che non sarebbe stata più mia. Mi precipitai nel laboratorio dove preparai la pozione e la trangugiai provando ancora una volta gli spasmi della dissolvenza, finché rinvenni, con l'indole, anche la corporatura e il volto di Henry Jekyll.

Quella notte ero arrivato al bivio fatale. Se mi fossi accostato alla mia scoperta con più nobili disposizioni dell'animo, se avessi tentato l'esperimento sotto l'influsso di aneliti devoti e generosi, sarebbe stato tutto diverso, e dai tormenti della morte e della vita sarei rinato come un angelo piuttosto che come un demonio. L'azione della droga non faceva discriminazioni, non era né divina né diabolica in sé. Essa scardinava le porte che imprigionavano i miei desideri e, come i prigionieri di Filippi,[38] fuggivano solo quelli che stettero lì. Era un periodo in cui la mia virtù covava torpida e sonnacchiosa, mentre il male, tenuto desto dall'ambizione, stava all'erta,

the occasion; and the thing that was projected was Edward Hyde. Hence, although I had now two characters as well as two appearances, one was wholly evil, and the other was still the old Henry Jekyll, that incongruous compound of whose reformation and improvement I had already learned to despair. The movement was thus wholly toward the worse.

Even at that time, I had not yet conquered my aversions to the dryness of a life of study. I would still be merrily disposed at times; and as my pleasures were (to say the least) undignified, and I was not only well known and highly considered, but growing toward the elderly man, this incoherency of my life was daily growing more unwelcome. It was on this side that my new power tempted me until I fell in slavery. I had but to drink the cup, to doff at once the body of the noted professor, and to assume, like a thick cloak, that of Edward Hyde. I smiled at the notion; it seemed to me at the time to be humorous; and I made my preparations with the most studious care. I took and furnished that house in Soho, to which Hyde was tracked by the police; and engaged as housekeeper a creature whom I well knew to be silent and unscrupulous. On the other side, I announced to my servants that a Mr. Hyde (whom I described) was to have full liberty and power about my house in the square; and to parry mishaps, I even called and made myself a familiar object, in my second character. I next drew up that will to which you so much objected; so that if anything befell me in the

pronto a cogliere a volo l'occasione propizia: quello che ne scaturì fu appunto Edward Hyde. Pertanto ora avevo a disposizione due diverse personalità e due differenti fisionomie: l'uno era malvagità fine a se stessa, l'altro era il solito Henry Jekyll, incoerente miscuglio che ormai non speravo più di correggere e di migliorare. L'impulso perciò volgeva del tutto al peggio.

A quel tempo non ero riuscito ancora a vincere la mia riluttanza per l'aridità di una vita di studi. Talvolta continuavo ad avvertire il richiamo del divertimento e poiché i piaceri a cui mi concedevo erano, per non dir peggio, disdicevoli, mentre come persona ero non solo noto e tenuto in grande stima, ma già nello stadio della piena maturità, questa incoerenza nel mio modo di vivere diventava di giorno in giorno più stridente. Fu dunque su questo versante che le tentazioni agirono con più acre morsura, fino a rendermi loro succube. Con un sorso della mia coppa potevo far svanire il simulacro del professore compìto e sussumere in sua vece, come un pesante tabarro, quello di Edward Hyde. L'idea mi faceva sorridere e allora mi sembrava perfino umoristica, così che mi detti a fare preparativi con meticolosità certosina. Acquistai e arredai la casa di Soho, dove sarebbe poi andata la polizia sulle tracce di Hyde, assoldando come governante una donnetta senza scrupoli che sapeva tenere la bocca cucita. Nel contempo avvisai i miei domestici che un certo signor Hyde, di cui fornii loro i connotati, avrebbe goduto di assoluta libertà di movimenti e di piena autorità nella dimora che dava sulla piazza. Per evitare equivoci, inoltre, mi feci vedere spesso nella mia seconda persona per renderla familiare. Quindi stesi quel testamento al quale tu movesti tante obiezioni, di modo che, se fosse accaduto qualcosa alla

person of Dr. Jekyll, I could enter on that of Edward Hyde without pecuniary loss. And thus fortified, as I supposed, on every side, I began to profit by the strange immunities of my position.

Men have before hired bravos to transact their crimes, while their own person and reputation sat under shelter. I was the first that ever did so for his pleasures. I was the first that could thus plod in the public eye with a load of genial respectability, and in a moment, like a schoolboy, strip off these lendings and spring headlong into the sea of liberty. But for me, in my impenetrable mantle, the safety was complete. Think of it—I did not even exist! Let me but escape into my laboratory door, give me but a second or two to mix and swallow the draught that I had always standing ready; and whatever he had done, Edward Hyde would pass away like the stain of breath upon a mirror; and there in his stead, quietly at home, trimming the midnight lamp in his study, a man who could afford to laugh at suspicion, would be Henry Jekyll.

The pleasures which I made haste to seek in my disguise were, as I have said, undignified; I would scarce use a harder term. But in the hands of Edward Hyde, they soon began to turn toward the monstrous. When I would come back from these excursions, I was often plunged into a kind of wonder at my vicarious depravity. This familiar that I called out of my own soul, and sent forth alone to do his

persona di Jekyll, avrei potuto assumere quella di Hyde senza subire tracolli finanziari. Predisposte le mie difese in ogni versante, come credevo, cominciai a trarre profitto dalla straordinaria immunità che la mia posizione mi assicurava.

Un tempo si usava prezzolare sicari per compiere delitti su commissione, mentre i mandanti mantenevano nell'ombra la loro persona e intatta la loro rispettabilità. Io sono stato il primo a ricorrere allo stesso sistema per soddisfare senza intermediari i miei piaceri. Sono stato il primo a potermi mostrare agli occhi della gente con i paludamenti di una rispettabilità franca e gioviale e un attimo dopo, come uno scolaro capriccioso, a strappare quegli orpelli per tuffarmi a capofitto nel mare della libertà. E avvolto come ero nel mio manto imperscrutabile, godevo d'una sicurezza illimitata. Figurati che... non esistevo nemmeno! Mi bastava solo infilare l'uscio del laboratorio, mescolare e buttar giù in un paio di secondi la bevanda che tenevo sempre a disposizione, e qualsiasi atto avesse commesso, Edward Hyde svaniva come l'alone che il fiato produce sullo specchio. E al suo posto, nella quiete domestica, intento a graduare la lampada notturna dello studio, integerrima persona al di sopra di ogni sospetto, vi sarebbe stato Henry Jekyll.

I piaceri che mi detti subito a ricercare nel mio travestimento erano, come ho detto, disdicevoli, e mi sarebbe difficile usare un termine peggiore. Tuttavia nelle mani di Edward Hyde essi cominciarono ben presto a diventare mostruosi. Quando ero di ritorno da certe escursioni, rimanevo a lungo inebriato da una sorta di stupore per la depravazione dell'altro me stesso. Questa creatura familiare che evocavo dalla mia stessa anima e che mandavo in giro per soddisfa-

good pleasure, was a being inherently malign and villainous; his every act and thought centered on self; drinking pleasure with bestial avidity from any degree of torture to another; relentless like a man of stone. Henry Jekyll stood at times aghast before the acts of Edward Hyde; but the situation was apart from ordinary laws, and insidiously relaxed the grasp of conscience. It was Hyde, after all, and Hyde alone, that was guilty. Jekyll was no worse; he woke again to his good qualities seemingly unimpaired; he would even make haste, where it was possible, to undo the evil done by Hyde. And thus his conscience slumbered.

Into the details of the infamy at which I thus connived (for even now I can scarce grant that I committed it) I have no design of entering; I mean but to point out the warnings and the successive steps with which my chastisement approached. I met with one accident which, as it brought on no consequence, I shall no more than mention. An act of cruelty to a child aroused against me the anger of a passer-by, whom I recognised the other day in the person of your kinsman; the doctor and the child's family joined him; there were moments when I feared for my life; and at last, in order to pacify their too just resentment, Edward Hyde had to bring them to the door, and pay them in a cheque drawn in the name of Henry Jekyll. But this danger was easily eliminated from the future, by opening an account at another bank in the name of Edward Hyde himself; and when, by sloping my own hand backward, I had supplied my double with a signature, I thought I sat beyond the reach of fate.

re i suoi impulsi, era malvagia e perversa di natura; ogni suo atto e ogni suo pensiero erano di un assoluto egotismo; godeva con bramosia animalesca di ogni forma dell'altrui sofferenza, pur rimanendo gelida come una statua. Henry Jekyll restava talora sbigottito dinnanzi alle azioni di Edward Hyde, ma la situazione esulava dalla legislazione ordinaria e provocava un insidioso allentamento nella presa della coscienza. In fondo il colpevole, il vero colpevole era soltanto Hyde. Jekyll non era peggiore di prima, sembrava che al risveglio ritrovasse immutate le sue buone qualità, almeno all'apparenza. Spesso anzi s'affrettava, quando era possibile, a emendare il male compiuto da Hyde. E così facendo la sua coscienza si assopiva. Non ho la minima intenzione di addentrarmi in una descrizione dettagliata delle infamie di cui ero connivente (perfino oggi stento a riconoscere di averle commesse). Voglio solo porre in evidenza i segni premonitori e le tappe graduali attraverso le quali si avvicinava il mio castigo. Mi capitò un incidente sul quale, non avendo avuto conseguenze, non mi soffermerò granché. Un gesto crudele nei confronti di una bambina provocò nei miei confronti la collera di un passante che riconobbi, l'altro giorno, in tuo cugino; a lui dettero man forte un medico e la famiglia della bambina e ci furono momenti in cui temetti di soccombere. Alla fine Edward Hyde li dovette condurre sino alla porta del laboratorio tacitando il loro legittimo sdegno con un assegno a firma di Henry Jekyll. Per il futuro potei evitare un pericolo simile, intestando a Edward Hyde un conto corrente presso un'altra banca. Quando poi conferii alla mia calligrafia un'inclinazione diversa, il mio doppio ebbe una firma tutta sua e io pensai di essermi messo al riparo dagli inconvenienti del caso.

Some two months before the murder of Sir Danvers, I had been out for one of my adventures, had returned at a late hour, and woke the next day in bed with somewhat odd sensations. It was in vain I looked about me; in vain I saw the decent furniture and tall proportions of my room in the square; in vain that I recognised the pattern of the bed curtains and the design of the mahogany frame; something still kept insisting that I was not where I was, that I had not wakened where I seemed to be, but in the little room in Soho where I was accustomed to sleep in the body of Edward Hyde. I smiled to myself, and, in my psychological way, began lazily to inquire into the elements of this illusion, occasionally, even as I did so, dropping back into a comfortable morning doze. I was still so engaged when, in one of my more wakeful moments, my eyes fell upon my hand. Now the hand of Henry Jekyll (as you have often remarked) was professional in shape and size: it was large, firm, white, and comely. But the hand which I now saw, clearly enough, in the yellow light of a mid-London morning, lying half shut on the bedclothes, was lean, corded, knuckly, of a dusky pallor and thickly shaded with a swart growth of hair. It was the hand of Edward Hyde.

I must have stared upon it for near half a minute, sunk as I was in the mere stupidity of wonder, before terror woke up in my breast as sudden and startling as the crash of cymbals; and bounding from my bed, I rushed to the mirror. At the sight that met my eyes, my blood was changed into something exquisitely thin and icy. Yes, I had gone to bed Henry Jekyll, I had awakened Edward Hyde. How was this to be explained? I asked myself, and then, with another bound of terror—how was it to be remedied? It was

Un paio di mesi prima dell'assassinio di Sir Danvers, rincasai molto tardi da una delle solite avventure e al mattino mi risvegliai nel mio letto con strane sensazioni. Per quanto mi guardassi attorno, e scorgessi i mobili eleganti e l'alto soffitto della camera che s'affacciava sulla piazza, per quanto ritrovassi i rabeschi familiari delle cortine del letto e la sagoma dell'intelaiatura di mogano, qualcosa mi suggeriva con pervicacia che non mi trovavo là dov'ero in realtà, che non mi ero svegliato dove mi sembrava di essere, bensì nella cameretta di Soho dove avevo l'abitudine di dormire nella persona di Edward Hyde. Sorrisi di queste impressioni e, seguendo il filo delle idee, mi detti pigramente a indagare sugli elementi che le avevano provocate scivolando di tanto in tanto in una sorta di dormiveglia mattutino. Ero ancora immerso in queste congetture allorché, in un attimo di maggiore lucidità, mi cadde lo sguardo sulla mano. Come tu stesso hai avuto modo di osservare, la mano di Henry Jekyll aveva un che di professionale per forma e dimensioni: grande, ferma, bianca e ben modellata. Ma quella che ora mi appariva nella luce giallognola del mattino londinese, abbandonata e dischiusa sulle coltri, era striminzita, tutta tendini e nocche, di un pallore da clorosi, ombreggiata da una densa villosità. Era la mano di Edward Hyde.

Devo essere rimasto a fissarla per quasi mezzo minuto, frastornato com'ero dallo stupore, prima che mi cogliesse un terror panico, improvviso e lacerante come uno scoppio di cimbali. Saltai dal letto e mi precipitai dinnanzi allo specchio: quel che vidi riflesso mi gelò il sangue. Sì, m'ero coricato Henry Jekyll e m'ero risvegliato Edward Hyde. Ma come spiegare il fenomeno? Me lo stavo ancora chiedendo allorché, con un'altra stretta al cuore, mi si affacciò un nuovo, impellente interrogativo... Come porvi rimedio? Il

well on in the morning; the servants were up; all my drugs were in the cabinet—a long journey down two pairs of stairs, through the back passage, across the open court and through the anatomical theatre, from where I was then standing horror-struck. It might indeed be possible to cover my face; but of what use was that, when I was unable to conceal the alteration in my stature? And then with an over-powering sweetness of relief, it came back upon my mind that the servants were already used to the coming and going of my second self. I had soon dressed, as well as I was able, in clothes of my own size: had soon passed through the house, where Bradshaw stared and drew back at seeing Mr. Hyde at such an hour and in such a strange array; and ten minutes later, Dr. Jekyll had returned to his own shape and was sitting down, with a darkened brow, to make a feint of breakfasting.

Small indeed was my appetite. This inexplicable in-cident, this reversal of my previous experience, seemed, like the Babylonian finger on the wall, to be spelling out the letters of my judgment; and I began to reflect more seriously than ever before on the issues and possibilities of my double existence. That part of me which I had the power of projecting, had lately been much exercised and nourished; it had seemed to me of late as though the body of Edward Hyde had grown in stature, as though (when I wore that form) I were conscious of a more generous tide of blood; and I began to spy a danger that, if this were much pro-longed, the balance of my nature might be perma-nently overthrown, the power of voluntary change be forfeited, and the character of Edward Hyde become irrevocably mine. The power of the drug had not been

mattino era già inoltrato, la servitù girava per casa mentre i farmaci erano nel laboratorio...[39] un percorso interminabile giù per due rampe di scale, e poi l'andito di servizio e il cortile e ancora il teatro anatomico: una distanza che mi riempiva di sgomento. Avrei potuto nascondermi la faccia, sì certo, ma a che sarebbe servito se non m'era possibile dissimulare una corporatura del tutto diversa? Poi mi venne in mente, con indicibile senso di sollievo, che i domestici s'erano abituati all'andirivieni della mia seconda persona. Infilai in un baleno i vestiti che erano della mia originaria misura, me li aggiustai alla meglio, attraversai quatto quatto la casa lasciando Bradshaw di stucco, annaspante come un gambero nel vedere il signor Hyde a quell'ora e conciato a quel modo, finché dieci minuti dopo il dottor Jekyll era ritornato se stesso e poteva assidersi, scuro in volto, fingendo di fare colazione.

Avevo ben poca voglia di mangiare. Quell'incidente inspiegabile, che aveva capovolto la mia precedente esperienza, sembrava tracciare le lettere della mia condanna come il biblico dito di Babilonia.[40] Cominciai a meditare con maggiore serietà di prima sugli effetti e sulle conseguenze della mia doppia esistenza. Quella parte di me che ero riuscito a estroflettere s'era irrobustita ed esercitata non poco negli ultimi tempi. Sembrava che la corporatura di Hyde fosse cresciuta e io stesso avvertivo, nell'assumere quel sembiante, una più copiosa irrorazione di sangue. Cominciai a intuire il pericolo secondo il quale, continuando troppo alla lunga, si sarebbe verificato un tracollo nell'equilibrio della mia natura, il potere di autonoma scelta si sarebbe ridotto a zero e la natura di Edward Hyde sarebbe divenuta la mia, senza possibilità di riscatto. L'effetto della pozione non s'era

always equally displayed. Once, very early in my career, it had totally failed me; since then I had been obliged on more than one occasion to double, and once, with infinite risk of death, to treble the amount; and these rare uncertainties had cast hitherto the sole shadow on my contentment. Now, however, and in the light of that morning's accident, I was led to remark that whereas, in the beginning, the difficulty had been to throw off the body of Jekyll, it had of late gradually but decidedly transferred itself to the other side. All things therefore seemed to point to this: that I was slowly losing hold of my original and better self, and becoming slowly incorporated with my second and worse.

Between these two, I now felt I had to choose. My two natures had memory in common, but all other faculties were most unequally shared between them. Jekyll (who was composite) now with the most sensitive apprehensions, now with a greedy gusto, projected and shared in the pleasures and adventures of Hyde; but Hyde was indifferent to Jekyll, or but remembered him as the mountain bandit remembers the cavern in which he conceals himself from pursuit. Jekyll had more than a father's interest; Hyde had more than a son's indifference. To cast in my lot with Jekyll, was to die to those appetites which I had long secretly indulged and had of late begun to pamper. To cast it in with Hyde, was to die to a thousand interests and aspirations, and to become, at a blow and forever, despised and friendless. The bargain might appear unequal; but there was still another consideration in the scales; for while Jekyll would suffer smartingly in the fires of abstinence, Hyde

manifestato sempre allo stesso modo. Una volta, agli inizi, non aveva sortito alcun effetto e da allora in poi ero stato costretto a raddoppiare la dose, e in un caso perfino a triplicarla, con alto rischio della vita. L'unica ombra che aduggiava il mio compiacimento veniva proprio da quegli incerti. Ora comunque, alla luce dell'incidente del mattino, ero costretto a constatare che, mentre all'inizio la difficoltà maggiore consisteva nell'espungere il corpo di Jekyll, negli ultimi tempi s'era invertita di segno, in modo graduale ma incontrovertibile. Tutto infatti sembrava indicare che stavo man mano perdendo la mia identità originaria e migliore e che mi stavo incorporando lentamente nella mia seconda e peggiore natura.

Ormai sentivo che dovevo operare una scelta. Le mie due nature avevano in comune la memoria, ma tutte le altre facoltà erano ripartite fra di loro in maniera estremamente diseguale. Jekyll, dotato di una natura composita, concepiva e condivideva i piaceri e le avventure di Hyde ora con trepida ansia, ora con avida brama; ma Hyde non provava che indifferenza nei confronti di Jekyll e si ricordava di lui allo stesso modo in cui il brigante delle montagne si rammenta della caverna in cui va a rintanarsi quando è braccato. Jekyll mostrava molto più dell'apprensione paterna e Hyde molto più dell'indifferenza filiale. Mettermi dalla parte di Jekyll significava soffocare quegli appetiti alla cui soddisfazione m'ero votato in segreto e ai quali da ultimo avevo finito per indulgere anche troppo. Scegliere Hyde, invece, voleva dire ripudiare mille interessi e aspirazioni e diventare all'istante, e per sempre, un essere disprezzato e un escluso. La scelta poteva sembrare facile, ma c'era un'altra considerazione da mettere in bilancio, poiché, mentre Jekyll avrebbe sofferto le pene dell'inferno nella ri-

would be not even conscious of all that he had lost. Strange as my circumstances were, the terms of this debate are as old and commonplace as man; much the same inducements and alarms cast the die for any tempted and trembling sinner; and it fell out with me, as it falls with so vast a majority of my fellows, that I chose the better part and was found wanting in the strength to keep to it.

Yes, I preferred the elderly and discontented doctor, surrounded by friends and cherishing honest hopes; and bade a resolute farewell to the liberty, the comparative youth, the light step, leaping impulses and secret pleasures, that I had enjoyed in the disguise of Hyde. I made this choice perhaps with some unconscious reservation, for I neither gave up the house in Soho, nor destroyed the clothes of Edward Hyde, which still lay ready in my cabinet. For two months, however, I was true to my determination; for two months I led a life of such severity as I had never before attained to, and enjoyed the compensations of an approving conscience. But time began at last to obliterate the freshness of my alarm; the praises of conscience began to grow into a thing of course; I began to be tortured with throes and longings, as of Hyde struggling after freedom; and at last, in an hour of moral weakness, I once again compounded and swallowed the transforming draught.

I do not suppose that, when a drunkard reasons with himself upon his vice, he is once out of five hundred times affected by the dangers that he runs through his brutish, physical insensibility; neither

nuncia, Hyde non si sarebbe nemmeno accorto di quanto avrebbe perduto. Per quanto eccezionale fosse la mia situazione, i termini dell'alternativa che dovevo fronteggiare erano comuni all'uomo di ogni tempo. Gli stessi stimoli e gli stessi timori spingono il peccatore tremante e soggetto alle tentazioni a giocare la propria sorte. E così accadde che io, come succede alla gran maggioranza dei miei simili, finii con l'optare per la parte migliore, anche se mi dimostrai subito carente dell'energia necessaria a mantenere ferma quella scelta.

Sì, la mia preferenza andò al vecchio e insoddisfatto dottore, il quale coltivava oneste speranze circondato dagli amici, e detti un addio definitivo alla libertà, alla relativa giovinezza, al passo leggero, ai sussulti improvvisi, ai reconditi piaceri di cui avevo goduto sotto le spoglie di Hyde. Forse addivenni a questa risoluzione con una qualche remora inconscia, poiché non mi preoccupai né di vendere la casa di Soho, né di distruggere i vestiti di Edward Hyde che restano ancor oggi appesi nel mio studiolo. Per un paio di mesi, comunque, tenni fede al proposito, condussi un'esistenza talmente morigerata, come mai mi era capitato di vivere e potei assaporare i frutti di una coscienza rappacificata. Ma con l'andare del tempo le mie paure più vivide cominciarono a sbiadire, gli apprezzamenti della coscienza ad assumere l'opacità della consuetudine e mentre sopravanzavano struggenti desideri e angosce, come se Hyde si dimenasse per riemergere a nuova libertà, in un momento di debolezza morale ancora una volta mescolai e trangugiai la pozione che provocava la metamorfosi.

Non credo che quando un ubriacone ragiona con se stesso sul suo vizio si renda minimamente conto dei pericoli a cui l'espone la sua degradazione bestia-

had I, long as I had considered my position, made enough allowance for the complete moral insensibility and insensate readiness to evil, which were the leading characters of Edward Hyde. Yet it was by these that I was punished. My devil had been long caged, he came out roaring. I was conscious, even when I took the draught, of a more unbridled, a more furious propensity to ill. It must have been this, I suppose, that stirred in my soul that tempest of impatience with which I listened to the civilities of my unhappy victim; I declare, at least, before God, no man morally sane could have been guilty of that crime upon so pitiful a provocation; and that I struck in no more reasonable spirit than that in which a sick child may break a plaything. But I had voluntarily stripped myself of all those balancing instincts by which even the worst of us continues to walk with some degree of steadiness among temptations; and in my case, to be tempted, however slightly, was to fall.

Instantly the spirit of hell awoke in me and raged. With a transport of glee, I mauled the unresisting body, tasting delight from every blow; and it was not till weariness had begun to succeed, that I was suddenly, in the top fit of my delirium, struck through the heart by a cold thrill of terror. A mist dispersed; I saw my life to be forfeit; and fled from the scene of these excesses, at once glorying and trembling, my lust of evil gratified and stimulated, my love of life screwed to the topmost peg. I ran to the house in Soho, and (to make assurance doubly sure) destroyed my papers; thence I set out through the lamplit

le; e nemmeno io, per quanto avessi considerato a lungo la situazione, avevo tenuto conto a sufficienza della completa insensibilità morale e della folle vocazione al male che costituivano i tratti essenziali di Edward Hyde. Eppure proprio da questi venne il castigo. Il mio demone era rimasto intrappolato troppo a lungo e balzò fuori rugghiando. Già nel momento in cui bevevo la pozione ebbi la consapevolezza di uno slancio più furibondo e sfrenato verso il male. E proprio questo, suppongo, provocò nel mio animo quella tumultuosa impazienza con cui ascoltai le parole cortesi della mia infelice vittima. Posso dichiarare almeno, dinnanzi a Dio, che nessun uomo moralmente sano avrebbe potuto macchiarsi di un delitto così orrendo per una provocazione inesistente, e che colpii in uno stato d'animo non più disposto alla ragione, di quanto non lo sia quello di un bambino viziato che manda in frantumi un giocattolo. Ma mi ero privato, di mia spontanea volontà, di quei freni inibitori grazie ai quali anche il peggiore degli uomini riesce a procedere con una certa fermezza fra le tentazioni. Nel mio caso anche la più effimera tentazione mi scavava un baratro sotto i piedi.

Lo spirito diabolico si risvegliò in me all'istante, imperversando furiosamente. In un impeto di voluttà mi detti a straziare quel corpo che non offriva resistenza, inebriandomi a ogni colpo, e solo quando avvertii la stanchezza fisica, tutto a un tratto e all'apice del delirio, il terrore mi attanagliò come una morsa di gelo. Fu uno squarcio nella nebbia; ebbi coscienza d'essermi giocata l'esistenza e fuggii via da quella scena di turpitudine esultante e tremebondo, sazio e vieppiù eccitato nella bramosia del male. Corsi alla casa di Soho e per maggior sicurezza distrussi le mie carte, quindi presi a vagare per le stra-

streets, in the same divided ecstasy of mind, gloating
on my crime, light-headedly devising others in the
future, and yet still hastening and still hearkening in
my wake for the steps of the avenger. Hyde had a
song upon his lips as he compounded the draught,
and as he drank it, pledged the dead man. The pangs
of transformation had not done tearing him, before
Henry Jekyll, with streaming tears of gratitude and
remorse, had fallen upon his knees and lifted his
clasped hands to God. The veil of self-indulgence
was rent from head to foot, I saw my life as a whole:
I followed it up from the days of childhood, when I
had walked with my father's hand, and through the
self-denying toils of my professional life, to arrive
again and again, with the same sense of unreality, at
the damned horrors of the evening. I could have
screamed aloud; I sought with tears and prayers to
smother down the crowd of hideous images and
sounds with which my memory swarmed against
me; and still, between the petitions, the ugly face of
my iniquity stared into my soul. As the acuteness of
this remorse began to die away, it was succeeded by
a sense of joy. The problem of my conduct was
solved. Hyde was thenceforth impossible; whether I
would or not, I was now confined to the better part
of my existence; and O, how I rejoiced to think of it!
with what willing humility, I embraced anew the re-
strictions of natural life! with what sincere renunci-
ation, I locked the door by which I had so often gone
and come, and ground the key under my heel!

The next day, came the news that the murder had

de illuminate dai lampioni in preda alla stessa combattuta estasi mentale, con un perverso godimento per il delitto commesso e proteso a immaginarne degli altri a cuor leggero, eppure camminando in fretta e con le orecchie tese a cogliere il passo vendicatore. Perfino nel mescolare la pozione Hyde continuò a canticchiare a fior di labbra e, quando bevve, brindò alla vittima. Gli spasmi della trasformazione non s'erano ancora placati, che Henry Jekyll, il volto irrorato di lacrime di gratitudine e di rimorso, cadeva in ginocchio invocando Iddio a mani giunte. Il velo dell'indulgenza verso me stesso, lacerato da cima a fondo, mi mostrava l'intero corso della vita passata; ne seguii la parabola da quando, fanciullo, camminavo alla mano di mio padre, poi attraverso le abnegazioni della mia vita professionale, fino a ritornare sempre da capo, e con lo stesso senso di irrealtà, agli orrori di quella notte. Mi sarei messo a gridare come un ossesso; cercai di respingere con il pianto e la preghiera lo sciame di immagini e di suoni repellenti con cui la memoria sembrava sopraffarmi, e pure nel fervore delle implorazioni l'orrida faccia della perversione ficcava gli occhi nel fondo dell'anima. Con l'affievolirsi del rimorso più cocente cominciò a prender corpo un senso di esultanza. Il problema della mia condotta era risolto. Per Hyde non c'era possibilità di sussistenza; che lo volessi o meno, ero costretto alla parte migliore della mia esistenza. E quale allegrezza mi invase il cuore al solo pensarci! Con quale sicura umiltà abbracciai le limitazioni che ci vengono imposte dal canone naturale della vita! Con quale deliberata rinuncia inchiavardai la porta dalla quale ero uscito e rientrato tante volte, spezzando la chiave sotto il tacco!

Il giorno appresso si diffuse la notizia del delitto; la

been overlooked, that the guilt of Hyde was patent to the world, and that the victim was a man high in public estimation. It was not only a crime, it had been a tragic folly. I think I was glad to know it; I think I was glad to have my better impulses thus buttressed and guarded by the terrors of the scaffold. Jekyll was now my city of refuge; let but Hyde peep out an instant, and the hands of all men would be raised to take and slay him.

I resolved in my future conduct to redeem the past; and I can say with honesty that my resolve was fruitful of some good. You know yourself how earnestly, in the last months of the last year, I laboured to relieve suffering; you know that much was done for others, and that the days passed quietly, almost happily for myself. Nor can I truly say that I wearied of this beneficent and innocent life; I think instead that I daily enjoyed it more completely; but I was still cursed with my duality of purpose; and as the first edge of my penitence wore off, the lower side of me, so long indulged, so recently chained down, began to growl for licence. Not that I dreamed of resuscitating Hyde; the bare idea of that would startle me to frenzy: no, it was in my own person that I was once more tempted to trifle with my conscience; and it was as an ordinary secret sinner, that I at last fell before the assaults of temptation.

There comes an end to all things; the most capacious measure is filled at last; and this brief condescension to my evil finally destroyed the balance of my soul. And yet I was not alarmed; the fall seemed natural, like a return to the old days before I had

colpevolezza di Hyde era sulla bocca di tutti e non c'era chi non rimpiangesse la vittima, una persona della massima stima. Non era stato solo un crimine, s'era trattato d'una tragica follia. Credo di essere stato felice nell'apprenderlo e nel constatare che i miei impulsi migliori venivano rinsaldati dal terrore della forca. Jekyll costituiva ora il porto della mia salvezza. Appena Hyde avesse fatto capolino, le mani di tutti si sarebbero protese per acciuffarlo e mandarlo a morte.

Formulai la risoluzione che la mia condotta futura avrebbe redento il passato e posso affermare in tutta onestà che sortì qualche effetto. Tu stesso puoi testimoniare con quanta ansia mi sia impegnato nell'ultimo scorcio dell'anno passato a lenire le sofferenze; e sai che molte di quelle fatiche erano volte ad aiutare gli altri e che io stesso trascorsi quei giorni nella quiete, quasi nella letizia. Né posso affermare in verità che quella vita d'innocenza e di dedizione divenisse fonte di tedio poiché credo, al contrario, di averla gustata ogni giorno più appieno. Ma l'intrinseco dualismo delle mie intenzioni gravava su di me come una maledizione, e mentre i miei propositi di pentimento cominciavano a perdere mordente, la parte peggiore di me, così a lungo appagata, e di recente messa alla catena, prese a ringhiare. Non che con questo volessi resuscitare Hyde; il solo pensiero anzi mi dava le vertigini; no, ero proprio io, nella mia stessa persona, che ero ancora una volta tentato di scherzare con la coscienza; e come accade a chi persegue vizi privati, alla fine cedetti agli assalti delle tentazioni.

C'è una fine per tutto; la più capiente delle misure prima o poi viene colmata e questa breve condiscendenza al male che avevo in me finì per distruggere l'equilibrio della mia anima. Eppure non ebbi trasalimenti, la ricaduta mi sembrò naturale, come un rifluire ai

made discovery. It was a fine, clear, January day, wet under foot where the frost had melted, but cloudless overhead; and the Regent's Park was full of winter chirrupings and sweet with spring odours. I sat in the sun on a bench; the animal within me licking the chops of memory; the spiritual side a little drowsed, promising subsequent penitence, but not yet moved to begin. After all, I reflected, I was like my neighbours; and then I smiled, comparing myself with other men, comparing my active good-will with the lazy cruelty of their neglect. And at the very moment of that vainglorious thought, a qualm came over me, a horrid nausea and the most deadly shuddering. These passed away, and left me faint; and then as in its turn faintness subsided, I began to be aware of a change in the temper of my thoughts, a greater boldness, a contempt of danger, a solution of the bonds of obligation. I looked down; my clothes hung formlessly on my shrunken limbs; the hand that lay on my knee was corded and hairy. I was once more Edward Hyde. A moment before I had been safe of all men's respect, wealthy, beloved—the cloth laying for me in the dining-room at home; and now I was the common quarry of mankind, hunted, houseless, a known murderer, thrall to the gallows.

My reason wavered, but it did not fail me utterly. I have more than once observed that, in my second character, my faculties seemed sharpened to a point and my spirits more tensely elastic; thus it came about that, where Jekyll perhaps might have succumbed, Hyde rose to the importance of the moment. My drugs were in one of the presses of my

vecchi tempi, anteriori alla fatidica scoperta. Era una giornata di gennaio tersa, bellissima; qualche gora d'acqua per terra dove il gelo s'era disciolto, ma il cielo era sgombro di nubi e Regent's Park vibrava di cinguettii invernali e odorava dei balsami della primavera. Mi sedetti al sole su di una panchina, l'animale che avevo in me si leccava i baffi inuzzolito dai ricordi,[41] lo spirito buono abbozzava sonnacchiosi pentimenti, senza per altro tentare di reagire. Dopo tutto, riflettevo fra di me, non ero differente dal mio prossimo e sorrisi al pensiero, paragonandomi agli altri uomini, confrontando la mia volontà solerte con la pigra crudeltà della loro indifferenza. Proprio nel momento in cui formulavo questi vanagloriosi pensieri, fui colto da un malore improvviso e fra i più incredibili conati di nausea mi prese un tremito convulso. Poi tutto passò, lasciandomi in uno stato di sfinimento. Via via che mi riavevo da quella spossatezza, ebbi coscienza che l'indole stessa dei miei pensieri andava mutando in una sfacciata spavalderia, nello sprezzo del pericolo, nella libertà dal senso del dovere. Mi guardai: il corpo rattrappito sembrava sguazzare in quegli abiti flosci, la mano che posava sul ginocchio era villosa e nocchiuta.[42] Ancora una volta ero diventato Edward Hyde. Un momento prima confidavo nel rispetto della gente, da personaggio dovizioso e ben voluto qual ero... la tavola imbandita per me nella sala da pranzo, a casa mia; e ora niente più che la feccia del genere umano, l'essere braccato, ramingo, conosciuto da tutti come un assassino, destinato alla forca.

La ragione fu sul punto di perdersi, pur senza abbandonarmi del tutto. Più di una volta ho osservato che in quella seconda natura le mie facoltà sembravano acuirsi e la mente farsi più agile nella tensione di modo che, là dove Jekyll avrebbe forse ceduto, Hyde sapeva tener testa alla situazione. Le sostanze chimiche si trovavano

cabinet; how was I to reach them? That was the problem that (crushing my temples in my hands) I set myself to solve. The laboratory door I had closed. If I sought to enter by the house, my own servants would consign me to the gallows. I saw I must employ another hand, and thought of Lanyon. How was he to be reached? how persuaded? Supposing that I escaped capture in the streets, how was I to make my way into his presence? and how should I, an unknown and displeasing visitor, prevail on the famous physician to rifle the study of his colleague, Dr. Jekyll? Then I remembered that of my original character, one part remained to me: I could write my own hand; and once I had conceived that kindling spark, the way that I must follow became lighted up from end to end.

Thereupon, I arranged my clothes as best I could, and summoning a passing hansom, drove to an hotel in Portland Street, the name of which I chanced to remember. At my appearance (which was indeed comical enough, however tragic a fate these garments covered) the driver could not conceal his mirth. I gnashed my teeth upon him with a gust of devilish fury; and the smile withered from his face—happily for him—yet more happily for myself, for in another instant I had certainly dragged him from his perch. At the inn, as I entered, I looked about me with so black a countenance as made the attendants tremble; not a look did they exchange in my presence; but obsequiously took my orders, led me to a private room, and brought me wherewithal to write. Hyde in danger of his life was a creature new to me;

in uno degli armadietti dello studiolo: come potevo fare a procurarmele? Mi strinsi la testa fra le palme e mi misi a riflettere su come risolvere l'enigma. La porta del laboratorio l'avevo chiusa a chiave, e se avessi tentato di passare dalla porta principale i domestici non avrebbero esitato a consegnarmi loro stessi al patibolo. L'unico modo era servirmi di un'altra persona, e fu così che il pensiero mi corse a Lanyon. Come raggiungerlo, però? E come convincerlo? Ammesso di farla franca lungo il tragitto, come sarei riuscito a farmi ricevere? Inoltre a quali stratagemmi sarei dovuto ricorrere, io visitatore sconosciuto e importuno, per indurre una celebrità nel campo della medicina a rovistare nello studio del suo collega, dottor Jekyll? Rammentai allora che mi rimaneva una caratteristica della mia natura originaria, che era la calligrafia. Una volta scoccata questa scintilla iniziale, mi si illuminò la strada che avrei dovuto seguire, da cima a fondo.

Per cui mi rassettai i vestiti alla meglio, presi una carrozza di passo e mi feci condurre a un albergo di Portland Street di cui rammentavo il nome. Nel vedermi addobbato a quel modo, e dovevo essere abbastanza buffo malgrado il tragico destino che si nascondeva sotto quei panni, il vetturino non riuscì a trattenere il riso. Digrignai i denti verso di lui in un impeto di furore diabolico e subito il sorriso si dileguò da quel volto: buon per lui, e ancor meglio per me perché ancora un attimo e lo avrei scaraventato giù di cassetta. Quando entrai nell'albergo mi guardai attorno con aria talmente truce che vidi gli inservienti tremebondi, incapaci di scambiarsi un'occhiata al mio cospetto. Accolsero i miei ordini con atteggiamento di riverenza, mi condussero in una saletta privata e mi portarono l'occorrente per scrivere. Hyde che si sentiva in pericolo di vita costituiva per me un'esperienza inedita: un es-

shaken with inordinate anger, strung to the pitch of murder, lusting to inflict pain. Yet the creature was astute; mastered his fury with a great effort of the will; composed his two important letters, one to Lanyon and one to Poole; and that he might receive actual evidence of their being posted, sent them out with directions that they should be registered. Thenceforward, he sat all day over the fire in the private room, gnawing his nails; there he dined, sitting alone with his fears, the waiter visibly quailing before his eye; and thence, when the night was fully come, he set forth in the corner of a closed cab, and was driven to and fro about the streets of the city. He, I say—I cannot say, I. That child of Hell had nothing human; nothing lived in him but fear and hatred. And when at last, thinking the driver had begun to grow suspicious, he discharged the cab and ventured on foot, attired in his misfitting clothes, an object marked out for observation, into the midst of the nocturnal passengers, these two base passions raged within him like a tempest. He walked fast, hunted by his fears, chattering to himself, skulking through the less frequented thoroughfares, counting the minutes that still divided him from midnight. Once a woman spoke to him, offering, I think, a box of lights. He smote her in the face, and she fled.

When I came to myself at Lanyon's, the horror of my old friend perhaps affected me somewhat: I do not know; it was at least but a drop in the sea to the abhorrence with which I looked back upon these hours. A change had come over me. It was no longer the fear of the gallows, it was the horror of being Hyde that

sere sconvolto da una furia insensata, spinto come una molla al delitto, bramoso di infliggere sofferenze. E sapeva diventare volpino, per cui, dominando con sforzi sovrumani la furia ossessiva, scrisse le due lettere decisive, l'una a Lanyon, l'altra a Poole, e per essere certo che fossero imbucate, ordinò di spedirle per raccomandata. Da quel momento in poi s'accoccolò accanto al fuoco nella stanza dove rimase per tutto il giorno a rodersi le unghie. Qui si fece portare la cena e si sedette con l'unica compagnia delle proprie paure, mentre il cameriere tremava come una foglia sotto i suoi sguardi. Lasciò l'albergo a notte inoltrata raggomitolandosi in un calesse coperto, facendosi scorrazzare per le vie della città. Parlo alla terza persona... perché non potrei dire: io. Quel figlio del demonio non aveva nulla di umano, in lui pulsavano soltanto odio e terrore. E quando alla fine, temendo di destare i sospetti del vetturino, lasciò il calesse e s'avventurò a piedi fra i passanti notturni, richiamandone l'incuriosita attenzione infagottato com'era in quegli abiti che gli spenzolavano da tutte le parti,[43] queste due ignobili passioni infuriavano dentro di lui come un uragano. Camminava rapido, ossessionato dai suoi timori, farfugliando fra sé e sé, sgusciando ratto per le vie meno battute, contando i minuti che ancora mancavano alla mezzanotte. Una donna gli rivolse la parola, forse per offrirgli una scatola di fiammiferi: lui la colpì con un manrovescio e quella fuggì.

Quando tornai in me stesso a casa di Lanyon, l'orrore del vecchio compagno mi provocò un certo turbamento, mi sembra. Ma non saprei, d'altra parte non era che una goccia nel mare, paragonata al disgusto che provavo ripensando alle ore trascorse. S'era verificato un mutamento in me: non mi angustiava l'ombra del patibolo, bensì l'abominio di essere Hyde.

racked me. I received Lanyon's condemnation partly in a dream; it was partly in a dream that I came home to my own house and got into bed. I slept after the prostration of the day, with a stringent and profound slumber which not even the nightmares that wrung me could avail to break. I awoke in the morning shaken, weakened, but refreshed. I still hated and feared the thought of the brute that slept within me, and I had not of course forgotten the appalling dangers of the day before; but I was once more at home, in my own house and close to my drugs; and gratitude for my escape shone so strong in my soul that it almost rivalled the brightness of hope.

I was stepping leisurely across the court after breakfast, drinking the chill of the air with pleasure, when I was seized again with those indescribable sensations that heralded the change; and I had but the time to gain the shelter of my cabinet, before I was once again raging and freezing with the passions of Hyde. It took on this occasion a double dose to recall me to myself; and alas! six hours after, as I sat looking sadly in the fire, the pangs returned, and the drug had to be re-administered. In short, from that day forth it seemed only by a great effort as of gymnastics, and only under the immediate stimulation of the drug, that I was able to wear the countenance of Jekyll. At all hours of the day and night, I would be taken with the premonitory shudder; above all, if I slept, or even dozed for a moment in my chair, it was always as Hyde that I awakened. Under the strain of this continually impending doom and by the sleeplessness to which I now condemned myself, ay, even beyond what I had thought possible to man, I be-

Le parole di condanna formulate da Lanyon mi giunsero all'orecchio quasi come in sogno e fu in uno stato di semi ipnosi che tornai a casa e mi coricai. Dopo lo spossamento della giornata, caddi in un sonno così intenso, profondo, che nemmeno gli incubi che mi agitavano riuscirono a interrompere. Al mattino mi svegliai provato, debilitato, ma fresco. Sentivo ancora odio e terrore per la bestia che covava in me e non avevo certo scordato i tremendi pericoli del giorno precedente. Ma ero di nuovo a casa, con gli ingredienti della pozione a portata di mano e la riconoscenza per il pericolo scampato rifulgeva così intensa nell'animo, da eguagliare la luce della speranza.

Stavo passeggiando in cortile in un momento di pausa dopo la colazione, aspirando con diletto l'aria frizzante, quando fui colto di nuovo da quelle indescrivibili sensazioni che preannunciavano la metamorfosi. Feci appena in tempo a raggiungere il rifugio del mio studiolo, prima che ricadessi preda, ancora una volta, del delirio freddo e furente di Hyde. Per restituirmi a me stesso, quella volta fu necessaria una doppia dose. Ma sei ore dopo, ahimè, mentre me ne stavo accasciato a fissare il fuoco, le contrazioni insorsero di nuovo e fu necessario ingerire un'altra dose. In poche parole, da quel giorno in poi riuscii a mantenere il sembiante di Jekyll solo grazie a una continua altalena di sforzi e all'ingestione immediata della droga. Quel brivido premonitore poteva cogliermi a qualsiasi ora del giorno e della notte, specie se dormivo o se mi appisolavo in poltrona per un attimo: subito mi risvegliavo come Hyde. Sotto la tensione che mi procuravano la costante minaccia di questa maledizione, e la veglia diuturna alla quale ero ormai costretto, per un lasso di tempo superiore a quella che credevo l'umana sopportazione,[44] mi ri-

came, in my own person, a creature eaten up and emptied by fever, languidly weak both in body and mind, and solely occupied by one thought: the horror of my other self. But when I slept, or when the virtue of the medicine wore off, I would leap almost without transition (for the pangs of transformation grew daily less marked) into the possession of a fancy brimming with images of terror, a soul boiling with causeless hatreds, and a body that seemed not strong enough to contain the raging energies of life. The powers of Hyde seemed to have grown with the sickliness of Jekyll. And certainly the hate that now divided them was equal on each side. With Jekyll, it was a thing of vital instinct. He had now seen the full deformity of that creature that shared with him some of the phenomena of consciousness, and was co-heir with him to death: and beyond these links of community, which in themselves made the most poignant part of his distress, he thought of Hyde, for all his energy of life, as of something not only hellish but inorganic. This was the shocking thing; that the slime of the pit seemed to utter cries and voices; that the amorphous dust gesticulated and sinned; that what was dead, and had no shape, should usurp the offices of life. And this again, that that insurgent horror was knit to him closer than a wife, closer than an eye; lay caged in his flesh, where he heard it mutter and felt it struggle to be born; and at every hour of weakness, and in the confidence of slumber, prevailed against him and deposed him out of life. The hatred of Hyde for Jekyll was of a different order. His terror of the gallows drove him continually to commit temporary suicide,

dussi a una creatura sfibrata e consumata dalla febbre, spossata nella mente e nel corpo dal languore,
ossessionata da un unico rovello: l'orrore dell'altro
me stesso. Ma nel sonno, o quando l'effetto della pozione tendeva a esaurirsi, cadevo quasi senza trapas-
so (gli spasimi della metamorfosi diminuivano di
giorno in giorno d'intensità), vittima di una fantasia
satura di immagini terrifiche, di un animo schiuman-
te d'immotivata rancura, di un corpo incapace di rat-
tenere le esorbitanti energie vitali. La forza di Hyde
sembrava accrescersi con lo sfinimento di Jekyll. E
non c'è dubbio che l'odio che li separava era condiviso da entrambi con pari intensità. In Jekyll agiva l'i-
stinto di conservazione. Ormai conosceva bene la
mostruosità della creatura con la quale condivideva
alcuni fenomeni della coscienza e con cui sarebbe
stato erede indubitabile della morte. E anche al di là
di questi vincoli comuni, che già in se stessi costituivano l'aspetto più atroce della sua disperazione, egli
concepiva Hyde, nonostante la sua possente carica di
vitalismo, non solo come un demone, ma come un fenomeno inorganico. Donde l'affronto cocente: che la
melma del brago avesse facoltà di parlare, di gridare;
che la sterile polvere potesse gesticolare e commettere peccato; che ciò che era solo morte, senza l'impri-
mitura della forma, potesse arrogarsi le funzioni della vita. E ancora: che quell'essere orrido e ribelle
fosse avvinto a lui in un'intimità ignota alla sposa;
che fosse, come il suo occhio, consustanziale al suo
corpo, intrappolato nella medesima carne dove ne avvertiva il brontolio e la pulsione per venire alla luce;
che in ogni momento di debolezza e di cedimento al
sonno prevalesse su di lui escludendolo dalla vita. Di
diverso genere era l'odio di Hyde per Jekyll. Il terrore
del patibolo lo spingeva senza requie al suicidio mo-

and return to his subordinate station of a part instead of a person; but he loathed the necessity, he loathed the despondency into which Jekyll was now fallen, and he resented the dislike with which he was himself regarded. Hence the ape-like tricks that he would play me, scrawling in my own hand blasphemies on the pages of my books, burning the letters and destroying the portrait of my father; and indeed, had it not been for his fear of death, he would long ago have ruined himself in order to involve me in the ruin. But his love of life is wonderful; I go further: I, who sicken and freeze at the mere thought of him, when I recall the abjection and passion of this attachment, and when I know how he fears my power to cut him off by suicide, I find it in my heart to pity him.

It is useless, and the time awfully fails me, to prolong this description; no one has ever suffered such torments, let that suffice; and yet even to these, habit brought—no, not alleviation—but a certain callousness of soul, a certain acquiescence of despair; and my punishment might have gone on for years, but for the last calamity which has now fallen, and which has finally severed me from my own face and nature. My provision of the salt, which had never been renewed since the date of the first experiment, began to run low. I sent out for a fresh supply, and mixed the draught; the ebullition followed, and the first change of colour, not the second; I drank it and it was without efficiency. You will learn from Poole how I have had London ransacked; it was in vain; and I am now persuaded that my first supply was

mentaneo, a scadere al ruolo di compartecipe, differendo quello di primo e unico attore. Eppure detestava quella scelta obbligata, detestava la prostrazione in cui Jekyll era sprofondato ed era pieno di rancore per l'antipatia con cui veniva trattato. Di qui i tiri mancini, degni d'una scimmia, che mi faceva, scarabocchiando improperi sui margini dei miei libri simulando la mia calligrafia,[45] appiccando fuoco alle mie lettere e fracassando il ritratto di mio padre. Se non fosse stato per la paura della morte, avrebbe finito per distruggersi pur di trascinare anche me nella rovina. Ma il suo attaccamento alla vita è incredibile. Anzi, dirò di più: pur sentendomi venir meno al solo pensarci, quando vado con la mente al suo attaccamento abietto e appassionato, e al terrore provocato in lui dal potere che ho di sopprimerlo col suicidio, in fondo al cuore provo pietà per lui.

Lo scorrere inesorabile del tempo mi impedisce di prolungare oltre questa relazione, il che del resto sarebbe inutile. Nessuno ha provato simili tormenti: e questo sia sufficiente. Eppure anche nei tormenti l'abitudine finiva per arrecare... no, non sollievo... ma piuttosto una certa assuefazione dell'anima, una certa acquiescenza alla disperazione. E se non fosse per un'ultima sciagura che è sopravvenuta, e che ha per sempre voluto scerpere me stesso dal mio volto e dalla mia natura, il castigo si sarebbe protratto per anni. La provvista dei sali, che non era stata mai reintegrata dal giorno del primo esperimento, cominciò a calare. Mandai a farne rifornimento e mescolai la pozione: l'ebollizione ebbe luogo e così la prima fase trascolorante, ma attesi invano la seconda. La bevvi: non sortì il minimo effetto. Saprai da Poole come abbia invano rovistato tutta Londra. Ora sono convinto che nella mia prima provvista c'era

impure, and that it was that unknown impurity which lent efficacy to the draught.

About a week has passed, and I am now finishing this statement under the influence of the last of the old powders. This, then, is the last time, short of a miracle, that Henry Jekyll can think his own thoughts or see his own face (now how sadly altered!) in the glass. Nor must I delay too long to bring my writing to an end; for if my narrative has hitherto escaped destruction, it has been by a combination of great prudence and great good luck. Should the throes of change take me in the act of writing it, Hyde will tear it in pieces; but if some time shall have elapsed after I have laid it by, his wonderful selfishness and circumscription to the moment will probably save it once again from the action of his ape-like spite. And indeed the doom that is closing on us both, has already changed and crushed him. Half an hour from now, when I shall again and for ever reindue that hated personality, I know how I shall sit shuddering and weeping in my chair, or continue, with the most strained and fearstruck ecstasy of listening, to pace up and down this room (my last earthly refuge) and give ear to every sound of menace. Will Hyde die upon the scaffold? or will he find courage to release himself at the last moment? God knows; I am careless; this is my true hour of death, and what is to follow concerns another than myself. Here then, as I lay down the pen and proceed to seal up my confession, I bring the life of that unhappy Henry Jekyll to an end.

una qualche impurità e che l'efficacia della pozione era dovuta a quell'evento fortuito.

Una settimana è ormai trascorsa e sto terminando la presente dichiarazione sotto l'effetto degli ultimi granelli della vecchia polvere. A meno di un miracolo, dunque, questa è l'ultima volta in cui Henry Jekyll può formulare i propri pensieri o guardare il proprio volto, ahimè così tristo e devastato, in uno specchio. Né posso indugiare troppo nel portare a termine la relazione, perché se fino a ora il racconto è scampato alla distruzione, ciò è dovuto a una meticolosa prudenza unita alla buona sorte. Se mi dovessero prendere gli spasmi della metamorfosi mentre ho ancora in mano la penna, Hyde strapperebbe il foglio in mille pezzi. Se tuttavia trascorrerà un certo tempo da quando l'avrò terminata, il suo strabiliante egoismo e il suo vivere l'attimo fuggente forse salverà lo scritto dai suoi scimmieschi dispetti. E in vero il destino che sta serrando il suo inesorabile cerchio su di noi lo ha già schiacciato, facendo di lui un'altra persona. Fra mezz'ora, quando avrò per sempre riassunto in me quella odiata identità, so già che starò accucciato nella mia sedia piagnucolando e scosso dal tremito, o continuerò, acuendo l'udito fino allo spasimo, in preda alla paura, a percorrere avanti e indietro questa stanza, il mio ultimo rifugio terreno, tendendo l'orecchio a ogni suono minaccioso. Hyde esalerà l'ultimo respiro sulla forca? O troverà il coraggio di farla finita all'ultimo momento? Lo sa Iddio. Non me ne importa. Il vero momento della mia morte è questo: quel che avverrà poi non riguarda me, bensì un altro. Ecco, dunque: nell'atto stesso di deporre la penna e di imprimere il sigillo alla mia confessione, metto fine alla vita dell'infelice Henry Jekyll.

The Body Snatcher

Every night in the year, four of us sat in the small parlour of the George at Debenham—the undertaker, and the landlord, and Fettes, and myself. Sometimes there would be more; but blow high, blow low, come rain or snow or frost, we four would be each planted in his own particular armchair. Fettes was an old drunken Scotchman, a man of education obviously, and a man of some property, since he lived in idleness. He had come to Debenham years ago, while still young, and by a mere continuance of living had grown to be an adopted townsman. His blue camlet cloak was a local antiquity, like the church spire. His place in the parlour at the George, his absence from church, his old, crapulous, disreputable vices, were all things of course in Debenham. He had some vague Radical opinions and some fleeting infidelities, which he would now and again set forth and emphasise with tottering slaps upon the table. He drank rum—five glasses regularly every evening; and for the greater portion of his nightly visit to the George sat, with his glass in his right hand, in a state of melancholy alcoholic saturation. We called him the doctor, for he was supposed to have some special knowledge

Il trafugatore di salme[1]

Non passava sera che non ci incontrassimo tutti e quattro nella saletta del George, a Debenham: il gestore, il proprietario, Fettes e io; talvolta il gruppo era ancor più nutrito; ma con qualsiasi tempo, pioggia, neve o gelo che fosse, noi quattro eravamo sempre presenti, inchiodati alle nostre rispettive poltrone. Fettes era un vecchio scozzese ubriacone, una persona di certo istruita e non priva di risorse poiché campava senza far nulla. Era capitato a Debenham anni addietro, quando era ancora giovane, e per il semplice fatto di non essersi più mosso, aveva finito per diventarne cittadino adottivo. La sua zimarra pelosa, di color turchino faceva parte delle antichità locali come il campanile della chiesa. Lo sapevano tutti a Debenham che gli veniva riservato un posto fisso al George, che non metteva mai piede in chiesa e che era dedito da sempre al deprecabile vizio della gozzoviglia. Professava qualche vaga opinione radicale e andava soggetto a saltuari accessi di ateismo che soleva corroborare con certe manate da far tremare il tavolo. Beveva rum: cinque bicchieri per sera, senza sgarrare una volta. Trascorreva gran parte della serata e della notte standosene seduto al George, il bicchiere nella mano destra, in uno stato di malinconica ebetudine. Lo chiamavamo il Dottore, perché era nostra impressione che qualche

of medicine, and had been known, upon a pinch, to set a fracture or reduce a dislocation; but, beyond these slight particulars, we had no knowledge of his character and antecedents.

One dark winter night—it had struck nine some time before the landlord joined us—there was a sick man in the George, a great neighbouring proprietor suddenly struck down with apoplexy on his way to Parliament; and the great man's still greater London doctor had been telegraphed to his bedside. It was the first time that such a thing had happened in Debenham, for the railway was but newly open, and we were all proportionately moved by the occurrence.

"He's come," said the landlord, after he had filled and lighted his pipe.

"He?" said I. "Who?—not the doctor?"

"Himself," replied our host.

"What is his name?"

"Dr. Macfarlane," said the landlord.

Fettes was far through his third tumbler, stupidly fuddled, now nodding over, now staring mazily around him; but at the last word he seemed to awaken, and repeated the name "Macfarlane" twice, quietly enough the first time, but with sudden emotion at the second.

"Yes," said the landlord, "that's his name, Dr. Wolfe Macfarlane."

Fettes became instantly sober; his eyes awoke, his voice became clear, loud, and steady, his language forcible and earnest. We were all startled by the transformation, as if a man had risen from the dead.

"I beg your pardon," he said; "I am afraid I have

conoscenza in fatto di medicina ce l'avesse davvero e si sapeva che, in caso di necessità, aveva sistemato una frattura o rimesso a posto una distorsione. Ma all'infuori di questi particolari di poco conto non sapevamo nulla della sua persona e del suo passato.

In una buia notte d'inverno, erano rintoccate le nove poco prima che il proprietario si fosse unito a noi, avevano sistemato al George un malato, un facoltoso possidente dei dintorni colpito da apoplessia mentre si recava al Parlamento. Avevano subito telegrafato per far venire al capezzale di questo grande personaggio il suo ancor più grande medico di Londra. Era la prima volta che succedeva un fatto simile a Debenham, poiché avevano inaugurato da poco la strada ferrata, ed eravamo tanto più impressionati dall'avvenimento.

«È arrivato» disse il padrone dopo aver calcato il tabacco e acceso la pipa.

«Arrivato?» dissi. «Chi? Il dottore forse?»

«Proprio lui» rispose il nostro ospite.

«E come si chiama?»

«Dottor Macfarlane» disse.

Fettes era già a buon punto col suo terzo bicchiere e, stordito com'era, tentennava il capo o girava attorno lo sguardo vitreo e stralunato; ma a quest'ultima parola sembrò risvegliarsi e ripeté due volte quel nome: «Macfarlane» piuttosto tranquillo la prima, ma con improvvisa eccitazione la seconda.

«Sì» disse il padrone «si chiama proprio così: dottor Wolfe Macfarlane.»

Fettes parve riacquistare lucidità all'istante: gli occhi gli si snebbiarono, gli si schiarì la voce che divenne alta e ferma e la favella si fece energica e schietta. Quella trasformazione ci lasciò di stucco, come se avessimo visto resuscitare un morto.

«Scusatemi» disse «ma temo di non aver prestato

not been paying much attention to your talk. Who is this Wolfe Macfarlane?" And then, when he had heard the landlord out, "It cannot be, it cannot be," he added; "and yet I would like well to see him face to face."

"Do you know him, doctor?" asked the undertaker, with a gasp.

"God forbid!" was the reply. "And yet the name is a strange one; it were too much to fancy two. Tell me, landlord, is he old?"

"Well," said the host, "he's not a young man, to be sure, and his hair is white; but he looks younger than you."

"He is older, though; years older. But," with a slap upon the table, "it's the rum you see in my face—rum and sin. This man, perhaps, may have an easy conscience and a good digestion. Conscience! Hear me speak. You would think I was some good, old, decent Christian, would you not? But no, not I; I never canted. Voltaire might have canted if he'd stood in my shoes; but the brains"—with a rattling fillip on his bald head—"the brains were clear and active, and I saw and made no deductions."

"If you know this doctor," I ventured to remark, after a somewhat awful pause, "I should gather that you do not share the landlord's good opinion."

Fettes paid no regard to me.

"Yes," he said, with sudden decision, "I must see him face to face."

There was another pause, and then a door was closed rather sharply on the first floor, and a step was heard upon the stair.

"That's the doctor," cried the landlord. "Look sharp, and you can catch him."

molta attenzione alle vostre parole. Chi è questo Wolfe Macfarlane?» Poi, ascoltata la risposta del proprietario: «Non può essere, non può essere» aggiunse «eppure mi piacerebbe incontrarlo faccia a faccia, costui».

«Lo conosci, dottore?» chiese il gestore con un filo di voce.

«Dio me ne scampi e liberi!» rispose. «Eppure è un nome non comune ed è impossibile che ce ne siano due. Dimmi, padrone, è vecchio?»

«Be'» rispose l'altro «giovane non è di certo, ha i capelli canuti; ma sembra più giovane di te.»

«Eppure è più vecchio, di qualche anno. Il fatto è» e s'accompagnò con un manrovescio sul tavolo «che è il rum quello che vedete sulla mia faccia, il rum e il peccato. Costui magari avrà la coscienza tranquilla e una buona digestione. Coscienza! Statemi ad ascoltare. Voi tutti credete che io sia un buon cristiano, vecchio e onesto, non è vero? Ma non e così, quello non sono io; io non sono mai cambiato. Voltaire avrebbe potuto cambiare se fosse stato nei miei panni, il cervello...» e così dicendo si picchiettò con il dito la testa pelata «... il cervello era lucido e sveglio: ho visto ma non ho tratto deduzioni.»

«Se conoscete questo medico» mi azzardai a osservare dopo una pausa alquanto sgradevole «dovrei ritenere che non condividete la stima che gli riserva il proprietario.»

Fettes non mi degnò di attenzione.

«Sì» disse con decisione «devo vederlo faccia a faccia.»

Seguì un'altra pausa di silenzio, poi si sentì lo schianto piuttosto brusco di una porta al primo piano e un passo che cominciava a scendere le scale.

«Questo è il medico» esclamò il proprietario «se aguzzate gli occhi riuscirete a vederlo.»

It was but two steps from the small parlour to the door of the old George Inn; the wide oak staircase landed almost in the street; there was room for a Turkey rug and nothing more between the threshold and the last round of the descent; but this little space was every evening brilliantly lit up, not only by the light upon the stair and the great signal-lamp below the sign, but by the warm radiance of the bar-room window. The George thus brightly advertised itself to passers-by in the cold street. Fettes walked steadily to the spot, and we, who were hanging behind, beheld the two men meet, as one of them had phrased it, face to face. Dr. Macfarlane was alert and vigorous. His white hair set off his pale and placid, although energetic, countenance. He was richly dressed in the finest of broadcloth and the whitest of linen, with a great gold watch-chain, and studs and spectacles of the same precious material. He wore a broad- folded tie, white and speckled with lilac, and he carried on his arm a comfortable driving coat of fur. There was no doubt but he became his years, breathing, as he did, of wealth and consideration; and it was a sur- prising contrast to see our parlour sot—bald, dirty, pimpled, and robed in his old camlet cloak—confront him at the bottom of the stairs.

"Macfarlane!" he said somewhat loudly, more like a herald than a friend.

The great doctor pulled up short on the fourth step, as though the familiarity of the address sur- prised and somewhat shocked his dignity.

"Toddy Macfarlane!" repeated Fettes.

The London man almost staggered. He stared for

Non c'erano che un paio di passi dalla saletta all'uscio d'ingresso del George, la vetusta locanda. L'ampia scala di rovere terminava quasi sulla strada. Fra la soglia e l'ultima rampa c'era appena posto per un tappeto turco e niente altro; eppure ogni sera quel piccolo riquadro era inondato di una luce intensa che proveniva non solo dal lume appeso sulle scale e dalla mastodontica lanterna sotto l'insegna, bensì dal caldo riflesso della vetrina del bar. In quel modo il George offriva una confortevole accoglienza ai passanti di quella gelida strada. Fettes arrivò deciso fino al riquadro e noi, che lo sovrastavamo alle spalle, scorgemmo i due che si incontravano proprio come aveva detto uno di loro: viso a viso. Il dottor Macfarlane era un tipo agile e vigoroso. I capelli candidi accentuavano il pallore di un volto tranquillo ma energico. Era vestito da gran signore, panni finissimi e biancheria immacolata, con una catena da orologio d'oro massiccio, gemelli e occhiali del prezioso metallo. Portava un'ampia cravatta, bianca, maculata di lillà, e teneva ripiegato sul braccio un confortevole pastrano da viaggio, di pelliccia. I suoi anni li portava bene, non c'era che dire, con quel suo alone di benessere e di rispettabilità; e formava un contrasto stridente vedere quel nostro ubriacone di osteria, calvo, sudicio, e intabarrato in quel suo vecchio mantello spelacchiato, che gli si parava dinnanzi ai piedi della scala.

«Macfarlane!» disse con un tono piuttosto alto e più simile a quello d'un araldo che di un amico.

Il celebre dottore si fermò di colpo al quarto gradino, come se la familiarità di quel richiamo l'avesse colto di sorpresa e ne urtasse la dignità sussiegosa.

«Toddy Macfarlane» ripeté Fettes.

Il medico londinese fu sul punto di vacillare. Fissò

the swiftest of seconds at the man before him, glanced behind him with a sort of scare, and then in a startled whisper, "Fettes!" he said, "you!"

"Ay," said the other, "me! Did you think I was dead, too? We are not so easy shut of our acquaintance."

"Hush, hush!" exclaimed the doctor. "Hush, hush! this meeting is so unexpected—I can see you are unmanned. I hardly knew you, I confess, at first; but I am overjoyed—overjoyed to have this opportunity. For the present it must be how-d'ye-do and goodbye in one, for my fly is waiting, and I must not fail the train; but you shall—let me see—yes—you shall give me your address, and you can count on early news of me. We must do something for you, Fettes. I fear you are out at elbows; but we must see to that for auld lang syne, as once we sang at suppers."

"Money!" cried Fettes; "money from you! The money that I had from you is lying where I cast it in the rain."

Dr. Macfarlane had talked himself into some measure of superiority and confidence, but the uncommon energy of this refusal cast him back into his first confusion.

A horrible, ugly look came and went across his almost venerable countenance. "My dear fellow," he said, "be it as you please; my last thought is to offend you. I would intrude on none. I will leave you my address, however—"

"I do not wish it—I do not wish to know the roof that shelters you," interrupted the other. "I heard your name; I feared it might be you; I wished to know if, after all, there were a God; I know now that there is none. Begone!"

per qualche secondo l'uomo che gli si parava dinnanzi, gettò uno sguardo dietro alle proprie spalle come se fosse preso dal panico, poi con un bisbiglio atterrito: «Fettes!» disse «Tu!».

«Già» disse l'altro «proprio io! Credevi che anch'io fossi morto? Non è poi così facile chiudere i conti con quel nostro conoscente.»

«Zitto, zitto!» esclamò il dottore «Zitto, zitto! Questo incontro mi prende alla sprovvista... Vedo che sei fuori di te. Quasi non ti riconoscevo a prima vista, lo confesso, ma sono felicissimo... felicissimo di questa coincidenza. Ma per il momento non possiamo che farci un breve saluto perché il calesse mi aspetta e non posso perdere il treno. Ma tu devi... vediamo, vediamo... sì... devi lasciarmi il tuo indirizzo e puoi star sicuro che mi farò vivo io. Dobbiamo far qualcosa per te, Fettes. Temo che non te la passi molto bene; ma dobbiamo provvedere in nome dei vecchi tempi, come si cantava una volta a tavola.»

«Soldi!» urlo Fettes. «Soldi da te! I soldi che mi desti sono ancora là dove li gettai, sotto la pioggia.»

Il dottor Macfarlane aveva riacquistato, parlando, una certa albagia e sicurezza, ma l'insolita energia di quel rifiuto lo rigettò nel primitivo stato di confusione.

Su quel volto quasi venerabile comparve, per svanire quasi subito, un'espressione orribile e ripugnante. «Caro mio» disse «sia come vuoi. Non avevo la minima intenzione di offenderti. Non voglio impicciarmi degli affari degli altri. Ti lascerò il mio indirizzo, a ogni modo...»

«Non lo voglio... non voglio conoscere il tetto che ti ripara» l'interruppe l'altro. «Ho sentito pronunciare il tuo nome e ho avuto paura che fossi proprio tu. Ho voluto rendermi conto se, dopo tutto, esiste un Dio. Ma ora vedo che non ne esiste alcuno. Vattene!»

He still stood in the middle of the rug, between the stair and doorway; and the great London physician, in order to escape, would be forced to step to one side. It was plain that he hesitated before the thought of this humiliation. White as he was, there was a dangerous glitter in his spectacles; but, while he still paused uncertain, he became aware that the driver of his fly was peering in from the street at this unusual scene, and caught a glimpse at the same time of our little body from the parlour, huddled by the corner of the bar. The presence of so many witnesses decided him at once to flee. He crouched together, brushing on the wainscot, and made a dart like a serpent, striking for the door. But his tribulation was not yet entirely at an end, for even as he was passing Fettes clutched him by the arm and these words came in a whisper, and yet painfully distinct, "Have you seen it again?"

The great rich London doctor cried out aloud with a sharp, throttling cry; he dashed his questioner across the open space, and, with his hands over his head, fled out of the door like a detected thief. Before it had occurred to one of us to make a movement the fly was already rattling toward the station. The scene was over like a dream, but the dream had left proofs and traces of its passage. Next day the servant found the fine gold spectacles broken on the threshold, and that very night we were all standing breathless by the bar-room window, and Fettes at our side, sober, pale, and resolute in look.

"God protect us, Mr. Fettes!" said the landlord, coming first into possession of his customary senses. "What in the universe is all this? These are strange things you have been saying."

Era ancora piantato lì, al centro del tappeto, fra l'uscio e la scala, e il luminare della medicina londinese sarebbe stato costretto a sgusciare di lato per poter fuggire. Era evidente che indugiava al pensiero di affrontare una simile umiliazione. Per quanto pallido fosse, un guizzo minaccioso balenò nei suoi occhiali, ma mentre ancora indugiava, incerto, si rese conto che il vetturino del calesse aveva allungato il collo per vedere dalla via quella scena inconsueta, e quasi nel contempo scorse con la coda dell'occhio il nostro crocchio, raccolto nell'angolo presso il bancone. La presenza di tanti testimoni l'indusse a cercar di sparire subito. Si raccolse in se stesso e, strusciando contro il battiscopa, guizzò come una serpe per raggiungere l'uscio. Ma i suoi triboli non erano ancora finiti perché, mentre passava, Fettes l'afferrò per un braccio e gli disse alcune parole che, per quanto sussurrate, risultarono penosamente distinte: «L'hai rivisto?».

Il facoltoso luminare di Londra gridò forte; un urlo acuto e strozzato, poi con uno spintone gettò in mezzo alla sala il suo interlocutore e, agitando le mani sopra la testa, sgattaiolò via come un ladro colto in flagrante. Prima che a qualcuno di noi fosse venuta l'idea di muoversi, il calesse stava già trottando verso la stazione. La scena s'era dileguata come un sogno, un sogno che tuttavia aveva lasciato tracce e indizi del suo passaggio. Il giorno appresso il garzone raccolse sulla soglia, infranti, i begli occhiali cerchiati d'oro e quella sera stessa eravamo tutti vicini alla vetrina del bar, col fiato sospeso; e accanto a noi c'era Fettes, lucido di mente, esangue e risoluto.

«Dio ci protegga, signor Fettes» disse il proprietario, che aveva ripreso per primo l'abituale dominio di sé; «che cosa vuol dire tutto questo? Sono strane le parole che avete pronunciato.»

Fettes turned toward us; he looked us each in succession in the face. "See if you can hold your tongues," said he. "That man Macfarlane is not safe to cross; those that have done so already have repented it too late."

And then, without so much as finishing his third glass, far less waiting for the other two, he bade us goodbye and went forth, under the lamp of the hotel, into the black night.

We three turned to our places in the parlour, with the big red fire and four clear candles; and, as we recapitulated what had passed, the first chill of our surprise soon changed into a glow of curiosity. We sat late; it was the latest session I have known in the old George. Each man, before we parted, had his theory that he was bound to prove; and none of us had any nearer business in this world than to track out the past of our condemned companion, and surprise the secret that he shared with the great London doctor. It is no great boast, but I believe I was a better hand at worming out a story than either of my fellows at the George; and perhaps there is now no other man alive who could narrate to you the following foul and unnatural events.

In his young days Fettes studied medicine in the schools of Edinburgh. He had talent of a kind, the talent that picks up swiftly what it hears and readily retails it for its own. He worked little at home; but he was civil, attentive, and intelligent in the presence of his masters. They soon picked him out as a lad who listened closely and remembered well; nay, strange as it seemed to me when I first heard it, he was in those days well favoured, and pleased by his exterior. There

Fettes si volse verso di noi e ci guardò uno a uno, sul muso. «Badate di tenere il becco chiuso» disse. «Quel Macfarlane è un individuo pericoloso se uno ci ha a che fare; quelli a cui è capitato, se ne sono pentiti troppo tardi.»

Poi, senza nemmeno finire il terzo bicchiere e tanto meno attendere gli altri due, ci salutò e uscì sotto la lanterna della locanda, nella notte buia.

Noi tre tornammo ai nostri posti nella saletta, dinnanzi a un fuoco gagliardo e al chiarore di quattro candele, e mentre ricapitolavamo l'accaduto il gelo iniziale della sorpresa non tardò a mutarsi in curiosità pungente. Restammo fino a tardi; fu la riunione più lunga a cui abbia preso parte al vecchio George. Prima di separarci, ognuno di noi aveva formulato la sua brava congettura di cui si sentiva impegnato a fornire le prove. L'incombenza più pressante che aveva ognuno di noi era quella di frugare nel passato del nostro dannato compare e svelare il segreto che lo accomunava al celebre medico di Londra. Non è per vanteria, ma sono convinto che ero molto più tagliato degli altri della combriccola del George a ricostruire una vicenda; e forse al giorno d'oggi non c'è nessun altro in grado di narrarvi gli eventi che seguono, sordidi e contro natura.

In gioventù Fettes studiava medicina all'università di Edimburgo. Non gli mancava un certo bernoccolo, il bernoccolo di chi sa afferrare al volo quel che sente e lo spaccia subito per proprio. A casa non si affaticava, ma al cospetto dei docenti era educato, pronto e attento. Ben presto lo notarono come un ragazzo che sapeva ascoltare e ricordare ancor meglio. Già, per quanto mi abbia sorpreso quando me l'hanno riferito la prima volta, allora godeva della simpatia del prossimo per il suo aspetto esteriore. A

was, at that period, a certain extramural teacher of anatomy, whom I shall here designate by the letter K. His name was subsequently too well known. The man who bore it skulked through the streets of Edinburgh in disguise, while the mob that applauded at the execution of Burke called loudly for the blood of his employer. But Mr. K— was then at the top of his vogue; he enjoyed a popularity due partly to his own talent and address, partly to the incapacity of his rival, the university professor. The students, at least, swore by his name, and Fettes believed himself, and was believed by others, to have laid the foundations of success when he had acquired the favour of this meteorically famous man. Mr. K— was a *bon vivant* as well as an accomplished teacher; he liked a sly illusion no less than a careful preparation. In both capacities Fettes enjoyed and deserved his notice, and by the second year of his attendance he held the half-regular position of second demonstrator or sub- assistant in his class.

In this capacity the charge of the theatre and lecture-room devolved in particular upon his shoulders. He had to answer for the cleanliness of the premises and the conduct of the other students, and it was a part of his duty to supply, receive, and divide the various subjects. It was with a view to this last—at that time very delicate—affair that he was lodged by Mr. K— in the same wynd, and at last in the same building, with the dissecting-rooms. Here, after a night of turbulent pleasures, his hand still tottering, his sight still misty and confused, he would be called out of bed in the black hours before the winter dawn by the unclean and desperate interlopers who supplied the table. He would

quel tempo le lezioni di anatomia erano tenute da un docente esterno al quale mi riferirò con la lettera K...[2] In seguito il suo nome sarebbe diventato anche troppo famoso. Infatti l'uomo che portava quel nome sgattaiolava travestito per le vie di Edimburgo, mentre la plebaglia, che applaudiva all'esecuzione di Burke, reclamava il sangue di chi gli aveva commesso il lavoro. Ma il signor K... era allora all'apice della fama; godeva di una vera e propria nomea dovuta in parte alle sue doti effettive e in parte all'insipienza del suo rivale, il professore dell'università. Gli studenti, almeno, giuravano sul suo nome e quando Fettes si assicurò il favore di quella meteora, fu convinto, e gli altri con lui, di aver gettato le basi di un sicuro successo. Il signor K... era un *bon vivant* e un insegnante di valore, gli piaceva chi sa darla a intendere, quanto chi si prepara con meticolosità. E in entrambe le doti Fettes non mancò di farsi notare. Al secondo anno godeva di una posizione semistabile di dimostratore in seconda o di vice assistente del proprio corso.

Come tale, la sorveglianza del teatro anatomico e della sala delle lezioni ricadeva particolarmente su di lui. Doveva rispondere della pulizia degli ambienti e della condotta degli altri studenti, inoltre toccava a lui prendere in consegna e smistare i vari soggetti. Proprio in relazione a quest'ultima faccenda, che a quel tempo era piuttosto delicata,[3] lo avevano sistemato dal signor K..., nella stessa ala, e quindi nello stesso edificio che comprendeva le sale di dissezione. E qui, dopo una notte di turbinosi piaceri, con le mani ancora malferme e la vista confusa e annebbiata, doveva levarsi dal letto nelle ore buie che precedono l'alba invernale al richiamo dei lerci, disperati sciacalli che rifornivano i tavoli. Era a questi individui,

open the door to these men, since infamous through-
out the land. He would help them with their tragic burden, pay them their sordid price, and remain alone,
when they were gone, with the unfriendly relics of hu-
manity. From such a scene he would return to snatch
another hour or two of slumber, to repair the abuses of
the night, and refresh himself for the labours of the day.

Few lads could have been more insensible to the
impressions of a life thus passed among the ensigns
of mortality. His mind was closed against all general
considerations. He was incapable of interest in the
fate and fortunes of another, the slave of his own de-
sires and low ambitions. Cold, light, and selfish in
the last resort, he had that modicum of prudence,
miscalled morality, which keeps a man from incon-
venient drunkenness or punishable theft. He coveted,
besides, a measure of consideration from his masters
and his fellow-pupils, and he had no desire to fail
conspicuously in the external parts of life. Thus he
made it his pleasure to gain some distinction in his
studies, and day after day rendered unimpeachable
eye-service to his employer, Mr. K—. For his day of
work he indemnified himself by nights of roaring,
blackguardly enjoyment; and when that balance had
been struck, the organ that he called his conscience
declared itself content.

The supply of subjects was a continual trouble to
him as well as to his master. In that large and busy
class, the raw material of the anatomists kept perpet-
ually running out; and the business thus rendered

divenuti da allora in poi simbolo di infamia in tutto il paese, che egli apriva la porta. Doveva aiutarli a trascinare il loro tragico fardello, sborsar loro la sordida somma e, quando se n'erano andati, restare solo in compagnia di quegli scostanti resti umani. Poi abbandonava tale scena e tornava a letto per un'ora o due, onde porre riparo alle dissipazioni notturne e avere una mente fresca per le fatiche giornaliere.

Sarebbe stato difficile trovare altri giovani insensibili come lui alle impressioni d'una vita trascorsa a quel modo, fra le insègne della morte. Aveva una mente refrattaria nei confronti di ogni considerazione d'ordine generale. Schiavo dei propri desideri e delle proprie basse ambizioni, era incapace di avvertire il minimo interesse per le sorti degli altri. Gelido, incurante, egoista fino all'estremo, era tuttavia dotato di quella istintiva prudenza, alla quale si dà a torto il nome di moralità, che impedisce alla gente di lasciarsi andare a una smodata ubriachezza o a veri reati di ladrocinio. E poi bramava avere la considerazione dei suoi maestri e degli allievi, per cui non intendeva commettere in pubblico atti troppo sconsiderati. Così l'obiettivo principale del suo piacere fu di raggiungere una certa distinzione negli studi e di rendere irreprensibile, giorno dopo giorno, il servizio di sorveglianza al signor K..., che lo aveva chiamato a quel compito. Compensava le fatiche della giornata con notti consacrate a godimenti sfrenati e illeciti. Allorché aveva pareggiato il bilancio, l'organo a cui dava il nome di coscienza si dichiarava soddisfatto.

L'approvvigionamento di soggetti anatomici costituiva un grattacapo continuo per lui e per il suo maestro. Il corso era così affollato e solerte, che la materia prima dell'anatomo si esauriva alla svelta; d'altra parte il commercio a cui dovevano ricorrere

necessary was not only unpleasant in itself, but threatened dangerous consequences to all who were concerned. It was the policy of Mr. K— to ask no questions in his dealings with the trade. "They bring the body, and we pay the price," he used to say, dwelling on the alliteration—"*quid pro quo*." And, again, and somewhat profanely, "Ask no questions," he would tell his assistants, "for conscience' sake." There was no understanding that the subjects were provided by the crime of murder. Had that idea been broached to him in words, he would have recoiled in horror; but the lightness of his speech upon so grave a matter was, in itself, an offence against good manners, and a temptation to the men with whom he dealt. Fettes, for instance, had often remarked to himself upon the singular freshness of the bodies. He had been struck again and again by the hang-dog, abominable looks of the ruffians who came to him before the dawn; and, putting things together clearly in his private thoughts, he perhaps attributed a meaning too immoral and too categorical to the unguarded counsels of his master. He understood his duty, in short, to have three branches: to take what was brought, to pay the price, and to avert the eye from any evidence of crime.

One November morning this policy of silence was put sharply to the test. He had been awake all night with a racking toothache—pacing his room like a caged beast or throwing himself in fury on his bed— and had fallen at last into that profound, uneasy

non solo era in sé ripugnante, ma implicava altresì conseguenze pericolose per coloro che vi fossero coinvolti. Per quanto concerneva quel commercio, il signor K... seguiva la politica di non porre domande. "Loro portano il corpo e noi paghiamo", questo era il motto che faceva leva sull'allitterazione *quid pro quo*. O magari in maniera ancor più irriverente: «Non fate domande» diceva ai suoi assistenti «per il bene della vostra coscienza». Non c'erano segni che potessero far sospettare che quei soggetti venissero procacciati per mezzo del delitto. Se un'idea simile fosse stata espressa verbalmente al suo cospetto, ne sarebbe rifuggito con un moto d'orrore; eppure la leggerezza con cui parlava di una faccenda tanto grave suonava essa stessa come un'offesa alle buone regole di vita, e una tentazione per gli individui con i quali trafficava. Fettes, per esempio, era rimasto sorpreso con se stesso, e più di una volta, dinnanzi alla straordinaria freschezza dei cadaveri. Lo avevano colpito ogni volta gli sguardi da veri pendagli da forca di quegli abominevoli figuri che lo venivano a chiamare prima dell'alba; e ricollegando i fatti senza alcun infingimento, nella propria testa, è probabile che attribuisse un significato troppo immorale e troppo categorico ai consigli avventati del maestro. Per farla breve si rese conto che il suo compito implicava un triplice atto: prendere ciò che portavano, sborsare i soldi pattuiti, chiudere gli occhi dinnanzi a qualsiasi segno di delitto.

Una mattina di novembre questa politica del silenzio venne posta bruscamente alla prova. Era restato sveglio tutta la notte con un mal di denti terribile, passeggiando avanti e indietro per la stanza come un animale in gabbia o buttandosi disperato sul letto. Poi era caduto nel sonno profondo e agitato che segue so-

slumber that so often follows on a night of pain, when he was awakened by the third or fourth angry repetition of the concerted signal. There was a thin, bright moonshine; it was bitter cold, windy, and frosty; the town had not yet awakened, but an indefinable stir already preluded the noise and business of the day. The ghouls had come later than usual, and they seemed more than usually eager to be gone. Fettes, sick with sleep, lighted them upstairs. He heard their grumbling Irish voices through a dream; and as they stripped the sack from their sad merchandise he leaned dozing, with his shoulder propped against the wall; he had to shake himself to find the men their money. As he did so his eyes lighted on the dead face. He started; he took two steps nearer, with the candle raised.

"God Almighty!" he cried. "That is Jane Galbraith!"

The men answered nothing, but they shuffled nearer the door.

"I know her, I tell you," he continued. "She was alive and hearty yesterday. It's impossible she can be dead; it's impossible you should have got this body fairly."

"Sure, sir, you're mistaken entirely," said one of the men.

But the other looked Fettes darkly in the eyes, and demanded the money on the spot.

It was impossible to misconceive the threat or to exaggerate the danger. The lad's heart failed him. He stammered some excuses, counted out the sum, and saw his hateful visitors depart. No sooner were they gone than he hastened to confirm his doubts. By a dozen unquestionable marks he identified the girl he had jested with the day before. He saw, with horror,

vente a una nottata di tormento, allorché fu svegliato dal segnale convenuto che stavano ripetendo con stizza giù in strada per la terza o quarta volta. C'era un sottile, lucente chiarore di luna; era un freddo tremendo, tirava vento ed era gelato. La città non era ancora sveglia, ma un brusio indefinito già preludeva al rumore e all'andirivieni del giorno. I vampiri erano venuti più tardi del solito e sembravano impazienti come non mai di andarsene. Inebetito dal sonno, Fettes li scortò di sopra con la lampada. Sentiva le loro voci irlandesi che mugolavano come fosse in un sogno, e mentre sfilavano dal sacco quella triste mercanzia se ne stava con le spalle addossate al muro, la testa che gli pencolava dal sonno. Poi dovette tornare in sé per andare a prendere il denaro a quei tali. Nel far ciò, i suoi occhi caddero sul volto della salma. Trasalì, s'avvicinò di due passi sollevando il moccolo.

«Dio Onnipotente!» gridò. «Ma questa è Jane Galbraith!»

Quelli non risposero e strisciarono più vicini alla porta.

«La conosco, vi dico» proseguì. «Ieri sera era ancora viva e vegeta. Non è possibile che sia morta; non è possibile che abbiate avuto questo corpo secondo le regole.»

«Vi sbagliate di grosso, signore» disse uno di loro.

Ma l'altro guardò Fettes negli occhi, con una luce dura, e pretese i soldi a tamburo battente.

Era impossibile far finta di non capire la minaccia o di esagerare il pericolo. Il giovane si sentì venir meno, balbettò qualche scusa, contò il denaro e guardò andarsene quegli odiosi visitatori. Quando si furono allontanati si affrettò a cercare una conferma dei propri sospetti. Identificò la ragazza, con la quale aveva scherzato il giorno prima, da una dozzina di segni che non lasciava-

marks upon her body that might well betoken violence. A panic seized him, and he took refuge in his room. There he reflected at length over the discovery that he had made; considered soberly the bearing of Mr. K—'s instructions and the danger to himself of interference in so serious a business, and at last, in sore perplexity, determined to wait for the advice of his immediate superior, the class assistant.

This was a young doctor, Wolfe Macfarlane, a high favourite among all the reckless students, clever, dissipated, and unscrupulous to the last degree. He had travelled and studied abroad. His manners were agreeable and a little forward. He was an authority on the stage, skilful on the ice or the links with skate or golf-club; he dressed with nice audacity, and, to put the finishing touch upon his glory, he kept a gig and a strong trotting-horse. With Fettes he was on terms of intimacy; indeed, their relative positions called for some community of life; and when subjects were scarce the pair would drive far into the country in Macfarlane's gig, visit and desecrate some lonely graveyard, and return before dawn with their booty to the door of the dissecting-room.

On that particular morning Macfarlane arrived somewhat earlier than his wont. Fettes heard him, and met him on the stairs, told him his story, and showed him the cause of his alarm. Macfarlane examined the marks on her body.

"Yes," he said with a nod, "it looks fishy."

"Well, what should I do?" asked Fettes.

no dubbi. Sul corpo scorse con orrore quelle che avrebbero potuto dirsi tracce di violenza. Fu preso dal panico e corse a rinchiudersi in camera sua. Rimase a lungo a riflettere sulla scoperta che aveva fatto e a considerare a mente fredda il risultato delle istruzioni formulate dal signor K... e al pericolo che correva lui stesso di venir coinvolto in un affare così grave; alla fine, roso dall'incertezza, decise di aspettare i consigli del suo diretto superiore, l'assistente effettivo.

Era questi un giovane medico, Wolfe Macfarlane, l'idolo di studenti scioperati, abile, dissoluto e del tutto privo di scrupoli. Aveva viaggiato all'estero dove aveva condotto i suoi studi. Ostentava maniere gradevoli, ma non prive di una punta di presunzione. In fatto di teatri era un'autorità e un asso sia che calzasse i pattini da ghiaccio o impugnasse la mazza da golf. Vestiva con eleganza eccentrica e, come tocco finale per quella sua aureola di superiorità, possedeva un calessino e un bel trottatore. Aveva confidenza con Fettes, d'altronde le posizioni che ricoprivano imponevano loro una certa comunanza. E quando il materiale scarseggiava, i due solevano addentrarsi a fondo nelle campagne con il calessino di Macfarlane e sgusciare furtivi in qualche solitario camposanto, compiere opera di profanazione e ritornare prima dell'alba con il loro bottino alla porta della sala anatomica.

Proprio quella mattina Macfarlane arrivò un po' prima del solito. Fettes l'udì, gli andò incontro per le scale, gli narrò l'accaduto e gli mostrò il motivo delle sue apprensioni. Macfarlane esaminò i segni sul corpo della ragazza.

«Sì» disse con un cenno d'assenso «la faccenda puzza.»

«Be', cosa devo fare?» chiese Fettes.

"Do?" repeated the other. "Do you want to do anything? Least said soonest mended, I should say."

"Someone else might recognise her," objected Fettes. "She was as well known as the Castle Rock."

"We'll hope not," said Macfarlane, "and if anybody does—well, you didn't, don't you see, and there's an end. The fact is, this has been going on too long. Stir up the mud, and you'll get K— into the most unholy trouble; you'll be in a shocking box yourself. So will I, if you come to that. I should like to know how any one of us would look, or what the devil we should have to say for ourselves, in any Christian witness-box. For me, you know, there's one thing certain—that, practically speaking, all our subjects have been murdered."

"Macfarlane!" cried Fettes.

"Come now!" sneered the other. "As if you hadn't suspected it yourself!"

"Suspecting is one thing —"

"And proof another. Yes, I know; and I'm as sorry as you are this should have come here," tapping the body with his cane. "The next best thing for me is not to recognise it; and" he added coolly, "I don't. You may, if you please. I don't dictate, but I think a man of the world would do as I do; and, I may add, I fancy that is what K— would look for at our hands. The question is, Why did he choose us two for his assistants? And I answer, Because he didn't want old wives."

This was the tone of all others to affect the mind of a lad like Fettes. He agreed to imitate Macfarlane. The body of the unfortunate girl was duly dissected, and no one remarked or appeared to recognise her.

«Fare?» gli fece eco l'altro. «Vuoi proprio fare qualcosa? Meno se ne parla meglio è, direi.»

«Qualcun altro potrebbe riconoscerla» obiettò Fettes. «La conoscevano tutti, come la Rocca del castello.»

«Speriamo di no» disse Macfarlane «e se poi capita... be', tu di' che non l'avevi riconosciuta, capito? E la faccenda è chiusa. Il fatto è che questa storia dura da troppo tempo e se ti metti ad agitare le acque, finisci per cacciare K... in un maledetto imbroglio. Anche tu ti troveresti nei pasticci, e io con te, se ci pensi. Mi piacerebbe sapere che faccia avrebbe uno di noi, e che diavolo potrebbe dire a sua discolpa sul banco dei testimoni in qualsiasi tribunale cristiano. Per me, sai, c'è un'unica cosa certa... e, per dirla franca, tutti i nostri soggetti sono stati assassinati.»

«Macfarlane!» gridò Fettes.

«E via, ora» ghignò l'altro «come se non l'avessi sospettato anche tu!»

«Ma una cosa è avere il sospetto...»

«E un'altra avere le prove. Sì, lo so, e mi dispiace quanto te che sia successo qui.» E così dicendo prese a colpire con la bacchetta la salma. «Ora la miglior cosa che mi resta da fare è non riconoscerlo e» aggiunse in tono gelido «non lo riconosco! Se credi, fallo tu. Non impongo nulla, ma penso che un uomo di mondo farebbe come faccio io; e credo di poter aggiungere che è quanto K... si aspetta da noi. Chiediti perché ha scelto noi come assistenti; e ti rispondo che non voleva donnette d'attorno.»

Questo era il verso migliore per far breccia nella mente di un giovane come Fettes. E questi convenne di seguire l'esempio di Macfarlane. Il corpo della sciagurata venne sezionato e nessuno dette segno di riconoscerla.

One afternoon, when his day's work was over, Fettes dropped into a popular tavern and found Macfarlane sitting with a stranger. This was a small man, very pale and dark, with coal-black eyes. The cut of his features gave a promise of intellect and refinement which was but feebly realised in his manners, for he proved, upon a nearer acquaintance, coarse, vulgar, and stupid. He exercised, however, a very remarkable control over Macfarlane; issued orders like the Great Bashaw; became inflamed at the least discussion or delay, and commented rudely on the servility with which he was obeyed. This most offensive person took a fancy to Fettes on the spot, plied him with drinks, and honoured him with unusual confidences on his past career. If a tenth part of what he confessed were true, he was a very loathsome rogue; and the lad's vanity was tickled by the attention of so experienced a man.

"I'm a pretty bad fellow myself," the stranger remarked, "but Macfarlane is the boy—Toddy Macfarlane I call him. Toddy, order your friend another glass." Or it might be, "Toddy, you jump up and shut the door." "Toddy hates me," he said again. "Oh yes, Toddy, you do!"

"Don't you call me that confounded name," growled Macfarlane.

"Hear him! Did you ever see the lads play knife? He would like to do that all over my body," remarked the stranger.

"We medicals have a better way than that," said Fettes. "When we dislike a dead friend of ours, we dissect him."

Un pomeriggio, terminato il lavoro, Fettes capitò in una taverna d'infimo ordine e vi trovò Macfarlane seduto con uno sconosciuto. Questi era un uomo piccolo, esangue, scuro e con gli occhi neri come il carbone. Una certa distinzione dei tratti prometteva acume e raffinatezza che in realtà avevano ben scarsa corrispondenza nel modo di fare, poiché costui, conosciuto un po' più da vicino, si dimostrò grossolano, volgare e stolto. Tuttavia esercitava un controllo straordinario su Macfarlane: impartiva ordini come il Gran Pascià, andava in bestia alla minima discussione o indugio ed esprimeva commenti offensivi sul servilismo di chi obbediva ai suoi comandi. Questo essere abominevole mostrò di prendere in simpatia Fettes, non smise di offrirgli da bere e lo onorò di insolite confidenze sulla sua passata carriera. Se fosse stato vero solo la decima parte di quanto aveva confessato, non si poteva che definirlo uno spregevole delinquente. E la vanità del giovane fu stuzzicata dalle attenzioni di un uomo di tanta esperienza.

«Posso dire di essere un poco di buono» commentò lo sconosciuto «eppure Macfarlane è mio allievo... Toddy Macfarlane, lo chiamo io. Toddy, ordina un altro bicchiere per il tuo amico.» Oppure capitava che gli dicesse: «Toddy, alzati e vai a chiudere la porta». «Toddy mi odia» diceva ancora «Oh, Toddy, tu mi odi!»

«Non chiamarmi con quel maledetto soprannome» ringhiò Macfarlane.

«Sentilo! Hai mai visto i giovani tranciar di coltello? A lui piacerebbe usarlo su tutto il mio corpo» commentava lo sconosciuto.

«Noi medici abbiamo metodi migliori» disse Fettes «quando un nostro amico estinto non ci va a genio lo sottoponiamo a dissezione.»

Macfarlane looked up sharply, as though this jest were scarcely to his mind.

The afternoon passed. Gray, for that was the stranger's name, invited Fettes to join them at dinner, ordered a feast so sumptuous that the tavern was thrown into commotion, and when all was done commanded Macfarlane to settle the bill. It was late before they separated; the man Gray was incapably drunk. Macfarlane, sobered by his fury, chewed the cud of the money he had been forced to squander and the slights he had been obliged to swallow. Fettes, with various liquors singing in his head, returned home with devious footsteps and a mind entirely in abeyance. Next day Macfarlane was absent from the class, and Fettes smiled to himself as he imagined him still squiring the intolerable Gray from tavern to tavern. As soon as the hour of liberty had struck, he posted from place to place in quest of his last night's companions. He could find them, however, nowhere; so returned early to his rooms, went early to bed, and slept the sleep of the just.

At four in the morning he was awakened by the well-known signal. Descending to the door, he was filled with astonishment to find Macfarlane with his gig, and in the gig one of those long and ghastly packages with which he was so well acquainted.

"What?" he cried. "Have you been out alone? How did you manage?"

But Macfarlane silenced him roughly, bidding him turn to business. When they had got the body upstairs and laid it on the table, Macfarlane made at first as if he were going away. Then he paused and seemed to hesitate; and then, "You had better look at the face,"

Macfarlane si volse con uno sguardo truce, come se la battuta non fosse di suo gradimento.

Trascorse il pomeriggio. Gray, tale era il nome del forestiero, invitò Fettes a restare a cena con loro, fece imbandire un festino così sontuoso che mise a soqquadro quella stamberga, e quando furono sazi ingiunse a Macfarlane di saldare il conto. Allorché si separarono era molto tardi e quel tale, Gray, era ubriaco fradicio; Macfarlane, reso lucido da una rabbia forsennata, rimuginava su tutti quei soldi che era stato costretto a sborsare e sui rospi che aveva dovuto ingoiare. Fettes, con la testa che gli rintronava per le svariate libagioni, tornò a casa con passo malfermo e la mente che gli sembrava galleggiare. Il giorno appresso Macfarlane non si fece vivo a lezione e Fettes sogghignò nell'immaginarlo mentre seguiva come un valletto quell'insopportabile di un Gray da una bettola all'altra. Non appena suonò la fine della lezione, andò a dare una sbirciata nelle bettole della città, in cerca dei compari della sera prima. Ma non gli riuscì di scovarli da nessuna parte. Così tornò presto a casa, si coricò di buonora e dormì il sonno del giusto.

Alle quattro del mattino fu svegliato dal ben noto richiamo. Quando discese alla porta rimase sbalordito nel vedere Macfarlane con il suo calessino e, nel calessino, uno di quei lunghi, spettrali involucri che gli eran così familiari.

«Come!» gridò. «Sei andato da solo? E come sei riuscito a farcela?»

Macfarlane lo zittì bruscamente, ordinandogli di pensare al lavoro. Quando ebbero portato il corpo di sopra e l'ebbero deposto sul tavolo, Macfarlane dapprima fece per andarsene, poi si fermò come se esitasse. Quindi: «È meglio che tu lo guardi subito» dis-

said he, in tones of some constraint. "You had better," he repeated, as Fettes only stared at him in wonder.

"But where, and how, and when did you come by it?" cried the other.

"Look at the face," was the only answer.

Fettes was staggered; strange doubts assailed him. He looked from the young doctor to the body, and then back again. At last, with a start, he did as he was bidden. He had almost expected the sight that met his eyes, and yet the shock was cruel. To see, fixed in the rigidity of death and naked on that coarse layer of sackcloth, the man whom he had left well clad and full of meat and sin upon the threshold of a tavern, awoke, even in the thoughtless Fettes, some of the terrors of the conscience. It was a *cras tibi* which re-echoed in his soul, that two whom he had known should have come to lie upon these icy tables. Yet these were only secondary thoughts. His first concern regarded Wolfe. Unprepared for a challenge so momentous, he knew not how to look his comrade in the face. He durst not meet his eye, and he had neither words nor voice at his command.

It was Macfarlane himself who made the first advance. He came up quietly behind and laid his hand gently but firmly on the other's shoulder.

"Richardson," said he, "may have the head."

Now, Richardson was a student who had long been anxious for that portion of the human subject to dissect. There was no answer, and the murderer resumed: "Talking of business, you must pay me; your accounts, you see, must tally."

Fettes found a voice, the ghost of his own: "Pay you!" he cried. "Pay you for that?"

se con una certa riluttanza. «Sì, molto meglio» ripeté, mentre Fettes lo fissava stupito.

«Ma dove l'hai trovato, quando, e come?» gridò l'altro.

«Guarda la faccia» fu l'unica risposta.

Fettes si sentiva come tramortito. Strani dubbi lo assalivano. Volse lo sguardo dal giovane dottore al corpo e poi di nuovo al primo. Infine, con uno strappo, eseguì l'ordine. Quel che videro i suoi occhi se l'aspettava già, eppure il colpo fu tremendo. Lo scorgere immobile nella rigidità della morte, nudo entro la ruvida tela di sacco, l'uomo che aveva lasciato nei suoi panni e satollo di cibo e di peccato sulla soglia della bettola, risvegliò persino nell'insensibile Fettes un brivido della coscienza. Gli risuonò nell'animo il *cras tibi*, poiché era la seconda delle persone che aveva conosciuto ad approdare su quei gelidi tavoli. E tuttavia erano solo pensieri secondari. La preoccupazione principale riguardava Wolfe. Del tutto impreparato a una prova così decisiva, non sapeva come sollevare lo sguardo in faccia al compagno. Non osava incontrare i suoi occhi e non trovava parole, e nemmeno un fil di voce.

Fu lo stesso Macfarlane a rompere il ghiaccio. Avanzò pian piano, di dietro, e posò una mano sulla spalla dell'altro con un gesto pacato, ma fermo.

«A Richardson» disse «potresti assegnare la testa.»

Richardson era infatti uno studente che da molto tempo smaniava di poter notomizzare quella porzione del corpo umano. Non ci fu risposta, per cui l'assassino riprese: «Parlando in termini di lavoro, devi pagarmi; devi tenere i registri contabili aggiornati, capisci».

Fettes tirò fuori una voce che sembrava lo spettro della sua: «Pagarti!» gridò. «Pagarti per questo?»

"Why, yes, of course you must. By all means and on every possible account, you must," returned the other. "I dare not give it for nothing, you dare not take it for nothing; it would compromise us both. This is another case like Jane Galbraith's. The more things are wrong the more we must act as if all were right. Where does old K— keep his money?"

"There," answered Fettes hoarsely, pointing to a cupboard in the corner.

"Give me the key, then," said the other calmly, holding out his hand.

There was an instant's hesitation, and the die was cast. Macfarlane could not suppress a nervous twitch, the infinitesimal mark of an immense relief, as he felt the key between his fingers. He opened the cupboard, brought out pen and ink and a paper-book that stood in one compartment, and separated from the funds in a drawer a sum suitable to the occasion.

"Now, look here," he said, "there is the payment made—first proof of your good faith: first step to your security. You have now to clinch it by a second. Enter the payment in your book, and then you for your part may defy the devil."

The next few seconds were for Fettes an agony of thought; but in balancing his terrors it was the most immediate that triumphed. Any future difficulty seemed almost welcome if he could avoid a present quarrel with Macfarlane. He set down the candle which he had been carrying all this time, and with a steady hand entered the date, the nature, and the amount of the transaction.

"And now," said Macfarlane, "it's only fair that you should pocket the lucre. I've had my share already. By the by, when a man of the world falls into a bit of

«Ma certo che devi. Devi farlo in tutti i casi e sotto ogni punto di vista» replicò l'altro. «Non posso cedertelo per niente, né tu puoi accettarlo a simili condizioni: ci comprometterebbe entrambi. Questo è un caso simile a quello di Jane Galbraith. Quanto più marce sono le cose, tanto più dobbiamo far finta che tutto sia in ordine. Dove tiene i soldi il vecchio K...?»

«Là» rispose Fettes con voce roca, additando una credenza nell'angolo.

«Passami la chiave, allora» disse l'altro imperterrito, allungando la mano.

Un attimo di indugio: e il dado fu tratto. Macfarlane non riuscì a controllare una contrazione nervosa, guizzo infinitesimale d'un immenso sollievo, appena strinse la chiave fra le dita. Aprì la credenza, tirò fuori la penna, il calamaio e un registro infilato in uno scomparto, poi contò una somma adeguata al caso e la tolse al denaro depositato in un cassetto.

«Ora, guarda» disse «ecco il pagamento dovuto... prima prova della tua buona fede e il primo passo che ti assicura l'impunità. Ora devi farne un secondo: registra il pagamento e, da parte tua, puoi anche sfidare il demonio.»

Nei pochi secondi che seguirono i pensieri di Fettes furono tesi allo spasimo. Ma nel bilanciare i suoi terrori, fu il più immediato a prendere il sopravvento. Si sarebbe augurato qualunque inconveniente futuro, pur di evitare nell'immediato una lite con Macfarlane. Depose la candela che aveva tenuto in mano per tutto il tempo, poi registrò la data, la natura e la spesa dell'affare.

«E ora» disse Macfarlane «è giusto che i soldi vadano nelle tue tasche. Io mi son già ripagato. A proposito, quando un uomo di mondo s'imbatte in un

luck, has a few shillings extra in his pocket—I'm ashamed to speak of it, but there's a rule of conduct in the case. No treating, no purchase of expensive class-books, no squaring of old debts; borrow, don't lend."

"Macfarlane," began Fettes, still somewhat hoarsely, "I have put my neck in a halter to oblige you."

"To oblige me?" cried Wolfe. "Oh, come! You did, as near as I can see the matter, what you downright had to do in self-defense. Suppose I got into trouble, where would you be? This second little matter flows clearly from the first. Mr. Gray is the continuation of Miss Galbraith. You can't begin and then stop. If you begin, you must keep on beginning; that's the truth. No rest for the wicked."

A horrible sense of blackness and the treachery of fate seized hold upon the soul of the unhappy student.

"My God!" he cried, "but what have I done? and when did I begin? To be made a class assistant—in the name of reason, where the harm in that? Service wanted the position; Service might have got it. Would *he* have been where *I* am now?"

"My dear fellow," said Macfarlane, "what a boy you are! What harm *has* come to you? What harm *can* come to you if you hold your tongue? Why, man, do you know what this life is? There are two squads of us—the lions and the lambs. If you're a lamb, you'll come to lie upon these tables like Gray or Jane Galbraith; if you're a lion, you'll live and drive a horse like me, like K—, like all the world with any wit or courage. You're staggered at the first. But look

pizzico di fortuna, si ritrova sempre qualche scellino in più nelle tasche... Quasi me ne vergogno, ma c'è una regola fissa in proposito: rifiutarsi di contrattare, non comprare manuali costosi, non restituire i debiti, contrarre prestiti senza mai concederne.»

«Macfarlane» cominciò a dire Fettes con una voce ancora piuttosto arrochita «per accontentarti ho infilato la testa in un cappio.»

«Per accontentarmi?» grido Wolfe. «Ma via! Per quanto posso giudicare hai fatto quel che avresti dovuto fare per puro istinto di sopravvivenza. Mettiamo che io mi trovi nei pasticci, tu come te la passeresti? Questo secondo affare consegue direttamente dal primo. Il signor Gray non è che il seguito della signorina Galbraith. Sarebbe comodo cominciare e poi dire basta. Una volta iniziato, non ti puoi fermare: ecco come stanno le cose. Non c'è requie per i malvagi.»

La sensazione di essere stato giocato dalla sorte avvolse l'animo dell'infelice studente come una tenebra orrenda.

«Mio Dio!» gridò. «Ma cosa ho fatto? E quando ho cominciato? Essere nominato assistente del corso... in nome della ragione, che male c'è? Anche Service aspirava al posto e avrebbe potuto farcela. E si sarebbe trovato *lui* pure al punto in cui ora mi trovo *io*?»

«Amico mio» disse Macfarlane «che fanciullino sei! Che male te ne *è* venuto? E che male *può* venirtene se tieni il becco chiuso? Sentiamo, amico, lo sai cos'è la vita? Gli uomini si dividono in due categorie: i leoni e le pecore. Se sei pecora, prima o poi finirai stecchito su questi tavoli come Gray o Jane Galbraith; se sei un leone, continuerai a vivere e a andare a cavallo come me, come K..., come tutti quelli che hanno sale in testa e coraggio. Sei venuto meno alla prima occasione. Guar-

at K—! My dear fellow, you're clever, you have pluck. I like you, and K— likes you. You were born to lead the hunt; and I tell you, on my honour and my experience of life, three days from now you'll laugh at all these scarecrows like a High School boy at a farce."

And with that Macfarlane took his departure and drove off up the wynd in his gig to get under cover before daylight. Fettes was thus left alone with his regrets. He saw the miserable peril in which he stood involved. He saw, with inexpressible dismay, that there was no limit to his weakness, and that, from concession to concession, he had fallen from the arbiter of Macfarlane's destiny to his paid and helpless accomplice. He would have given the world to have been a little braver at the time, but it did not occur to him that he might still be brave. The secret of Jane Galbraith and the cursed entry in the day-book closed his mouth.

Hours passed; the class began to arrive; the members of the unhappy Gray were dealt out to one and to another, and received without remark. Richardson was made happy with the head; and, before the hour of freedom rang, Fettes trembled with exultation to perceive how far they had already gone toward safety.

For two days he continued to watch, with increasing joy, the dreadful process of disguise.

On the third day Macfarlane made his appearance. He had been ill, he said; but he made up for lost time by the energy with which he directed the students. To Richardson in particular he extended the most valuable assistance and advice, and that student, encouraged by the praise of the demonstrator, burned high with ambitious hopes, and saw the medal already in his grasp.

da piuttosto K...! Amico caro, sei sveglio, hai fegato. Vai a genio a me e anche a K... Sei nato per guidare il branco. E poi te lo dico io, sulla mia parola d'onore e sull'esperienza che ho della vita fra tre giorni te la riderai di queste paure, come un liceale che assiste a una farsa.»

Con ciò Macfarlane prese commiato e risalì il vicolo con il calessino per essere al chiuso prima dell'alba. Così Fettes rimase solo con i suoi rimorsi. Vedeva il tremendo pericolo in cui si trovava coinvolto. E vedeva con indicibile smarrimento che la sua debolezza era sconfinata e che, una concessione dopo l'altra, da arbitro del destino di Macfarlane qual era stato, era diventato suo complice, pagato e inerme. Avrebbe dato qualsiasi cosa pur di essere stato capace di trovare un briciolo di coraggio in quell'occasione, ma nemmeno gli balenò per la testa che ancora avrebbe potuto mostrare un po' di ardimento. Il segreto di Jane Galbraith e la maledetta registrazione nel libro-mastro gli tappavano la bocca.

Passarono le ore, arrivarono gli studenti e le membra dell'infelice Gray vennero distribuite all'uno e all'altro, senza che nessuno facesse osservazioni. Richardson poi andò in visibilio con la sua testa. Prima ancora che suonasse la campanella della libera uscita, Fettes fremette di gioia nel constatare quanto ormai erano prossimi alla salvezza.

Per due giorni continuò a tenere d'occhio lo spaventoso processo di trasformazione.[4]

Il terzo giorno risbucò fuori Macfarlane. Disse che era stato poco bene, ma si rifece del tempo perduto impartendo direttive agli studenti con estremo vigore. Stette dietro soprattutto a Richardson con i migliori consigli che poteva dargli e lo studente, inorgoglito dagli elogi del dimostratore, s'infiammò di ambizione e gli sembrò di aver già guadagnato la medaglia.

Before the week was out Macfarlane's prophecy had been fulfilled. Fettes had outlived his terrors and had forgotten his baseness. He began to plume himself upon his courage, and had so arranged the story in his mind that he could look back on these events with an unhealthy pride. Of his accomplice he saw but little. They met, of course, in the business of the class; they received their orders together from Mr. K—. At times they had a word or two in private, and Macfarlane was from first to last particularly kind and jovial. But it was plain that he avoided any reference to their common secret; and even when Fettes whispered to him that he had cast in his lot with the lions and forsworn the lambs, he only signed to him smilingly to hold his peace.

At length an occasion arose which threw the pair once more into a closer union. Mr. K— was again short of subjects; pupils were eager, and it was a part of this teacher's pretensions to be always well supplied. At the same time there came the news of a burial in the rustic graveyard of Glencorse. Time has little changed the place in question. It stood then, as now, upon a cross-road, out of call of human habitations, and buried fathom deep in the foliage of six cedar-trees. The cries of the sheep upon the neighbouring hills, the streamlets upon either hand, one loudly singing among pebbles, the other dripping furtively from pond to pond, the stir of the wind in mountainous old flowering chestnuts, and once in seven days the voice of the bell and the old tunes of the precentor, were the only sounds that disturbed the silence around the rural church. The Resurrection Man—to use a byname of the period—was not

Prima che passasse la settimana, la profezia di Macfarlane s'era avverata: Fettes aveva superato la paura e aveva dimenticato la propria viltà. Cominciò a vantarsi per il coraggio che aveva avuto e finì per sistemare gli eventi nel suo cervello, in modo tale da potersi volgere indietro con orgoglio malsano. Con il complice si vedeva poco. Naturalmente si incontravano durante le esercitazioni e insieme prendevano ordini dal signor K... Qualche volta scambiarono un paio di parole in privato e Macfarlane si mostrò sempre di una straordinaria gentilezza e cordialità. Era chiaro tuttavia che faceva di tutto per evitare ogni riferimento al comune segreto. Perfino quando Fettes gli bisbigliò all'orecchio di aver aderito ai leoni e di aver abbandonato le pecore, si limitò a sorridere facendogli segno di stare zitto.

Alla lunga maturò un'occasione che riportò i due in più stretto contatto. Il signor K... era ancora una volta a corto di materiale. Gli allievi non mancavano di zelo, mentre l'insegnante pretendeva di essere sempre rifornito. Si seppe nel frattempo che era stata effettuata una sepoltura nel cimitero campagnolo di Glencorse. Il tempo non ha apportato cambiamenti al luogo in questione... Si trovava allora, come adesso, nei pressi di un crocevia, distante da luoghi abitati, sepolto dalle rame di sei cedri. I belati delle greggi sulle colline d'attorno, i ruscelli che scorrevano da un lato e dall'altro, l'uno che gorgogliava sonoro fra i ciottoli, l'altro che serpeggiava furtivo di gora in gora, il fremito del vento nei giganteschi, annosi castagni allora fioriti, e ogni sette giorni il rintocco della squilla e le antiche litanie del precettore, costituivano gli unici suoni nell'alto silenzio che sovrastava quella chiesina di campagna. Un "resuscitatore", per usare il nomignolo dispregiativo di allora, non

to be deterred by any of the sanctities of customary piety. It was part of his trade to despise and desecrate the scrolls and trumpets of old tombs, the paths worn by the feet of worshippers and mourners, and the offerings and the inscriptions of bereaved affection. To rustic neighbourhoods where love is more than commonly tenacious, and where some bonds of blood or fellowship unite the entire society of a parish, the body snatcher, far from being repelled by natural respect, was attracted by the ease and safety of the task. To bodies that had been laid in earth, in joyful expectation of a far different awakening, there came that hasty, lamp-lit, terror-haunted resurrection of the spade and mattock. The coffin was forced, the cerements torn, and the melancholy relics, clad in sack-cloth, after being rattled for hours on moonless by-ways, were at length exposed to uttermost indignities before a class of gaping boys.

Somewhat as two vultures may swoop upon a dying lamb, Fettes and Macfarlane were to be let loose upon a grave in that green and quiet resting-place. The wife of a farmer, a woman who had lived for sixty years, and been known for nothing but good butter and a godly conversation, was to be rooted from her grave at midnight and carried, dead and naked, to that far-away city that she had always honoured with her Sunday's best; the place beside her family was to be empty till the crack of doom; her innocent and almost venerable members to be exposed to that last curiosity of the anatomist.

Late one afternoon the pair set forth, well wrapped in cloaks and furnished with a formidable bottle. It rained without remission—a cold, dense, lashing

era trattenuto da alcun senso di umana pietà: mostrare spregio e profanare la tomba e gli emblemi mortuari, i sentieri percorsi dai dolenti e dagli afflitti, le offerte e le lapidi poste dalle mani di chi resta, faceva parte del suo mestiere. Per niente respinto da un senso di naturale rispetto, il trafugatore di salme si sentiva attratto, per la facilità e la sicurezza dell'opera, dai cimiteri campestri dove l'amore si dimostra più tenace del solito e dove veri legami di sangue e di amicizia avvincono la comunità parrocchiale. I corpi che erano stati deposti sulla terra, in attesa gaudiosa di un differente risveglio, subivano quella frettolosa resurrezione, gravida di paura, al lume della lanterna e a opera del badile e del piccone. La cassa veniva schiodata, sventrato il sudario e i miseri resti, avvolti in un sacco, erano sballottati per ore lungo sentieri solitari e senza il conforto della luna, per venire esposti all'estremo ludibrio dinnanzi agli sbadigli di una scolaresca.

Simili a due avvoltoi che piombano su un capretto morente Fettes e Macfarlane si sarebbero calati su una tomba in un luogo di requie, silenzioso e virente. La sposa di un contadino, una donna di sessanta anni nota soltanto per il burro che faceva e l'onesta conversazione, sarebbe stata strappata alla tomba, a mezzanotte, e portata, morta e ignuda, in quella lontana città in onore della quale soleva un tempo indossare gli abiti della festa. Il posto accanto alla sua famiglia sarebbe rimasto vuoto fino al giorno del giudizio, e le sue membra innocenti e quasi venerabili sarebbero state esposte all'estrema sagacia del dissettore.

Un pomeriggio, sul tardi, i due si misero in viaggio, ben intabarrati nei loro mantelli e con la scorta di una formidabile bottiglia. Pioveva a dirotto... una pioggia

rain. Now and again there blew a puff of wind, but these sheets of falling water kept it down. Bottle and all, it was a sad and silent drive as far as Penicuik, where they were to spend the evening. They stopped once, to hide their implements in a thick bush not far from the churchyard, and once again at the Fisher's Tryst, to have a toast before the kitchen fire and vary their nips of whisky with a glass of ale. When they reached their journey's end the gig was housed, the horse was fed and comforted, and the two young doctors in a private room sat down to the best dinner and the best wine the house afforded. The lights, the fire, the beating rain upon the window, the cold, incongruous work that lay before them, added zest to their enjoyment of the meal. With every glass their cordiality increased. Soon Macfarlane handed a little pile of gold to his companion.

"A compliment," he said. "Between friends these little d—d accommodations ought to fly like pipe-lights."

Fettes pocketed the money, and applauded the sentiment to the echo. "You are a philosopher," he cried. "I was an ass till I knew you. You and K— between you, by the Lord Harry! but you'll make a man of me."

"Of course we shall," applauded Macfarlane. "A man? I tell you, it required a man to back me up the other morning. There are some big, brawling, forty-year-old cowards who would have turned sick at the look of the d—d thing; but not you—you kept your head. I watched you."

"Well, and why not?" Fettes thus vaunted himself. "It was no affair of mine. There was nothing to gain

gelida, fitta e sferzante. Di tanto in tanto tirava una raffica di vento, smorzata peraltro dal velario di pioggia. Malgrado la bottiglia, fecero un viaggio mesto e silenzioso fino a Penicuik, dove avrebbero passata la sera. Si fermarono una volta per nascondere gli arnesi in un folto cespuglio nei pressi del cimitero, e un'altra al Fisher's Tryst per buttar giù un boccone dinnanzi al focolare e alternare le sorsate di whisky con un boccale di birra. Quando giunsero alla meta i due giovani dottori fecero riporre il calessino e rifocillare il cavallo, e poi si ritirarono in una saletta privata dove si misero a tavola per gustare le migliori pietanze e il miglior vino che la locanda fosse in grado di offrire. Il fuoco, le luci, la pioggia che batteva sui vetri, nonché l'incombenza gelida e straordinaria che li attendeva, contribuivano ad accrescere il gusto del cibo. E la loro cordialità cresceva a ogni bicchiere. Ben presto Macfarlane allungò una pila di monete d'oro al compagno.

«Un omaggio» disse. «Fra amici questi piccoli, dannati favori non dovrebbero contare più d'uno zolfanello per accendere la pipa.»

Fettes intascò il denaro e accondiscese con la fedeltà dell'eco. «Sei un filosofo, tu» gridò. «Prima che ti avessi conosciuto ero un somaro. Tu e K..., perdio! farete di me un vero uomo.»

«Eccome se lo faremo!» consentì Macfarlane. «Un uomo? Sai che ti dico, che mi ci voleva proprio un uomo per darmi man forte l'altra mattina. Ci sono parecchi quarantenni, grandi e grossi, che avrebbero vomitato alla vista di quel maledetto affare; ma tu, no... tu non hai perso la testa. Ti ho osservato.»

«Bene, e perché no?» rispose Fettes con vanteria. «La faccenda non mi riguardava. Da una parte non c'era da guadagnar nulla se non fastidi, dall'altra in-

on the one side but disturbance, and on the other I could count on your gratitude, don't you see?" And he slapped his pocket till the gold pieces rang.

Macfarlane somehow felt a certain touch of alarm at these unpleasant words. He may have regretted that he had taught his young companion so successfully, but he had no time to interfere, for the other noisily continued in this boastful strain:

"The great thing is not to be afraid. Now, between you and me, I don't want to hang—that's practical; but for all cant, Macfarlane, I was born with a contempt. Hell, God, Devil, right, wrong, sin, crime, and all the old gallery of curiosities—they may frighten boys, but men of the world, like you and me, despise them. Here's to the memory of Gray!"

It was by this time growing somewhat late. The gig, according to order, was brought round to the door with both lamps brightly shining, and the young men had to pay their bill and take the road. They announced that they were bound for Peebles, and drove in that direction till they were clear of the last houses of the town; then, extinguishing the lamps, returned upon their course, and followed a by-road toward Glencorse. There was no sound but that of their own passage, and the incessant, strident pouring of the rain. It was pitch dark; here and there a white gate or a white stone in the wall guided them for a short space across the night; but for the most part it was at a foot pace, and almost groping, that they picked their way through that resonant blackness to their solemn and isolated destination. In the

vece avrei potuto contare sulla tua gratitudine, ti pare?» E mentre lo diceva scosse la testa facendo tintinnare le monete.

Quelle parole suonarono sgradite all'orecchio di Macfarlane e gli ingenerarono una vaga inquietudine. Forse si rammaricava che il giovane allievo avesse ormai superato il maestro, ma non ebbe tempo di proferir verbo poiché l'altro continuò a sfornare una sequela di rumorose vanterie:

«Quel che conta è non aver paura. Ora, detto fra noi, in confidenza, non ho alcuna voglia di farmi appendere... questo è chiaro; ma ho un profondo disprezzo per ogni conversione, Macfarlane. L'inferno, Dio, il demonio, il giusto, il torto, il peccato, il delitto e tutto il solito repertorio di anticaglie... son buoni a spaventare un lattante, mentre gli uomini di mondo come me e te sono capaci del più sovrano disprezzo. Ecco, brindo alla memoria di Gray!»

Ormai si stava facendo troppo tardi. Secondo le disposizioni impartite, era stato condotto davanti alla porta il calessino con entrambi i fanali che irraggiavano un barbaglio di luce. I due giovani pagarono il conto e partirono. Lasciarono detto che si sarebbero diretti a Peebles, e in effetti puntarono da quella parte finché furono fuori dalle ultime case del villaggio. A quel punto spensero i fanali e tornarono sui loro passi facendo un viottolo che portava a Glencorse. Non c'era alcun rumore che non fosse quello del loro transito e lo scroscio stridente e ininterrotto della pioggia. Era buio come la pece; di tanto in tanto il lucore biancastro d'un cancellino o d'un muretto serviva loro da occasionale punto di riferimento nelle tenebre. Ma per lo più erano costretti a procedere a passo d'uomo, quasi a tentoni, per raggiungere, in quel buio fragoroso, la loro destinazione remo-

sunken woods that traverse the neighbourhood of the burying- ground the last glimmer failed them, and it became necessary to kindle a match and re-illuminate one of the lanterns of the gig. Thus, under the dripping trees, and environed by huge and moving shadows, they reached the scene of their unhallowed labours.

They were both experienced in such affairs, and powerful with the spade; and they had scarce been twenty minutes at their task before they were rewarded by a dull rattle on the coffin-lid. At the same moment, Macfarlane, having hurt his hand upon a stone, flung it carelessly above his head. The grave, in which they now stood almost to the shoulders, was close to the edge of the plateau of the graveyard; and the gig lamp had been propped, the better to illuminate their labours, against a tree, and on the immediate verge of the steep bank descending to the stream. Chance had taken a sure aim with the stone. Then came a clang of broken glass; night fell upon them; sounds alternately dull and ringing announced the bounding of the lantern down the bank, and its occasional collision with the trees. A stone or two, which it had dislodged in its descent, rattled behind it into the profundities of the glen; and then silence, like night, resumed its sway; and they might bend their hearing to its utmost pitch, but naught was to be heard except the rain, now marching to the wind, now steadily falling over miles of open country.

They were so nearly at an end of their abhorred task that they judged it wisest to complete it in the dark. The coffin was exhumed and broken open; the

ta e solenne. Nelle folte macchie che a tratti si estendono nei pressi del cimitero, venne loro meno anche l'ultimo lumicino, per cui furono costretti a strofinare un fiammifero e a riaccendere uno dei fanali del calesse. Così, sotto gli alberi che sgocciolavano e attorniati da enormi ombre fluttuanti, raggiunsero il luogo della loro fatica profanatrice.

Avevano entrambi una buona esperienza in queste faccende e sapevano scavare con lena. Erano intenti all'opera da una ventina di minuti appena, quando furono ricompensati dal tonfo sordo della pala sul coperchio di una bara. In quel medesimo istante Macfarlane si gettò dietro le spalle una pietra che gli aveva ferito una mano. La fossa, nella quale ormai affondavano fin quasi alle spalle, era situata quasi al limitare dello spazio sul quale era stato ricavato il cimitero, e il fanale del calessino era stato collocato in bilico accanto a un albero per meglio illuminare la scena, a ridosso del greppo che scendeva ripido verso il ruscello. Il caso aveva conferito una mira sicura alla pietra. Seguì il fragore di un vetro infranto; la notte rimpiombò sui due; l'alternarsi di suoni sordi e sferraglianti annunziava la precipite discesa del fanale lungo il dirupo e l'occasionale urto con gli alberi. Un paio di pietre, messe in movimento dal fanale, gli rotolarono dietro sin nel fondo del valloncello; poi il silenzio, fitto come la notte, riprese il sopravvento: i due avrebbero potuto tendere gli orecchi fino allo spasimo, ma nulla avrebbero colto all'infuori della pioggia che ora era battuta dal vento e ora scrosciava a dirotto su miglia e miglia di aperta campagna.

Erano ormai così prossimi alla conclusione dell'abominevole impresa, che ritennero di doverla comunque portare a termine, sia pure al buio. Tirarono fuori la cassa e schiodarono il coperchio, poi infilaro-

body inserted in the dripping sack and carried between them to the gig; one mounted to keep it in its place, and the other, taking the horse by the mouth, groped along by wall and bush until they reached the wider road by the Fisher's Tryst. Here was a faint, diffused radiancy, which they hailed like daylight; by that they pushed the horse to a good pace and began to rattle along merrily in the direction of the town.

They had both been wetted to the skin during their operations, and now, as the gig jumped among the deep ruts, the thing that stood propped between them fell now upon one and now upon the other. At every repetition of the horrid contact each instinctively repelled it with the greater haste; and the process, natural although it was, began to tell upon the nerves of the companions. Macfarlane made some ill-favoured jest about the farmer's wife, but it came hollowly from his lips, and was allowed to drop in silence. Still their unnatural burden bumped from side to side; and now the head would be laid, as if in confidence, upon their shoulders, and now the drenching sack-cloth would flap icily about their faces. A creeping chill began to possess the soul of Fettes. He peered at the bundle, and it seemed somehow larger than at first. All over the country-side, and from every degree of distance, the farm dogs accompanied their passage with tragic ululations; and it grew and grew upon his mind that some unnatural miracle had been accomplished, that some nameless change had befallen the dead body, and that it was in fear of their unholy burden that the dogs were howling.

no la salma nel sacco fradicio e in due la portarono al calessino. L'uno montò per tener fermo l'involucro, mentre l'altro, tenendo il cavallo per il morso, procedette a tentoni seguendo siepi e muretti finché sbucarono in una via più ampia nei pressi del Fisher's Tryst. Da quella parte proveniva un bagliore fioco, diffuso, che pure salutarono come la luce del giorno. Furono così in grado di mettere il cavallo a passo lesto e cominciarono a trottare allegramente verso la città.

Durante il lavoro si erano bagnati fino al midollo e ora, mentre il calessino sobbalzava sulle profonde carraie, il fagotto che stava in precario equilibrio tra di loro cominciò a pencolare ora da una parte ora dall'altra. Ogni volta che uno di loro avvertiva quel contatto orribile, lo respingeva d'istinto e con non minor fretta. Per quanto naturale, il ripetersi di quelle oscillazioni cominciò a dar sui nervi dei due compari. Macfarlane tentò di abbozzare qualche sconcia battuta sulla moglie del contadino, ma gli sortì senza gusto dalle labbra e fu lasciata cadere in silenzio. Frattanto l'innaturale fardello continuava a ciondolare di qua e di là: a volte era il capo a posarsi, come in un gesto confidenziale, sulle loro spalle, a volte era un lembo del sacco madido d'acqua a sbattere loro sul volto, come un gelido schiaffo. Un brivido di freddo s'insinuò nell'animo di Fettes fino a impossessarsene. Guardò l'involucro con la coda dell'occhio e in un certo senso gli parve più grosso di prima. Da ogni punto della sconfinata campagna i cani da guardia accompagnavano il loro passaggio con lugubri ululati. Nella sua mente si fece più insistente l'idea che doveva essersi verificato un prodigio, che al corpo fosse successo un mutamento innominabile, e che l'ululato dei cani fosse dovuto alla paura di quell'empio fardello.

"For God's sake," said he, making a great effort to arrive at speech, "for God's sake, let's have a light!"

Seemingly Macfarlane was affected in the same direction; for, though he made no reply, he stopped the horse, passed the reins to his companion, got down, and proceeded to kindle the remaining lamp. They had by that time got no farther than the cross-road down to Auchenclinny. The rain still poured as though the deluge were returning, and it was no easy matter to make a light in such a world of wet and darkness. When at last the flickering blue flame had been transferred to the wick and began to expand and clarify, and shed a wide circle of misty bright-ness round the gig, it became possible for the two young men to see each other and the thing they had along with them. The rain had moulded the rough sacking to the outlines of the body underneath; the head was distinct from the trunk, the shoulders plainly modelled; something at once spectral and hu-man riveted their eyes upon the ghastly comrade of their drive.

For some time Macfarlane stood motionless, hold-ing up the lamp. A nameless dread was swathed, like a wet sheet, about the body, and tightened the white skin upon the face of Fettes; a fear that was mean-ingless, a horror of what could not be, kept mount-ing to his brain. Another beat of the watch, and he had spoken. But his comrade forestalled him.

"That is not a woman," said Macfarlane, in a hushed voice.

"It was a woman when we put her in," whispered Fettes.

"Hold that lamp," said the other. "I must see her face."

And as Fettes took the lamp his companion untied

«Per amor di Dio» disse, parlando con grande sforzo «per amor di Dio, un po' di luce!»

Anche Macfarlane doveva covare un'analoga inquietudine perché, sebbene non dicesse nulla, fermò il cavallo, passò le redini al compagno, smontò e andò ad accendere l'unico fanale che restava. Erano arrivati nel frattempo non oltre l'incrocio, giù verso Auchendinny. Scrosciava come se incombesse un nuovo diluvio e non era facile accendere un fiammifero in quel finimondo d'acqua e di tenebra. Quando alla fine la tremula fiammella bluastra si comunicò allo stoppino e cominciò a rinvigorirsi e a schiarire, spandendo un ampio cerchio lucente nella vaporosa caligine attorno al calessino, i due poterono finalmente guardarsi l'un l'altro e quindi la cosa che si erano portati dietro. La pioggia aveva talmente inzuppato la rigida tela di sacco da far risaltare la sagoma del corpo che vi era avvolto: discernibile la testa dal tronco, chiaramente modellate le spalle. Un non so che di spettrale e di umano a un tempo teneva inchiodati i loro occhi sul fantomatico compagno di viaggio.

Per un po' Macfarlane rimase impietrito, tenendo sollevata la lanterna. Un terrore senza nome s'era incollato, come un lenzuolo bagnato, attorno al corpo di Fettes e gli tirava la pelle sul volto esangue; sentì montargli al cervello una paura insensata, l'orrore di ciò che non poteva essere. Un solo istante e avrebbe parlato, ma lo precedette il compagno.

«Questa non è una donna» disse Macfarlane a voce bassa.

«Ma lo era quando l'abbiamo caricata» sussurrò Fettes.

«Solleva la lanterna» disse l'altro «devo vederla.»

Mentre Fettes prendeva la lampada, il suo compa-

the fastenings of the sack and drew down the cover from the head. The light fell very clear upon the dark, well-moulded features and smooth-shaven cheeks of a too familiar countenance, often beheld in dreams of both of these young men. A wild yell rang up into the night; each leaped from his own side into the roadway: the lamp fell, broke, and was extinguished; and the horse, terrified by this unusual commotion, bounded and went off toward Edinburgh at a gallop, bearing along with it, sole occupant of the gig, the body of the dead and long-dissected Gray.

gno slacciò i legacci del sacco e liberò per prima la testa. La luce investì nitidamente i tratti scuri, ben modellati e le guance rasate di una fisionomia anche troppo familiare, che era apparsa più volte nei sogni di entrambi i giovanotti. Un urlo selvaggio risuonò nella notte; ognuno balzò dalla sua parte sulla via; la lanterna cadde, si ruppe e si spense mentre il cavallo, imbizzarrito da quell'insolito trambusto, balzò in avanti e fuggì verso Edimburgo, portando con sé l'unico passeggero del calessino: il corpo, morto e sezionato da tempo, di Gray.

A Chapter on Dreams

The past is all of one texture—whether feigned or suffered—whether acted out in three dimensions, or only witnessed in that small theatre of the brain which we keep brightly lighted all night long, after the jets are down, and darkness and sleep reign undisturbed in the remainder of the body. There is no distinction on the face of our experiences; one is vivid indeed, and one dull, and one pleasant, and another agonising to remember; but which of them is what we call true, and which a dream, there is not one hair to prove. The past stands on a precarious footing; another straw split in the field of metaphysic, and behold us robbed of it. There is scarce a family that can count four generations but lays a claim to some dormant title or some castle and estate: a claim not prosecutable in any court of law, but flattering to the fancy and a great alleviation of idle hours. A man's claim to his own past is yet less valid. A paper might turn up (in proper story-book fashion) in the secret drawer of an old ebony secretary, and restore your family to its ancient honours,

Un capitolo sui sogni[1]

Il passato presenta una tessitura unica, simulato o sofferto che sia, messo in scena a tre dimensioni o seguito passivamente in quel teatrino del cervello che teniamo acceso e sfolgorante per tutta la notte, dopo che abbiamo smorzato i beccucci del gas e il buio e il sonno regnano indisturbati sul resto del corpo. È impossibile fare distinzioni basandoci sulle nostre esperienze; l'una è vivida e intensa, l'altra insignificante; l'una è piacevole, l'altra dolorosa da ricordare; eppure non c'è modo di dimostrare quale sia quella che definiamo autentica o quella che riteniamo frutto di un sogno. Il passato poggia su una base instabile: un altro lieve strappo nel campo della metafisica ed eccocene derubati. Non c'è famiglia che, pur essendo incapace di risalire oltre la quarta generazione, non vanti il diritto a qualche titolo in disuso o a qualche tenuta o castello, un diritto che sarebbe impossibile far valere in un'aula di tribunale, ma che pure solletica la fantasia e costituisce motivo di sollievo nelle ore d'ozio. Ancor meno valida è la rivendicazione dell'uomo nei confronti del proprio passato. Magari salta fuori un documento (proprio come accade nelle fiabe) dal cassettino segreto d'un antico scrittoio d'ebano che restituisce alla tua famiglia gli antichi onori che le competono, e le reintesta-

and reinstate mine in a certain West Indian islet (not far from St. Kitt's, as beloved tradition hummed in my young ears) which was once ours, and is now unjustly some one else's, and for that matter (in the state of the sugar trade) is not worth anything to anybody. I do not say that these revolutions are likely; only no man can deny that they are possible; and the past, on the other baud, is, lost for ever: our old days and deeds, our old selves, too, and the very world in which these scenes were acted, all brought down to the same faint residuum as a last night's dream, to some incontinuous images, and an echo in the chambers of the brain. Not an hour, not a mood, not a glance of the eye, can we revoke; it is all gone, past conjuring. And yet conceive us robbed of it, conceive that little thread of memory that we trail behind us broken at the pocket's edge; and in what naked nullity should we be left! for we only guide ourselves, and only know ourselves, by these air-painted pictures of the past.

Upon these grounds, there are some among us who claim to have lived longer and more richly than their neighbours; when they lay asleep they claim they were still active; and among the treasures of memory that all men review for their amusement, these count in no second place the harvests of their dreams. There is one of this kind whom I have in my eye, and whose case is perhaps unusual enough to be described. He was from a child an ardent and uncomfortable dreamer. When he had a touch of fever

no la miniera che si trova su un isolotto delle Indie Occidentali (non lontano da quello di St Kitt, come la dolce nenia della tradizione bisbigliava ai miei orecchi di fanciullo), una miniera che un tempo era nostra e che ora appartiene ingiustamente a qualche altro, e che per questo (nello stato del commercio dello zucchero) non serve più a nessuno. Non dico che certe rivoluzioni non siano probabili; mi limito a sostenere che nessuno è in grado di dire che siano impossibili; e il passato, d'altro canto, è perduto per sempre: i nostri giorni di un tempo e le nostre azioni, persino noi stessi quali eravamo allora, e lo stesso modo nel quale queste azioni si svolsero, tutto va riducendosi a quello sbiadito residuo che è il sogno della notte scorsa, a poche immagini discontinue, a un'eco nella camera del cervello. Non ci è possibile rievocare nemmeno un'ora, né uno stato d'animo, né un colpo d'occhio; è tutto passato, irrevocabile. Eppure, se pensiamo che ne siamo stati derubati, se pensiamo a quel filo sottile della memoria che ci lasciamo penzolare dietro, interrotto poco oltre l'orlo della tasca, in quale nuda nullità ci sentiamo abbandonati! Infatti queste rappresentazioni del passato fatte d'aria costituiscono la nostra unica guida, l'unico termine per conoscere noi stessi.

Su questo argomento ci sono alcuni fra noi che pretendono di aver vissuto più a lungo e più intensamente dei loro simili; quando giacciono addormentati pretendono di essere più svegli che mai; e nel novero dei tesori della memoria che gli uomini passano in rassegna per diletto, i raccolti dei loro sogni vengon sempre per primi. Ne conosco uno proprio così, il cui caso è abbastanza singolare da meritar di essere descritto. Da bambino è stato un sognatore ardente e inquieto. Quando aveva un attacco di febbre

at night, and the room swelled and shrank, and his
clothes, hanging on a nail, now loomed up instant to
the bigness of a church, and now drew away into a
horror of infinite distance and infinite littleness, the
poor soul was very well aware of what must follow,
and struggled hard against the approaches of that
slumber which was the beginning of sorrows.

But his struggles were in vain; sooner or later the
night-hag would have him by the throat, and pluck
him strangling and screaming, from his sleep. His
dreams were at times commonplace enough, at
times very strange, at times they were almost form-
less: he would be haunted, for instance, by nothing
more definite than a certain hue of brown, which he
did not mind in the least while he was awake, but
feared and loathed while he was dreaming; at times,
again, they took on every detail of circumstance, as
when once he supposed he must swallow the popu-
lous world, and awoke screaming with the horror of
the thought. The two chief troubles of his very narrow existence—the practical and everyday trouble of
school tasks and the ultimate and airy one of hell
and judgment—were often confounded together into
one appalling nightmare. He seemed to himself to
stand before the Great White Throne; he was called
on, poor little devil, to recite some form of words, on
which his destiny depended; his tongue stuck, his
memory was blank, hell gaped for him; and he
would awake, clinging to the curtain-rod with his
knees to his chin.

These were extremely poor experiences, on the
whole; and at that time of life my dreamer would
have very willingly parted with his power of dreams.

nel corso della notte, e la stanza si dilatava e si restringeva, e i suoi abiti, appesi a un chiodo, sembravano ora sovrastarlo con l'immensità d'una chiesa, ora ritrarsi nell'orrore d'una distanza infinita e di una infinita piccolezza, quella povera stella era perfettamente consapevole di ciò che sarebbe seguito e lottava con tenacia contro le avvisaglie di quel torpore che segnava l'inizio delle sue angosce.[2]

Ma la sua era una lotta inutile; prima o poi l'incubo l'avrebbe afferrato alla gola, l'avrebbe ridestato, boccheggiante e urlante, dal sonno. I suoi sogni a volte erano abbastanza comuni, altre molto strani; a volte erano quasi informi e si sentiva perseguitato, per esempio, soltanto da un qualcosa di indefinito come una certa tonalità di bruno alla quale da sveglio non avrebbe prestato la minima attenzione, e che pure temeva e aborriva nel sogno; altre volte, invece, assumevano i dettagli del caso, come quando credette di dover ingoiare il mondo pieno di gente e si svegliò urlante e inorridito al solo pensiero. Le due principali preoccupazioni della sua limitatissima esistenza – quella pratica e quotidiana dei compiti di scuola e quella estrema e immaginaria dell'inferno e del giudizio –[3] si confondevano sovente in un unico incubo spaventoso. Gli sembrava di trovarsi al cospetto del Gran Trono Bianco; gli veniva ingiunto, povero scricciolo, di recitare qualche discorsetto rituale da cui sarebbe dipeso il suo destino; gli si impastava la lingua, la memoria gli spariva, mentre l'inferno spalancava le ganasce; allora si svegliava afferrandosi all'asta delle tendine con le ginocchia che gli battevano contro il mento.

Queste erano, nel complesso, esperienze assolutamente scarne, e a quell'età il mio sognatore avrebbe rinunciato volentieri alla sua facoltà onirica. Ma in

But presently, in the course of his growth, the cries and physical contortions passed away, seemingly for ever; his visions were still for the most part miserable, but they were more constantly supported; and he would awake with no more extreme symptom than a flying heart, a freezing scalp, cold sweats, and the speechless midnight fear. His dreams, too, as befitted a mind better stocked with particulars, became more circumstantial, and had more the air and continuity of life. The look of the world beginning to take hold on his attention, scenery came to play a part in his sleeping as well as in his waking thoughts, so that he would take long, uneventful journeys and see strange towns and beautiful places as he lay in bed. And, what is more significant, an odd taste that he had for the Georgian costume and for stories laid in that period of English history, began to rule the features of his dreams; so that he masqueraded there in a three-cornered hat and was much engaged with Jacobite conspiracy between the hour for bed and that for breakfast. About the same time, he began to read in his dreams—tales, for the most part, and for the most part after the manner of G. P. R. James, but so incredibly more vivid and moving than any printed book, that he has ever since been malcontent with literature.

And then, while he was yet a student, there came to him a dream-adventure which he has no anxiety to repeat; he began, that is to say, to dream in sequence and thus to lead a double life—one of the day, one of the night—one that he had every reason to believe was the true one, another that he had no means of proving to be false. I should have said he

breve volger di tempo, crescendo, le urla e gli spasimi si dileguarono per sempre, almeno in apparenza; le sue visioni erano ancora, per la maggior parte, penose, ma venivano sopportate sempre meglio; e i sintomi estremi che accompagnavano il suo risveglio erano le palpitazioni del cuore, i capelli ritti, i sudori freddi e il muto terrore di mezzanotte. Anche i suoi sogni, propri di una mente meglio stivata di dettagli, divennero più circostanziati e più aderenti alla continuità della vita. Poiché la vista del mondo cominciava a far presa sulla sua attenzione, lo scenario si dette a svolgere un ruolo essenziale, sia nei suoi sogni che nelle fantasticherie, per cui intraprendeva lunghi viaggi privi di eventi e visitava strane città e luoghi meravigliosi mentre giaceva coricato. E, quel che più conta, il gusto bizzarro, che lo affascinava, per i costumi dell'epoca di re Giorgio e per i racconti ambientati in quel periodo della storia inglese, cominciarono a governare le sembianze dei suoi sogni; così che vi appariva camuffato con un tricorno ed era tutto preso dal complotto giacobita dall'ora di andare a letto a quella di colazione. Più o meno in quel periodo cominciò a leggere nei propri sogni; in genere si trattava di racconti, racconti in gran parte alla maniera di G.P.R. James, ma di gran lunga più vividi e coinvolgenti di qualsiasi libro stampato, tanto è vero che da allora ha sempre manifestato un certo scontento nei confronti della letteratura.

Poi, quando era ancora uno studente, gli capitò un'avventura onirica che non ha alcun desiderio di ripetere; in altre parole cominciò a sognare per intere sequenze e quindi a condurre una doppia vita – l'una diurna e l'altra notturna – l'una che aveva tutte le ragioni di credere vera, l'altra della quale non poteva in nessun modo dimostrare la falsità.[4] Avrei dovuto dire

studied, or was by way of studying, at Edinburgh College, which (it may be supposed) was how I came to know him. Well, in his dream-life, he passed a long day in the surgical theatre, his heart in his mouth, his teeth on edge, seeing monstrous malformations and the abhorred dexterity of surgeons. In a heavy, rainy, foggy evening he came forth into the South Bridge, turned up the High Street, and entered the door of a tall LAND, at the top of which he supposed himself to lodge. All night long, in his wet clothes, he climbed the stairs, stair after stair in endless series, and at every second flight a flaring lamp with a reflector. All night long, he brushed by single persons passing downward—beggarly women of the street, great, weary, muddy labourers, poor scarecrows of men, pale parodies of women—but all drowsy and weary like himself, and all single, and all brushing against him as they passed. In the end, out of a northern window, he would see day beginning to whiten over the Firth, give up the ascent, turn to descend, and in a breath be back again upon the streets, in his wet clothes, in the wet, haggard dawn, trudging to another day of monstrosities and operations. Time went quicker in the life of dreams, some seven hours (as near as he can guess) to one; and it went, besides, more intensely, so that the gloom of these fancied experiences clouded the day, and he had not shaken off their shadow ere it was time to lie down and to renew them. I cannot tell how long it was that he endured this discipline; but it was long enough to leave a great black blot upon his memory, long enough to send him, trembling for his reason, to the doors of a certain doctor; whereupon with a simple draught he was restored to the common lot of man.

che studiava, o almeno ne aveva l'intenzione,[5] allo Edinburgh College, e fu questa (si suppone) l'occasione che me lo fece conoscere. Bene, nella sua vita sognante trascorreva la giornata intera nel teatro anatomico, il cuore in gola, i denti allegati, a guardare le mostruose malformazioni e l'odiosa abilità dei chirurghi.[6] Una sera opprimente, piovosa e piena di nebbia, sbucò nel South Bridge, girò su per High Street e infilò la porta di un'alta *catapecchia* in cima alla quale credeva di abitare. Per tutta la notte salì le scale, zuppo com'era, una rampa dopo l'altra in una serie che non finiva mai, e ogni due rampe il lampo abbacinante di un riflettore. Per tutta la notte sfiorò persone singole che scendevano – poveri mendicanti di strada, braccianti infangati e sfiniti, miseri spaventapasseri d'uomini, esangui parodie di donne – tutti quanti stanchi e intorpiditi come lui, tutti soli, tutti a strusciarsi contro di lui mentre passavano. Alla fine scorgeva, da una finestra che dava a settentrione, lo sbiancarsi del cielo sul Firth, smetteva di salire, si volgeva per scendere e si trovava in un soffio per strada, bagnato zuppo, nell'alba umida e stralunata, trascinandosi verso un altro giorno di mostruosità e di dissezioni. Il tempo correva più veloce nella vita di sogno, sette ore (per quanto poté intuire) si riducevano a una sola; e inoltre trascorreva più intenso, così che la tetraggine di queste fantasiose esperienze oscurava l'intera giornata e lui non riusciva a liberarsi di quell'ombra prima che fosse giunto il tempo di coricarsi di nuovo e di riviverle ancora. Non saprei dire per quanto tempo sopportò questa tortura, ma durò abbastanza a lungo da lasciargli una gran macchia nera sulla memoria, abbastanza a lungo da spedirlo, trepidante per la sua salute mentale, all'ambulatorio di un medico; e qui con una sola pozione fu restituito al consesso dei comuni mortali.

The poor gentleman has since been troubled by nothing of the sort; indeed, his nights were for some while like other men's, now blank, now chequered with dreams, and these sometimes charming, sometimes appalling, but except for an occasional vividness, of no extraordinary kind. I will just note one of these occasions, ere I pass on to what makes my dreamer truly interesting. It seemed to him that he was in the first floor of a rough hill-farm. The room showed some poor efforts at gentility, a carpet on the floor, a piano, I think, against the wall; but, for all these refinements, there was no mistaking he was in a moorland place, among hillside people, and set in miles of heather. He looked down from the window upon a bare farmyard, that seemed to have been long disused. A great, uneasy stillness lay upon the world. There was no sign of the farm-folk or of any live stock, save for an old, brown, curly dog of the retriever breed, who sat close in against the wall of the house and seemed to be dozing. Somethin about this dog disquieted the dreamer; it was quite a nameless feeling, for the beast looked right enough—indeed, he was so old and dull and dusty and broken-down, that he should rather have awakened pity; and yet the conviction came and grew upon the dreamer that this was no proper dog at all, but something hellish. A great many dozing summer flies hummed about the yard; and presently the dog thrust forth his paw, caught a fly in his open palm, carried it to his mouth like an ape, and looking suddenly up at the dreamer in the window, winked to him with one eye. The dream went on, it matters not how it went; it

Da allora quel povero signore non fu più turbato da scene del genere; per un certo tempo le sue notti trascorsero come quelle degli altri, ora vuote, ora screziate dai sogni, e questi erano talvolta gradevoli, altre spaventosi, ma, se si eccettua qualche vivida sequenza occasionale, del tutto ordinari. Annoterò soltanto una di queste occasioni prima di passare a ciò che rende il mio sognatore estremamente interessante. Gli sembrava di essere al primo piano di una rozza fattoria collinare. La stanza sciorinava qualche misero tentativo di apparire accogliente, un tappeto sul pavimento, un pianoforte appoggiato, suppongo, alla parete; malgrado questi tocchi raffinati si trovava senza dubbio in una landa deserta, fra montanari, nel bel mezzo d'una brughiera. Guardava in basso, dalla finestra, su un'aia deserta che sembrava da tempo in disuso. Un'immobilità assoluta, sgradevole, gravava dattorno. Non c'era segno di vita: né degli abitanti della fattoria, né degli animali, salvo un vecchio cane scuro, ricciuto, della razza da riporto, accucciato contro la parete di casa con l'aria di sonnecchiare. Qualcosa di quel cane mise a disagio il sognatore; si trattava di un sentimento assolutamente inesprimibile, tanto più che la bestia sembrava abbastanza tranquilla – era infatti così decrepita, ottusa, coperta di polvere e sfinita che avrebbe semmai suscitato un senso di pena – eppure nel sognatore s'insinuò e crebbe la convinzione che non si trattasse di un cane vero e proprio, ma di un essere infernale. Miriadi di torpidi insetti estivi ronzavano nell'aia; all'improvviso il cane allungò una zampa, catturò una mosca nella palma aperta, se la portò alla bocca come una scimmia e, guardando tutto a un tratto verso il sognatore alla finestra, gli ammiccò con un occhio. Il sogno proseguì non importa come; era un buon

was a good dream as dreams go; but there was nothing in the sequel worthy of that devilish brown dog. And the point of interest for me lies partly in that very fact: that having found so singular an incident, my imperfect dreamer should prove unable to carry the tale to a fit end and fall back on indescribable noises and indiscriminate horrors. It would be different now; he knows his business better!

For, to approach at last the point: This honest fellow had long been in the custom of setting himself to sleep with tales, and so had his father before him; but these were irresponsible inventions, told for the teller's pleasure, with no eye to the crass public or the thwart reviewer: tales where a thread might be dropped, or one adventure quitted for another, on fancy's least suggestion. So that the little people who manage man's internal theatre had not as yet received a very rigorous training; and played upon their stage like children who should have slipped into the house and found it empty, rather than like drilled actors performing a set piece to a huge hall of faces. But presently my dreamer began to turn his former amusement of story-telling to (what is called) account; by which I mean that he began to write and sell his tales. Here was he, and here were the little people who did that part of his business, in quite new conditions. The stories must now be trimmed and pared and set upon all fours, theymust run from a beginning to an end and fit (after a manner) with the laws of life; the pleasure, in one word, had become a business; and that not only for the dreamer,

sogno, ma nella restante sequenza non c'era nulla che eguagliasse il diabolico cane scuro.[7] E il vero interesse consiste a mio avviso, almeno in parte, in questo fatto: avendo trovato un accadimento così singolare, il mio imperfetto sognatore doveva dimostrarsi incapace di condurre il racconto a una conclusione idonea e ricadere in strepiti indescrivibili e in orrori indiscriminati. Ora sarebbe stato diverso; conosceva meglio il proprio mestiere!

Infatti, per avvicinarsi all'ultimo punto: questo onesto individuo s'era abituato da tempo a addormentarsi narrandosi storie, e così aveva fatto suo padre prima di lui; ma si trattava di invenzioni bislacche, giusto per il piacere del narratore, senza il minimo riguardo per il grosso pubblico o il rigido recensore: storie dove si poteva lasciar cadere un filo della narrazione o abbandonare un'avventura per un'altra al minimo sprazzo della fantasia. Di conseguenza quegli esserini che dirigono il teatrino interiore dell'uomo non avevano ancora ricevuto un addestramento molto rigoroso; e quindi recitavano sulla loro scena più come bambini che dovevano essere sgattaiolati in una casa e l'avevano trovata vuota, che come attori di professione che eseguono un pezzo stabilito dinnanzi a una marea di volti. Ma ora il mio sognatore cominciò a mettere (come si dice) a profitto il suo primitivo piacere di narrare storie, col che intendo dire che cominciò a scrivere e a vendere i suoi racconti. Eccolo dunque lui, e quegli esserini che eseguivano quella parte del suo lavoro, impegnati in condizioni affatto nuove. I racconti devono essere ora ben rifiniti, calibrati, conseguenti; devono avere un inizio e una fine e adeguarsi (secondo i canoni) alle leggi della vita; per farla breve, il piacere era diventato un affare, e ciò riguardava non solo il sognatore,

but for the little people of his theatre. These understood the change as well as he. When he lay down to prepare himself for sleep, he no longer sought amusement, but printable and profitable tales; and after he had dozed off in his box-seat, his little people continued their evolutions with the same mercantile designs. All other forms of dream deserted him but two: he still occasionally reads the most delightful books, he still visits at times the most delightful places; and it is perhaps worthy of note that to these same places, and to one in particular, he returns at intervals of months and years, finding new field-paths, visiting new neighbours, beholding that happy valley under new effects of noon and dawn and sunset. But all the rest of the family of visions is quite lost to him: the common, mangled version of yesterday's affairs, the raw-head-and-bloody-bones nightmare, rumoured to be the child of toasted cheese—these and their like are gone; and, for the most part, whether awake or asleep, he is simply occupied—he or his little people—in consciously making stories for the market. This dreamer (like many other persons) has encountered some trifling vicissitudes of fortune. When the bank begins to send letters and the butcher to linger at the back gate, he sets to belabouring his brains after a story, for that is his readiest money-winner; and, behold! at once the little people begin to bestir themselves in the same quest, and labour all night long, and all night long set before him truncheons of tales upon their lighted theatre. No fear of his being frightened now; the flying heart and the frozen scalp are things by-gone; applause, growing applause, growing interest, grow-

ma anche gli esserini del suo teatro. Questi ultimi compresero come lui il mutamento. Quando si apprestava a dormire, non cercava più il divertimento, bensì racconti che potessero essere stampati e dar profitto; e dopo essersi appisolato nel palco, i suoi esserini continuavano le evoluzioni seguendo il medesimo intento commerciale. Tutte le altre forme di sogno lo abbandonarono a eccezione di un paio: di tanto in tanto legge ancora i libri più piacevoli e di tanto in tanto visita i più piacevoli luoghi; ed è forse degno di nota il fatto che ritorna a intervalli di mesi e di anni in questi stessi luoghi, e in uno in particolare, ove trova nuovi sentieri, visita nuovi sobborghi, osserva quella felice vallata sotto gli effetti mutevoli del mezzogiorno, dell'alba e del tramonto. Quanto al resto della famiglia delle sue visioni, è andato tutto perduto: la versione banale e storpiata delle faccende del giorno prima, l'incubo sanguinario e truculento, che si dice sia la conseguenza del formaggio abbrustolito – tutto questo e roba consimile è sparito; e per la maggior parte, sia da sveglio che addormentato, è semplicemente preso – lui o i suoi esserini – dal tessere coscientemente delle storie per il mercato. Questo sognatore (come tanta altra gente) è incorso in certi insignificanti alti e bassi della fortuna. Quando la banca comincia a inviare tratte e il macellaio a indugiare presso l'uscita di servizio, mette al lavoro il proprio cervello per inventare una storia, perché è questa che gli procaccia denaro sonante; e, guarda!, anche i suoi esserini cominciano subito a darsi da fare nella ricerca e faticano tutta la notte, e tutta la notte gli sottopongono brandelli di racconti sul loro teatro illuminato. Non teme più ormai di restarne spaventato; le palpitazioni di cuore e i capelli ritti sono roba di tanto tempo fa. L'applauso, l'applauso crescente, il

ing exultation in his own cleverness (for he takes all
the credit), and at last a jubilant leap to wakefulness,
with the cry, "I have it, that'll do!" upon his lips: with
such and similar emotions he sits at these nocturnal
dramas, with such outbreaks, like Claudius in the
play, he scatters the performance in the midst. Often
enough the waking is a disappointment: he has been
too deep asleep, as I explain the thing; drowsiness
has gained his little people, they have gone stumbl-
ing and maundering through their parts; and the
play, to the awakened mind, is seen to be a tissue of
absurdities. And yet how often have these sleepless
Brownies done him honest service, and given him,
as he sat idly taking his pleasure in the boxes, better
tales than he could fashion for himself.

Here is one, exactly as it came to him. It seemed
he was the son of a very rich and wicked man, the
owner of broad acres and a most damnable temper.
The dreamer (and that was the son) had lived much
abroad, on purpose to avoid his parent; and when at
length he returned to England, it was to find him
married again to a young wife, who was supposed to
suffer cruelly and to loathe her yoke. Because of this
marriage (as the dreamer indistinctly understood) it
was desirable for father and son to have a meeting;
and yet both being proud and both angry, neither
would condescend upon a visit. Meet they did accordingly, in a desolate, sandy country by the sea;
and there they quarrelled, and the son, stung by
some intolerable insult, struck down the father dead.
No suspicion was aroused; the dead man was found
and buried, and the dreamer succeeded to the broad

crescente interesse, la crescente esultanza per la propria bravura (perché tutto il merito va a lui), e alla fine un gaudioso risveglio con il grido «Ce l'ho, questo andrà bene!» sulle labbra: con queste e simili emozioni assiste a queste rappresentazioni notturne, con queste e analoghe esclamazioni, come Claudio commenta l'esecuzione nel bel mezzo del dramma.[8] Abbastanza spesso il risveglio è una delusione: ha dormito troppo della grossa, così almeno credo, il torpore s'è impadronito dei suoi esserini i quali hanno cominciato a incespicare e a parlare a vanvera confondendo le parti; con il risultato che, alla mente ormai sveglia, la rappresentazione si dimostra una serie di assurdità. Eppure quanto sovente questi insonni folletti gli hanno reso un valido servizio e gli hanno procurato, mentre se ne stava ozioso e a suo agio nel palco, migliori racconti di quanto avrebbe saputo far lui.

Eccone uno, proprio come gli venne. Sembrava che fosse il figlio di un uomo straricco e malvagio, un gran possidente terriero dal carattere intrattabile. Il sognatore (che era poi suo figlio) era vissuto per lungo tempo all'estero, proprio per evitare il genitore; e quando alla fine tornò in Inghilterra, fu per trovarlo sposato di nuovo con una giovane donna che si diceva dovesse sopportarne di cotte e di crude e aborrirne il giogo. A causa di questo matrimonio (come il sognatore capì d'istinto) sarebbe stato opportuno che padre e figlio s'incontrassero; ma poiché erano entrambi orgogliosi e iracondi, nessuno dei due prendeva l'iniziativa. Alla fine furono d'accordo di incontrarsi in un luogo squallido e sabbioso in riva al mare; e qui litigarono e il figlio, ferito da un insulto insopportabile, colpì a morte il padre. Non sorsero sospetti su di lui; il corpo fu ritrovato e sepolto, e il sognatore ereditò le

estates, and found himself installed under the same
roof with his father's widow, for whom no provision
had been made. These two lived very much alone, as
people may after a bereavement, sat down to table
together, shared the long evenings, and grew daily
better friends; until it seemed to him of a sudden
that she was prying about dangerous matters, that
she had conceived a notion of his guilt, that she
watched him and tried him with questions. He drew
back from her company as men draw back from a
precipice suddenly discovered; and yet so strong was
the attraction that he would drift again and again into the old intimacy, and again and again be startled
back by some suggestive question or some inexplicable meaning in her eye. So they lived at cross pur-
poses, a life full of broken dialogue, challenging
glances, and suppressed passion; until, one day, he
saw the woman slipping from the house in a veil, followed her to the station, followed her in the train to
the seaside country, and out over the sandhills to the
very place where the murder was done. There she
began to grope among the bents, he watching her,
flat upon his face; and presently she had something
in her hand—I cannot remember what it was, but it
was deadly evidence against the dreamer—and as
she held it up to look at it, perhaps from the shock of
the discovery, her foot slipped, and she hung at some
peril on the brink of the tall sand-wreaths. He had no
thought but to spring up and rescue her; and there
they stood face to face, she with that deadly matter
openly in her hand—his very presence on the spot
another link of proof. It was plain she was about to
speak, but this was more than he could bear—he
could bear to be lost, but not to talk of it with his de-

vaste tenute e si ritrovò a vivere sotto il medesimo tetto con la vedova di suo padre, alla quale non era stato lasciato nulla. Questi due conducevano un'esistenza solitaria, come si addice a gente in lutto, sedevano alla medesima tavola, trascorrevano assieme le lunghe serate e col tempo divennero migliori amici; finché, a un tratto, a lui sembrò che la donna ficcasse il naso in faccende pericolose, che avesse in qualche modo intuito una sua qualche colpevolezza, che l'osservasse e lo mettesse alla prova con delle domande. Lui si ritrasse dalla sua compagnia come ci si ritrae da un precipizio che si scopre all'improvviso; eppure era tale l'attrazione, che si sarebbe lasciato andare ancora una volta alla intimità di un tempo, per farsi respingere ancora una volta da qualche domanda allusiva o da qualche inesplicabile sguardo dei suoi occhi. Vivevano dunque con finalità incrociate un'esistenza piena di frasi interrotte, sguardi pieni di sfida e soffocate passioni, finché un giorno scorse la donna sgattaiolare via di casa avvolta in un velo, la seguì alla stazione, la seguì in treno verso la costa, oltre le colline di sabbia fino al luogo dov'era avvenuto il delitto. La donna si dette a frugate a caso fra i cespugli di sparto mentre lui la teneva d'occhio steso a terra;[9] ora lei stringeva qualcosa in mano – non ricordo cosa fosse, ma era senz'altro una prova schiacciante contro il sognatore – e mentre la sollevava per guardarla le scivolò un piede, forse a causa della sorprendente scoperta, e fu sul punto di correre un grave pericolo protesa sull'orlo d'un alto dirupo sabbioso. Non ebbe altro pensiero che balzare in avanti per salvarla; e così si trovarono faccia a faccia, lei con quello strumento di morte in mano, lui che costituiva un'altra prova con la sua presenza in quel posto. Lei stava per parlare, ma lui non l'avrebbe sopportato – avrebbe sopportato la propria rovina, ma

stroyer; and he cut her short with trivial conversation. Arm in arm, they returned together to the train, talking he knew not what, made the journey back in the same carriage, sat down to dinner, and passed the evening in the drawing-room as in the past. But suspense and fear drummed in the dreamer's bosom. "She has not denounced me yet"—so his thoughts ran—"when will she denounce me? Will it be to-morrow?" And it was not to-morrow, nor the next day, nor the next; and their life settled back on the old terms, only that she seemed kinder than before, and that, as for him, the burthen of his suspense and wonder grew daily more unbearable, so that he wasted away like a man with a disease. Once, indeed, he broke all bounds of decency, seized an occasion when she was abroad, ransacked her room, and at last, hidden away among her jewels, found the damning evidence. There he stood, holding this thing, which was his life, in the hollow of his hand, and marvelling at her inconsequent behaviour, that she should seek, and keep, and yet not use it; and then the door opened, and behold herself. So, once more, they stood, eye to eye, with the evidence between them; and once more she raised to him a face brimming with some communication; and once more he shied away from speech and cut her off. But before he left the room, which he had turned upside down, he laid back his deat-warrant where he had found it; and at that, her face lighted up. The next thing he heard, she was explaining to her maid, with some ingenious falsehood, the disorder of her things. Flesh and blood could bear the strain no longer; and I think it was the next morning (though chronology is always hazy in the theatre of the mind) that he

non di discuterne con colei che l'avrebbe provocata, e così tagliò corto parlando d'altro. Tornarono insieme al treno, sottobraccio, fecero il viaggio di ritorno nel medesimo scompartimento, sedettero a tavola per cenare e trascorsero la serata in salotto come ai vecchi tempi. Ma il dubbio e l'incertezza covavano nell'animo del sognatore. "Non mi ha ancora denunciato" così pensava "ma quando lo farà? Lo farà domani?" Ma non lo fece il giorno appresso, né quello seguente, né l'altro ancora; e la loro vita riprese a scorrere come prima, con l'unica differenza che ora la donna sembrava più gentile di un tempo, e che lui, giorno per giorno trovava talmente insopportabile l'angoscia del dubbio, da deperire pian piano come un uomo divorato da una malattia. Una volta, poi, infranse ogni regola, colse l'occasione della di lei momentanea assenza, mise a soqquadro la sua camera e alla fine, nascosta fra i gioielli, trovò la fatidica prova. Eccolo dunque mentre stringe questo oggetto, che è la sua vita, nel cavo della mano, interrogandosi sulla incomprensibile condotta della donna che l'aveva cercata, l'aveva trovata, ma non ne aveva fatto alcun uso; poi si aprì la porta ed eccola sulla soglia. E ancora una volta si trovarono viso a viso con quella prova fra di loro; e ancora una volta la donna sembrò sul punto di parlare, e ancora una volta lui glielo impedì e tagliò corto. Prima di lasciare la camera, comunque, che aveva messo sottosopra, depose il proprio certificato di morte dove l'aveva trovato, e a quel gesto il volto di lei s'illuminò. Poi sentì che la donna spiegava alla propria cameriera, con ingegnosa falsità, perché regnava tutto quel trambusto in camera sua. Sopportare più a lungo quella tensione sarebbe stato impossibile e quindi penso che il giorno appresso (per quanto la cronologia sia piuttosto opinabile nel teatro della mente)

burst from his reserve. They had been breakfasting together in one corner of a great, parqueted, sparely-furnished room of many windows; all the time of the meal she had tortured him with sly allusions; and no sooner were the servants gone, and these two protagonists alone together, than he leaped to his feet. She too sprang up, with a pale face; with a pale face, she heard him as he raved out his complaint: Why did she torture him so? she knew all, she knew he was no enemy to her; why did she not denounce him at once? what signified her whole behaviour? why did she torture him? and yet again, why did she torture him? And when he had done, she fell upon her knees, and with outstretched hands: "Do you not understand?" she cried. "I love you!"

Hereupon, with a pang of wonder and mercantile delight, the dreamer awoke. His mercantile delight was not of long endurance; for it soon became plain that in this spirited tale there were unmarketable elements; which is just the reason why you have it here so briefly told. But his wonder has still kept growing; and I think the reader's will also, if he consider it ripely. For now he sees why I speak of the little people as of substantive inventors and performers. To the end they had kept their secret. I will go bail for the dreamer (having excellent grounds for valuing his candour) that he had no guess whatever at the motive of the woman—the hinge of the whole well-invented plot—until the instant of that highly dramatic declaration. It was not his tale; it was the little people's! And observe: not only was the secret kept, the story was told with really guileful craftsmanship. The conduct of both actors is (in the cant phrase) psychologically correct, and the emotion

uscisse dal proprio riserbo. Avevano fatto colazione insieme in un angolo di un salone ad assito, spoglio di mobili ma con molte finestre; per tutto il tempo lei l'aveva messo alla tortura con allusioni maliziose; e non appena la servitù se ne fu andata e i due protagonisti furono soli, lui balzò in piedi. Anche lei si levò di scatto, pallida in volto; e pallida in volto ascoltò i suoi farneticanti lamenti: perché lo torturava a quel modo? lei sapeva tutto, sapeva che non le era ostile, perché allora non lo denunciava subito? cosa significava il suo comportamento? perché lo torturava? e ancora di nuovo, perché la torturava? E quando ebbe finito, lei cadde in ginocchio e, a mani tese: «Ma non capisci?» gridò. «Io ti amo!».

A questo punto, il sognatore si svegliò con un improvviso senso di stupore e con il piacere del commerciante. Comunque il piacere del commerciante fu di breve durata, perché ben presto fu chiaro che in questo animato racconto c'erano elementi ben poco commerciali, ed è questa la ragione per cui lo trovate qui riassunto in poche parole. Ma il senso di meraviglia è continuato a crescere e penso che succederà lo stesso al lettore, se vorrà considerarlo nella sua compiutezza. Inoltre ora s'accorge perché parlo degli esserini come di effettivi inventori ed esecutori. Costoro avevano mantenuto il segreto fino all'ultimo. Vi garantisco io che il sognatore (e ho motivi eccellenti per sostenere la sua ingenuità) non sapeva assolutamente nulla del motivo della donna – il cardine su cui si fonda l'ottima trama – fino al momento della sua drammaticissima dichiarazione. Non era suo il racconto, ma dei suoi esserini! E fate attenzione: non era solo questione di mantenere il segreto, bensì di narrare la storia con subdola abilità. Per usare una frase fatta, la condotta di entrambi gli attori è psicologicamente corretta e l'e-

aptly graduated up to the surprising climax. I am awake now, and I know this trade; and yet I cannot better it. I am awake, and I live by this business; and yet I could not outdo—could not perhaps equal—that crafty artifice (as of some old, experienced carpenter of plays, some Dennery or Sardou) by which the same situation is twice presented and the two actors twice brought face to face over the evidence, only once it is in her hand, once in his—and these in their due order, the least dramatic first. The more I think of it, the more I am moved to press upon the world my question: Who are the Little People? They are near connections of the dreamer's, beyond doubt; they share in his financial worries and have an eye to the bank-book; they share plainly in his training; they have plainly learned like him to build the scheme of a considerate story and to arrange emotion in progressive order; only I think they have more talent; and one thing is beyond doubt, they can tell him a story piece by piece, like a serial, and keep him all the while in ignorance of where they aim. Who are they, then? and who is the dreamer?

Well, as regards the dreamer, I can answer that, for he is no less a person than myself;—as I might have told you from the beginning, only that the critics murmur over my consistent egotism;—and as I am positively forced to tell you now, or I could advance but little farther with my story. And for the Little People, what shall I say they are but just my Brownies, God bless them! who do one-half my work for me while I am fast asleep, and in all human likelihood,

mozione è elaborata in crescendo fino al sorprendente finale. Ora sono sveglio e so il mio mestiere, eppure non riesco a migliorare il racconto. Sono sveglio e vivo di questo mestiere; eppure non saprei superare – forse nemmeno eguagliare – l'abile artificio (simile a quelli di qualche vecchio artigiano ricco d'esperienza come Dennery o Sardou)[10] tramite il quale viene presentata due volte la medesima situazione e i due attori si trovano faccia a faccia con in mezzo la prova fatidica, con la sola differenza che una volta è nelle mani della donna, l'altra in quelle dell'uomo – ed entrambe le scene presentate nell'ordine dovuto, la prima che è meno drammatica della seconda. Più ci penso e più sono spinto a chiedere: chi sono questi esserini? Essi sono dei parenti stretti del sognatore, senza dubbio: condividono le sue preoccupazioni finanziarie e tengono d'occhio il suo conto in banca; con ogni evidenza essi condividono il suo tirocinio; hanno imparato come lui a costruire l'impalcatura di una storia e a graduare l'emozione in ordine progressivo; solo penso che abbiano maggior talento. E una cosa è fuori di dubbio: essi sono in grado di raccontargli una storia pezzo per pezzo, come se fosse a puntate, pur tenendolo all'oscuro di come andrà a finire. Chi sono dunque costoro? E chi è il sognatore?

Bene, per quanto concerne il sognatore, posso darvi una risposta, perché altri non è se non io stesso; come d'altra parte avrei dovuto dirvi fin dall'inizio, se non fosse stato per certo mormorare dei critici circa il mio consistente egotismo, come è vero che sono costretto a dirvelo ora, pena il non poter proseguire questa narrazione. Quanto agli esserini, cosa dovrei dire che sono, se non i miei folletti,[11] Dio li benedica! che svolgono al mio posto metà del lavoro mentre me la dormo come un ghiro, e come esseri

do the rest for me as well, when I am wide awake and fondly suppose I do it for myself. That part which is done while I am sleeping is the Brownies' part beyond contention; but that which is done when I am up and about is by no means necessarily mine, since all goes to show the Brownies have a hand in it even then. Here is a doubt that much concerns my conscience. For myself—what I call I, my conscious ego, the denizen of the pineal gland unless he has changed his residence since Descartes, the man with the conscience and the variable bank-account, the man with the hat and the boots, and the privilege of voting and not carrying his candidate at the general elections—I am sometimes tempted to suppose he is no story-teller at all, but a creature as matter of fact as any cheesemonger or any cheese, and a realist be-mired up to the ears in actuality; so that, by that account, the whole of my published fiction should be the single-handed product of some Brownie, some Familiar, some unseen collaborator, whom I keep locked in a back garret, while I get all the praise and he but a share (which I cannot prevent him getting) of the pudding. I am an excellent adviser, something like Moliere's servant; I pull back and I cut down; and I dress the whole in the best words and senten-ces that I can find and make; I hold the pen, too; and I do the sitting at the table, which is about the worst of it; and when all is done, I make up the manuscript and pay for the registration; so that, on the whole, I have some claim to share, though not so largely as I do, in the profits of our common enterprise.

umani fanno per me il resto, quando sono sveglio e sono convinto di eseguirlo io stesso? La parte che viene svolta mentre dormo è senza dubbio quella dei folletti; ma quella che viene tessuta quando sono desto è mia per forza, anche se tutto dimostra che anche in questa c'è il loro zampino. Ecco un dubbio con cui ha a che fare la mia coscienza. Quanto a me stesso – ciò che chiamo me stesso, il mio ego cosciente, l'abitatore della ghiandola pineale, a meno che dopo Cartesio non abbia cambiato posto, l'uomo con la coscienza e un fluttuante conto bancario, l'uomo con tanto di cappello e di stivali e il privilegio di votare e di non portare il proprio candidato alle elezioni generali – sono tentato talora di pensare che non sia affatto un narratore di storie, ma una semplice creatura come qualsiasi formaggiaio o come qualsiasi forma di cacio, e un realista immerso nell'attualità contingente fino alle orecchie; così che, di conseguenza, l'intera mia produzione narrativa che è stata pubblicata sarebbe il prodotto specifico di qualche folletto, di qualche intimo demone, di qualche invisibile collaboratore che tengo rinchiuso in soffitta, mentre io mi prendo tutti gli elogi e lui (non potrei impedirglielo) solo una fetta della torta. Da parte mia, sono un suggeritore eccellente, un po' come il servitore di Molière; sono io che taglio e respingo; e sono io che rivesto il tutto con le migliori frasi e parole che riesco a trovare e a fabbricare; sono io inoltre che stringo la penna, e io quello che sta a tavolino, che è la parte peggiore del lavoro; e quando è tutto finito, sistemo il manoscritto e lo faccio registrare; per cui, nel complesso, credo di avere qualche diritto di compartecipazione, sebbene non così grande come quelli che mi prendo nei profitti della nostra impresa comune.

I can but give an instance or so of what part is done sleeping and what part awake, and leave the reader to share what laurels there are, at his own nod, between myself and my collaborators; and to do this I will first take a book that a number of persons have been polite enough to read, the STRANGE CASE OF DR. JEKYLL AND MR. HYDE. I had long been trying to write a story on this subject, to find a body, a vehicle, for that strong sense of man's double being which must at times come in upon and over-whelm the mind of every thinking creature. I had even written one, THE TRAVELLING COMPANION, which was returned by an editor on the plea that it was a work of genius and indecent, and which I burned the other day on the ground that it was not a work of genius, and that JEKYLL had supplanted it. Then came one of those financial fluctuations to which (with an elegant modesty) I have hitherto re-ferred in the third person. For two days I went about racking my brains for a plot of any sort; and on the second night I dremed the scene at the window, and a scene afterward split in two, in which Hyde, pursued for some crime, took the powder and under-went the change in the presence of his pursuers. All the rest was made awake, and consciously, although I think I can trace in much of it the manner of my Brownies. The meaning of the tale is therefore mine, and had long pre-existed in my garden of Adonis, and tried one body after another in vain; indeed, I do most of the morality, worse luck! and my Brownies have not a rudiment of what we call a conscience. Mine, too, is the setting, mine the characters. All that was given me was the matter of three scenes, and the

Posso dare solo qualche esempio di quanta parte venga svolta durante il sonno e di quanta durante la veglia, e lascio che sia il lettore a decidere a chi spettino gli allori, fra me e i miei collaboratori. Prenderò in considerazione, pertanto, un libro che un certo numero di persone ha gentilmente voluto leggere, *The Strange Case of Dr. Jekyll and Mr. Hyde*.[12] Da tempo cercavo di scrivere una storia su questo argomento, di trovare un contenitore, un veicolo, poiché quel forte senso della doppiezza che si annida nell'uomo è qualcosa che a tratti cattura e sovrasta la mente di ogni creatura pensante. Ne avevo già scritta una, *The Travelling Companion*,[13] che mi era stata restituita da un editore con la scusa che sarebbe stata un'opera geniale e indecente, e che detti alle fiamme l'altro giorno per il fatto che non era un'opera di genio e che era stata soppiantata da *Jekyll*. Poi si verificò uno di quegli alti e bassi finanziari ai quali (con elegante umiltà) mi son riferito sopra in terza persona. Per due giorni mi tartassai il cervello per trovare una qualche trama; e durante la seconda notte sognai la scena della finestra,[14] e una che viene dopo, divisa in due parti, in cui Hyde, perseguito per qualche delitto, trangugiava la pozione e intraprendeva il mutamento sotto gli occhi degli inseguitori. Tutto il resto venne eseguito da sveglio, in piena coscienza, sebbene possa trovare anche in questa parte la maniera dei miei folletti. Il significato del racconto è dunque mio, essendo preesistito a lungo nel mio giardino di Adone, avendo io tentato invano di trovargli un contenitore dopo l'altro; mia è senza dubbio gran parte della morale, ahimè!, visto che i miei folletti non hanno la minima idea di ciò che chiamiamo coscienza.[15] Mia inoltre è la messinscena e miei i personaggi. Tutto ciò che mi era stato dato consisteva in tre scene e nell'i-

central idea of a voluntary change becoming involuntary. Will it be thought ungenerous, after I have been so liberally ladling out praise to my unseen collaborators, if I here toss them over, bound hand and foot, into the arena of the critics? For the business of the powders, which so many have censured, is, I am relieved to say, not mine at all but the Brownies'. Of another tale, in case the reader should have glanced at it, I may say a word: the not very defensible story of OLALLA. Here the court, the mother, the mother's niche, Olalla, Olalla's chamber, the meetings on the stair, the broken window, the ugly scene of the bite, were all given me in bulk and detail as I have tried to write them; to this I added only the external scenery (for in my dream I never was beyond the court), the portrait, the characters of Felipe and the priest, the moral, such as it is, and the last pages, such as, alas! they are. And I may even say that in this case the moral itself was given me; for it arose immediately on a comparison of the mother and the daughter, and from the hideous trick of atavism in the first. Sometimes a parabolic sense is still more undeniably present in a dream; sometimes I cannot but suppose my Brownies have been aping Bunyan, and yet in no case with what would possibly be called a moral in a tract; never with the ethical narrowness; conveying hints instead of life's larger limitations and that sort of sense which we seem to perceive in the arabesque of time and space.

For the most part, it will be seen, my Brownies are somewhat fantastic, like their stories hot and hot, full of passion and the picturesque, alive with ani-

dea centrale del mutamento volontario che diventa involontario. Dopo che sono stato così liberale da tributare i più alti elogi ai miei collaboratori, pensate che sia un atto egoistico gettarli, legati mani e piedi, sull'arena, in pasto ai critici? Per quanto attiene alla faccenda della pozione, sulla quale si sono appuntate molte critiche, son felice di dire che non è roba mia, ma dei miei folletti, fino all'ultima goccia. Posso dire qualcosa anche di un altro racconto, la non molto difendibile storia di *Olalla*[16] nel caso il lettore voglia gettarci uno sguardo. In questa storia, il cortile, la madre, il suo cantuccio, Olalla, la sua camera, gli incontri per le scale, la finestra infranta, la scena ripugnante del morso, tutto mi fu dato in maniera sfusa così come ho cercato di scriverlo. Per parte mia vi ho aggiunto soltanto lo scenario esterno (in sogno non uscivo mai dal cortile), il ritratto, i personaggi di Felipe e del prete, la morale, così com'è, e le ultime pagine, ahimè, così come sono. Posso dire perfino che in questo caso la morale non è mia; poiché essa scaturì immediatamente dal raffronto fra la madre e la figlia, e dal ripugnante scherzo che le aveva giuocato una tara atavica. Talora è innegabile che nel sogno sia presente il senso proprio di una parabola; talaltra non posso fare a meno di pensare che i miei folletti abbiano voluto fare il verso a Bunyan,[17] e comunque in nessun caso la loro può esser definita morale da prontuario, mai un'etica angusta; essi son capaci semmai di trasmettere cenni dei limiti di un'esistenza più ampia, e quella sorta di sensazione che ci sembra di cogliere nell'arabesco dello spazio e del tempo.

Per la maggior parte i miei folletti, sarà chiaro, sono piuttosto fantasiosi, simili alle loro storie ancor calde, pieni di passione e di senso del pittoresco, ca-

mating incident; and they have no prejudice against
the supernatural. But the other day they gave me a
surprise, entertaining me with a love-story, a little
April comedy, which I ought certainly to hand over
to the author of A CHANCE ACQUAINTANCE, for
he could write it as it should be written, and I am
sure (although I mean to try) that I cannot.—But
who would have supposed that a Brownie of mine
should invent a tale for Mr. Howells?

paci di animarsi di vivaci incidenti, incapaci di aver
pregiudizi nei confronti del soprannaturale. Ma l'altro giorno mi hanno procurato una sorpresa intratte-
nendomi con una storia d'amore, una piccola com-
media scherzosa che dovrei passare all'autore di *A
Chance Acquaintance*, perché solo lui potrebbe scri-
verla come si deve, e da parte mia sono sicuro (sebbene intenda provarci) di esserne incapace. Ma chi
avrebbe mai pensato che uno dei miei folletti fosse
andato a inventare un racconto per il signor Howells?

Note

Lo strano caso del dottor Jekyll e del signor Hyde

[1] L'opera narrativa più celebre di Stevenson fu composta nei mesi di settembre e ottobre del 1885. Fu pubblicata a Londra da Longmans, Green and Co. nel 1886 e nello stesso anno a New York da Charles Scribner's Sons. Stevenson ebbe modo di alludere alla composizione del racconto in varie interviste e articoli di giornale (basilare l'articolo *A Chapter on Dreams*, 1888, riportato in questo volume). L'estremo bisogno di denaro che avevano gli Stevenson in quell'inizio d'inverno del 1885 e la richiesta degli editori di un racconto a sfondo sensazionalistico da pubblicare, com'era consuetudine, nella settimana di Natale, furono di stimolo all'autore. Egli ebbe modo di annotare: «*Jekyll* fu concepito, scritto e riscritto e stampato nel giro di dieci settimane». Altrove affermò: «Per un paio di giorni mi tartassai il cervello per trovare una trama di qualsiasi genere; la seconda notte sognai la scena della finestra e un'altra scena che avrei poi suddiviso in due [...]; tutto il resto lo composi da sveglio, in assoluta lucidità».
Fonte immediata della narrazione sarebbe stato, secondo Fanny, un non meglio identificato articolo d'un giornale francese dedicato al subconscio. La lettura giornalistica avrebbe rinfocolato l'interesse di Stevenson per la tematica del «doppio» già affrontata nel melodramma *Deacon Brodie or The Double Life* (1880) e nel racconto *Markheim* (1884). Non è mancato neppure il riferimento alla storia di un dentista del Connecticut che, verso la metà del secolo, era assurto a una certa notorietà giornalistica. Intossicato dal cloroformio con cui faceva esperimenti di anestesia, il dottore conduceva una doppia esistenza finché non venne arrestato per aver gettato vetriolo in faccia a una prostituta. In un lungo articolo di confessione, il dottore ammise la duplicità della propria esi-

stenza e la forte carica di sadismo di cui era connotata una parte di sé. Scritto l'articolo, si uccise in carcere. Non è mancato infine chi ha voluto mettere in relazione con la cocaina, assunta per attutire i dolori polmonari, il febbrile attivismo di Stevenson impegnato con Jekyll e Hyde.

2 Il testo inglese, *rugged countenance*, vuol dire anche fisionomia burbera, dai tratti marcati. Senza dubbio quello del legale Utterson è uno dei ritratti più complessi di Stevenson, ben lontano dalla stereotipia che in genere caratterizza, nella classica contrapposizione dei «buoni» e dei «cattivi», la scrittura del «romance».

3 Cfr. *Genesi* 4-7: «E il Signore disse a Caino: Ov'è Abele, tuo fratello? Ed egli disse: Io non so; sono forse il guardiano del mio fratello?», un'eco biblica in funzione antifrastica al senso del testo. Tolleranza e assoluto rispetto degli altri connotano sin dal suo apparire il signor Utterson.

4 Il testo contiene l'espressione *in a similar catholicity of good-nature* che alla lettera vuol dire «in analoga indiscriminata bonomia».

5 Se, come apparirà chiaro nelle pagine successive del romanzo, Stevenson descrive dietro una Londra posticcia l'amata Edimburgo, la strada in cui passeggiano Utterson e Enfield ha tutte le caratteristiche nella New Town edimburghese, il lindo quartiere della «middle class» e del ceto professionale.

6 Nello scontro con la bambina, che è puramente fortuito, Hyde appare un essere insensibile, ma ancora incapace di indulgere alla crudeltà. La similitudine del Juggernaut (cfr. nota 7), sottolinea quanto di meccanico vi sia nel suo atto. Hyde è indifferente al dolore della bambina perché è un essere primitivo e «neonato»; il suo torpore lo rende, come accade ai «doppi» di Le Fanu (cfr. il racconto *Tè verde*, Serra e Riva, Milano 1982), insensibile al bene e al male. In questa prima fase della sua «crescita», Hyde sembra assorto nel tripudio della propria libertà meccanica e irrefrenabile come lo scatto di una molla a lungo compressa. Pur non incarnando ancora la violenza intenzionale e la crudeltà gratuita che ostenterà nell'uccisione di Sir Danvers Carew, sono proprio questi i sentimenti che la presenza fisica di Hyde scatena negli altri. Nel momento in cui Enfield e gli altri personaggi che vengono a contatto con Hyde lo respingono pieni di disgusto, in realtà rifiutano in lui una parte di se stessi. In certo senso la storia di Hyde è la storia di una provocazione che mette a nudo nel proprio *alter ego*

e nei propri interlocutori occasionali quanto essi preferiscono occultare, ignorare, rimuovere. La crescita organica di questo nucleo di pulsioni sadiche è corroborata anche dal disgusto e dalla repellenza in cui viene coltivata.

7 Deriva dallo hindi *jagannath*, o signore dell'universo, uno degli appellativi di Krishna. Il termine si riferisce per sineddoche all'idolo della divinità trainato su un carro sotto le cui ruote sembra che talora si gettassero i fedeli.

8 Traduce la voce *slang*: *Sawbones* (1837 c.) termine dispregiativo per chirurgo. L'autore giuoca, come Dickens, sul nome parlante: *segaossi, aggiusta ossi*. In italiano sembra più adatto *medicastro* o *mediconzolo*.

9 La similitudine «scozzese» della cornamusa fa pensare che l'ambientazione sia quella di Edimburgo a cui si richiama l'accento del medicastro.

10 Il testo inglese reca *as we were pitching it in red hot*, che può essere reso con analoga frase gergale: «mentre gliene dicevamo di cotte e di crude».

11 Il riferimento alla banca Coutts indica che si tratta di personaggio rispettato e facoltoso.

12 Con il qual gesto Enfield contraddice la tanto vantata discrezione.

13 Sigle di titoli accademici: M.D. = *Medicinae Doctor*; D.C.L. = *Doctor of Civil Law*; L.L.D. = *Legum Doctor*; F.R.S. = *Fellow of the Royal Society*.

14 Celebre coppia di filosofi pitagorici, assunti nell'antichità a simbolo di amicizia. Si dice che, essendo stato condannato a morte dal tiranno Dionisio di Siracusa, Pizia avesse chiesto e ottenuto un breve periodo di libertà, durante il quale avrebbe lasciato come ostaggio l'amico Damone. Alla scadenza fissata avrebbe fatto ritorno e sarebbe stato posto in libertà insieme al compagno.

15 Il termine *protegé* ha fatto pensare a più di un critico, fra cui il romanziere Nabokov (cfr. bibliografia), che Stevenson volesse alludere, tramite Utterson, all'omosessualità di Jekyll. Nella lunga descrizione dell'incubo notturno di Utterson che segue all'incontro con Lanyon, c'è un passo che sembra confermare l'ipotesi: «Ed ecco! ritto accanto alla sponda del letto compariva un personaggio a cui era dovuto ogni potere e ai cui comandi colui che poco prima dormiva doveva alzarsi, anche in quell'ora inane della notte, e tributargli obbedienza». Nel complesso, tuttavia, cercare di forzare il testo là dove

è più reticente ed elusivo, fa correre il rischio di tanta filmografia che ha dovuto "visualizzare" i piaceri proibiti di Jekyll sotto le spoglie di Hyde (Cfr. il saggio di S.S. Prawer in bibliografia).

[16] Sulla straordinaria abilità stevensoniana nel descrivere i sogni, si veda in appendice *Un capitolo sui sogni*. In questo passo specifico si ha la sensazione che Utterson *non* voglia vedere il volto del personaggio, anche se poi da sveglio si fa un punto d'onore di scoprirlo.

[17] Si tratta indubbiamente di un giuoco di parole sul nome parlante Hyde (da *to hide* = nascondersi) contrapposto a Seek (*to seek* = cercare) così da richiamare il giuoco infantile detto *Hide-and-seek* = nascondino. È necessario tuttavia ricordare che la battuta suona come un tributo a un romanziere amato da Stevenson, Wilkie Collins, di cui si cita il titolo del racconto *Hide and Seek*.

[18] Hyde è sempre descritto attraverso similitudini e metafore animalesche. Il riferimento al sibilo è il primo segno di minaccia avvertito da Utterson, prima ancora di scorgere il volto del personaggio.

[19] La notazione si richiama e integra il «sibilo» con cui si presenta Hyde e anticipa la conclusione provvisoria a cui perverrà Utterson (cfr. nota 20). Su questa fine annotazione sul modo di parlare di Jekyll il lettore tornerà quando conoscerà com'è «nato» e «cresciuto» Hyde. Il segno della regressione ferina di Jekyll nei panni di Hyde è data dunque da una vera e propria regressione linguistica e più esattamente fonatoria.

[20] Alla lettera Hyde dà l'idea di essere un «essere primordiale».

[21] Decano del Christ Church di Oxford e quindi vescovo di quella città, il dottor Fell (1625-1686) aveva imposto a Tom Brown, per punizione, di tradurre il seguente epigramma di Marziale: *Non amo te, Sabidi, nec possum dicere quare: / hoc tantum possum dicere, non amo te*, epigramma che Tom Brown elaborò nella seguente celebre quartina: *I do not love thee, Doctor Fell, / The reason why I cannot tell; / But this alone I know full well, / I do not love thee, doctor Fell* (Non mi piaci, dottor Fell, / Ma non so dirti perché, / so solo di sicuro che, / non mi piaci dottor Fell).

[22] Alla lettera *its clay continent* è l'involucro d'argilla.

[23] A differenza di quanto avviene nel romanzo naturalistico o borghese, vita e ambiente domestico si connotano spesso come i luoghi, più o meno fortuiti, del mistero e dell'inacces-

sibile. Solo a questo patto il privato ha effimera sudditanza nel romanzo d'avventure. L'interiorità domestica resta, nella generalità, esclusa, indistinta dietro il volto anonimo della città, poiché il quotidiano ritmo del lavoro sarebbe d'impaccio alla libera estrinsecazione del tempo dell'avventura. Di conseguenza ai protagonisti dei racconti stevensoniani non resta che indagare il mondo del quotidiano e del privato dall'esterno, dalla propria condizione di esule, di avventuriero o di misantropo.

[24] Alla lettera *some Jack-in-the-Box* sarebbe una sorta di «babau» o fantoccio a molla che balza in piedi dalla scatola che lo contiene.

[25] Nella sua introduzione all'edizione bilingue di questo romanzo, S. Rossi (cfr. la bibliografia) nota opportunamente che il «signore distinto, anziano, dai capelli candidi» ricorda il Duncan del *Macbeth* di Shakespeare, il «beautiful gentleman with white hair». Sulla ricorrenza di immagini e di allusioni macbethiane in questo romanzo cfr. note 42 e 43.

[26] Si è voluto vedere nella scena dell'assassinio del vecchio Sir Danvers Carew un esempio del debito stevensoniano verso tanta parte di paraletteratura ottocentesca, vale a dire del filone dei «sensational novels» che va da Wilkie Collins, a Le Fanu a Mrs. Braddon. Di fatto si dimentica ancora una volta che l'impresa di Hyde e la sua immotivata ferocia – sulla quale getterà luce la confessione finale di Jekyll – è narrata attraverso un personaggio-schermo che parla il linguaggio di un incubo notturno in cui le ossa «scricchiolano» e il corpo martoriato «sobbalza». D'altra parte la postura un po' allocchita, un po' romantica della testimone ne fa una potenziale lettrice di romanzi d'appendice e quindi personaggio più che adatto a restituire l'irrealtà della scena.

[27] Il velario di bruma collega sinistramente alcune scene urbane del romanzo a *Un capitolo sui sogni* e al racconto *Il trafugatore di salme*. Malgrado la topografia londinese, così esplicita nel riferimento al quartiere di Soho, questa e altre scene del romanzo, come lo scontro di Hyde con la bambina, rinviano alla Old Town di Edimburgo.

[28] La sala di dissezione è una metafora stevensoniana ricorrente (cfr. *Un capitolo sui sogni*) che compare per la prima volta, in tutta la sua valenza grottesca, nel racconto *Il trafugatore di salme*. Essa non implica soltanto l'idea dello smembramento, dell'indagine intestina, della lacerazione di una totalità, ma

allude al ludibrio della mistificazione, del travestimento ignobile. Nella metafora anatomica rivive l'antico sospetto nei
confronti della scienza, anche se per il dottor Jekyll, a differenza del professor K., l'anatomia è solo l'archeologia di un
nuovo sapere affidato alla formula elusiva della "medicina trascendentale". Non a caso lo studiolo di Jekyll si trova su un
piano più elevato rispetto al teatro d'anatomia, che comunque
ne costituisce la via d'accesso, collocandosi sulla soglia di altre e più sofisticate trasformazioni. Sulla visione stevensoniana del corpo umano si veda un interessante scritto in forma
omiletica dai cupi toni swiftiani intitolato *Pulvis et umbra*, in
Racconti, romanzi e saggi (cfr. bibliografia).

[29] Si tratta di una specchiera a oscillazione (nel testo *cheval-
glass*) apparsa verso la fine del XVIII secolo, sufficientemente
grande da riflettere l'intera persona. È detta anche *psiche* o
specchiera ballerina. Lo specchio è il muto testimone del rapporto che lega Jekyll a Hyde e quindi della metamorfosi e
come tale farà la sua ricomparsa nel finale della storia. Simile
allo *elixir vitae* o alla «droga» che libera il «doppio» (cfr. le
note 36 e 37), lo specchio deriva, come il quadro animato,
dalla tradizione del romanzo «gotico» o del mistero. Stevenson sembra dunque ammiccare a questa tradizione di specchi
divinatori o magici che ricorrono in racconti come *Lo specchio di zia Margaret* di W. Scott, Serra e Riva editori, Milano
1982, o che danno il titolo a intere raccolte come la celebre
silloge di J. Sheridan Le Fanu, *In a Glass Darkly* i cui racconti
sono apparsi in italiano con i titoli di *Tè verde*, già citato, e
Carmilla, Sellerio, Palermo 1979.

[30] Guest si colloca dunque, grazie alla sua perizia di grafolo-
go, fra gli investigatori involontari del romanzo: suo tramite
Utterson ottiene un ulteriore indizio da inserire nel puzzle
che lo rende inquieto. Se il senso del mistero e dell'orrore che
scaturisce dal romanzo rinvia alla matrice del romanzo gotico, l'attesa che i fatti determinano, la loro interpretazione e
infine la loro spiegazione rinviano alla forma più recente del
racconto poliziesco.

[31] Cfr. Shakespeare, *Macbeth*, atto V, scena I. La battuta di Utterson che ha scorto «una smorfia di ... abietto terrore» sul
volto di Jekyll è la medesima («Iddio ci perdoni!») del medico
che intuisce una colpa terribile nel delirio di Lady Macbeth.
Si noti che anche l'ultima battuta del medico ha un'eco nel
dialogo frastornato che intercorre fra Utterson e Enfield:

«Ella mi ha scosso la mente, e stupefatto la vista. / Penso, ma non oso parlare».

[32] Allorché l'esigenza dell'intreccio impone il rovesciamento dell'interno in esterno, del privato nel pubblico, tale compito è demandato alla figura del servitore o del domestico, di colui che, per tradizionale statuto del romanzo d'avventure, può penetrare gli aspetti più intimi della vita privata, fino al cuore dell'intrigo.

[33] Ingerendo dunque, come rivela l'odore di mandorle, acido prussico e uccidendo anche simbolicamente l'animale che porta chiuso dentro di sé.

[34] *A perfect mat of cobweb*, alla lettera: «Una completa copertura di ragnatele».

[35] Secondo Fruttero e Lucentini (cfr. bibliografia) Stevenson si riferirebbe al *rigor* isterico (il testo parla di *incipient rigor*) individuato negli anni anteriori alla pubblicazione del romanzo da Charcot. È interessante notare che più tardi, nel 1895, Freud avrebbe annotato negli *Studi sull'isteria* che «la scissione della coscienza, così evidente in noti casi clinici sotto la forma di "doppia coscienza", è presente in forma primitiva in ogni genere di isteria e che una tendenza alla dissociazione è il fenomeno basilare di questa nevrosi».

[36] Un'eventuale fonte della misteriosa pozione è il romanzo di William Godwin, I *viaggi del San Léon*, in cui l'ingestione dello *elixir vitae* tramuta un vecchio grinzoso in un giovane ribaldo fissando in lui una doppia personalità.

[37] Il termine «droga» (*drug*) viene qui usato in senso proprio. Fruttero e Lucentini ricordano (cfr. bibliografia) che la stessa origine della storia può essere messa in rapporto ai *Paradis Artificiel* (1861) di Baudelaire, dove alcolici e stupefacenti sono considerati come «moyens de multiplication de l'individualité». A tale proposito si ricordi la funzione di allucinogeno e di «moltiplicatore» della personalità che ha il «té verde» nell'omonimo racconto di Le Fanu (apparso nella raccolta *In a Glass Darkly* del 1872) in cui un morigerato reverendo estroflette i propri sensi di colpa e i propri desideri repressi in uno scimmiotto diabolico e lussurioso da cui si libererà solo con il suicidio (cfr. nota 6). Che Stevenson conoscesse assai bene Le Fanu, i cui racconti comparivano per altro nei medesimi giornali a cui collabora Stevenson, è attestato da un'altra novella della raccolta *In a Glass Darkly* intitolata *Il demone familiare* nel quale il protagonista ossessionato dal proprio

«doppio», che in questo caso è un senso di colpa vanamente tacitato dalla coscienza, cerca una spiegazione scientifica al sembiante che lo perseguita: «Nella varietà dei malanni che affliggono l'uomo, c'è un'affezione capace di causare una considerevole contrazione della statura e della corporatura, facendo orrendamente rimpicciolire il paziente in tutte le sue dimensioni?». Non è forse Hyde il prodotto di una malattia altrettanto sottile che conferisce al fantasma estroflesso il medesimo aspetto contratto descritto nel «doppio» di Le Fanu? Forse non è azzardato supporre che il malvagio scimmiotto di *Tè verde* possa aver catalizzato l'idea del mostro libidinale che affiora dal subconscio con lo scandalo genetico teorizzato da Darwin, in modo non diverso dalla commutazione pseudochimica del favoloso *elixir vitae*.

[38] Alla similitudine sono state date varie interpretazioni, in genere assai poco convincenti. Più probante il riferimento di S. Rossi (cfr. bibliografia) agli apostoli Paolo e Sila che, rinchiusi in una prigione a Filippi in Macedonia, ne poterono evadere grazie a un terremoto che scosse l'edificio.

[39] Il laboratorio è per Jekyll, anche da un punto di vista simbolico, quella parte della casa che rappresenta il versante occulto della sua mente. In tutto il romanzo c'è una sorta di simbolica simmetria fra i personaggi e le case – arredamenti inclusi – in cui vivono.

[40] Riferimento all'episodio biblico (*Daniele* 5) secondo il quale, durante un banchetto, una mano misteriosa avrebbe tracciato sul muro la profezia dell'imminente rovina di Baldassarre, re dei Caldei.

[41] Alla lettera il periodo suona: «mentre la bestia che era in me si satollava di frammenti di ricordi».

[42] È l'ennesimo segno della natura scimmiesca di Hyde. C'è da notare che riferimenti più o meno diretti a Darwin e al darwinismo appaiono nelle opere stevensoniane a partire dalle *Nuove Mille e una notte* (cfr. l'edizione mondadoriana in bibliografia).

[43] Nel corso di tutto il romanzo Hyde appare come la natura animale di Jekyll i cui abiti sono troppo grandi per lui. L'immagine si richiama al *Macbeth* di Shakespeare, atto IV, scena 2: «Ora egli sente il suo titolo / Che gli sbrendola addosso come il vestito d'un gigante / Su un nano che l'ha rubato» e nell'eco stevensoniana sottolinea il parallelo fra la catastrofe di Macbeth e quella di Jekyll.

[44] Le parole di Jekyll ricordano da vicino quelle di Banquo, *Macbeth*, atto II, scena 1: «Un pesante invito grava come piombo su di me, / E tuttavia non vorrei dormire: Potenze misericordiose! / Frenate in me i maledetti pensieri cui la natura / S'abbandona nel riposo». L'insistente ritorno di echi tratti dal *Macbeth* non possono che incuriosire, anche se Stevenson ha sempre visto in Shakespeare la guida per eccellenza (cfr. il saggio *Alcuni elementi tecnici dello stile nella letteratura* cit.).

[45] I tiri mancini di Hyde sembrano tratti dalle analoghe diavolerie dello scimmiotto in *Tè verde* di Le Fanu: «Quell'essere immondo mostrò una pervicacia incredibile, feroce nel contrastarmi in tutti i modi: me lo trovavo davanti in chiesa... sul leggio... sul pulpito. Alla fine giunse al colmo: mentre leggevo la Bibbia ai fedeli saltava sul libro aperto e vi si accoccolava, impedendomi di proseguire» (cfr. edizione citata).

Il trafugatore di salme

[1] Una prima stesura del racconto risale all'agosto del 1881, quando Stevenson pensava a questo testo come al secondo da inserire nella raccolta mai realizzata dell'*Uomo nero e altri racconti*, subito dopo *Janet la sbilenca*. Messo in disparte «con un giustificabile senso di disgusto per l'orrore che provoca la storia», il racconto fu poi ripreso e pubblicato sulla «Pall Mall Gazette» nel numero straordinario di Natale del 1884, numero per il quale il previsto *Markheim* (cfr. l'introduzione) s'era dimostrato troppo breve. Rispondendo al redattore della rivista che gli aveva richiesto appunto un testo più lungo e tale, considerata l'occasione, da «far gelare il sangue» dei lettori, Stevenson aveva annunciato *Il trafugatore di salme* come un racconto «abbastanza orripilante, capace di gelare il sangue a un granatiere».

Incentrato sull'enigmatica figura di un professore di anatomia, il dottor K., e sui due sicari che gli forniscono il materiale da dissezionare, il racconto adombra il tema dello scienziato che pone la scienza, e addirittura la didattica scientifica, al di sopra del rispetto della persona umana e della stessa inviolabilità della vita. Esiste per altro una continuità quasi ossessiva fra il simbolo necroforo del teatro anatomico del dottor K. e quello di Jekyll, come se la sala d'anatomia costituisse l'archeologia del sapere, della volontà di sapere, perseguita dal

secondo con più sofisticati e alchemici procedimenti. Su tutto
grava la spessa coltre di bruma che avvolge la città vecchia di
Edimburgo, la stessa bruma onirica che si squarcia per far affiorare alla memoria la terza sala anatomica che incontriamo
nel *Capitolo sui sogni* con la misteriosa processione di vittime
sacrificali «nell'alba umida e stralunata».

2 Per l'enigmatico personaggio l'autore si ispirò, suscitando
non poche polemiche, a un celebre professore di anatomia
dell'università di Edimburgo, Robert Knox (1793-1862). L'intero racconto d'altra parte si riferisce più o meno velatamente
a un famoso caso giudiziario che scosse la città di Edimburgo
e di cui Stevenson poté conoscere i dettagli dalla stampa del-
l'epoca e dal racconto del padre. Il caso culminò nel processo
e nella condanna per impiccagione di certi Burke e Hare i
quali uccidevano persone prese a caso e ne vendevano i cadaveri al dottor Knox per le sue lezioni di anatomia. In seguito
al processo, lo stesso Knox fu costretto ad abbandonare l'università e la città. Come ricorda Italo Calvino, al caso Burke,
Hare e Knox lo scrittore Marcel Schwob dedicò l'ultima delle
sue *Vies imaginaires* e Dylan Thomas un soggetto cinemato-
grafico, *The Doctor and the Devils*.

3 Il riferimento è alla difficoltà del tempo a rifornire di cadaveri le sale anatomiche.

4 Cfr. la descrizione della sala d'anatomia in *Un capitolo sui
sogni*.

Un capitolo sui sogni

1 Questa importante testimonianza su un aspetto della propria
poetica fu composta da Stevenson nell'ottobre del 1887 e pubblicata nello «Scribner's Magazine» il 3 gennaio 1888, ove aprì
una serie di dodici interventi critici. Secondo la testimonianza
di una lettera scritta da Stevenson a Fanny, *Un capitolo sui
sogni* sarebbe stato provocato dalle domande poste allo scrittore durante una intervista a New York, aventi per oggetto il
suo metodo compositivo. L'intervista apparve infatti sullo
«Herald» di New York dell'8 settembre 1887 e due giorni dopo
su «The Critic».

Viene inserito in appendice alla presente edizione dello
Strano caso del dottor Jekyll e del signor Hyde, sia per lo specifico riferimento a questo romanzo e in genere al proprio meto-

do compositivo, sia come rivalutazione dello Stevenson «critico» ancor più negletto in Italia di quanto non lo sia lo Stevenson saggista. Chi scrive ha annesso al Meridiano intitolato a *Romanzi, racconti e saggi* di R.L. Stevenson una sezione saggistica ispirata ai tre filoni che la compongono: quello letterario, quello memoriale e quello omiletico. Il fascino della saggistica letteraria di Stevenson è dovuto non solo alla sottile schermaglia intessuta con Henry James in merito al primato del romanzo (borghese) sul «romanzesco», bensì alla spigliata, sottilmente paradossale apologia di questo ultimo: «Se si esclude Shakespeare, il mio più caro e migliore amico è D'Artagnan... il primo d'Artagnan del *Visconte di Bragelonne*». Chi voglia ricostruire la trama di quella categoria polimorfa che risponde alla definizione di «romanzesco» – nella quale confluiscono e si amalgamano il romanzo d'avventure, quello neogotico e quello poliziesco – in tempi anteriori alle provocatorie «difese» di G.K. Chesterton nei confronti del romanzo d'appendice, di quello «rosa» e di quello «giallo», non può che basarsi sui saggi stevensoniani.

Piccolo capolavoro d'ironia – e di autoironia – *Un capitolo sui sogni* mette in evidenza come il nucleo onirico di tante storie stevensoniane venga per così dire «messo a profitto» (anche in termini economici) dal proprio autore e coscientemente calibrato al momento di essere trasposto sulla pagina tipografica. Ne risulta un genere di narrativa romanzesca fondata sulla *situazione d'avventure* in cui può ritrovarsi ogni uomo in quanto tale, a prescindere dagli istituti sociali e familiari che lo connotano. Tali istituti, anzi, servono al romanzo d'avventure non come forme compiute e delimitate – come accade nel romanzo psicologico-sociale – bensì come situazioni, momenti dell'intreccio. Per mutuare una definizione di M. Bachtin (Cfr. *Dostoevsky. Poetica e Stilistica*, Einaudi, Torino 1968, p. 137), «Tutti gli istituti sociali e culturali, i ceti, le classi, i rapporti familiari sono soltanto situazioni nelle quali può ritrovarsi l'uomo eterno e uguale a se stesso». Tanto è vero che la «morale» del racconto assume un proprio rilievo incarnandosi e lasciandosi tentare nelle circostanze più insolite e inattese.

Il saggio infine fornisce un'implicita risposta all'interrogativo che sovente ci si pone circa il piacere che traiamo dal racconto dell'orrore. Tale piacere nasce dal giuoco rassicurante che si stabilisce fra la minacciosa invadenza, a livello di enunciato, di un mondo terrificante, e la continua ricostituzione di

una barriera protettiva, a livello di enunciazione, che può essere lo spazio tipografico, o quello della sala cinematografica. L'orrore del sogno nasce proprio dalla impossibilità di ricostituire questa barriera. Ciò che, nell'incubo, manca allo Stevenson bambino è il rapporto rassicurante con il corpo della madre, un rapporto che lascia passare anche le storie più spaventose e le rende piacevoli.

[2] Sebbene scritto in terza persona, il brano è evidentemente autobiografico, come è facile dedurre dai passi stevensoniani riportati nella Cronologia.

[3] Il riferimento è al rigore religioso di Cummie, la nutrice del piccolo Stevenson che professa il calvinismo dei *Covenanters*, gli esclusi dalla Chiesa nazionale presbiteriana e alle sue storie tratte dal Vecchio Testamento.

[4] L'affermazione è importante per due ragioni: innanzi tutto essa stabilisce una sorta di impertinente omologia fra l'esistenza «reale» e quella «irreale» dei sogni; in secondo luogo introduce larvatamente una sorta di scissione della personalità che diverrà il tema prediletto di tanta narrativa stevensoniana, a cominciare dal dramma intitolato *Deacon Brodie* (cfr. l'introduzione) per proseguire con *Markheim*, *Jekyll e Hyde*, *Olalla*.

[5] È noto che, per volere del padre, gli studi universitari di Stevenson si volgono innanzi tutto all'ingegneria, seppure con scarsi risultati. Nel 1871 egli dichiara formalmente al padre di aver abbandonato quel corso di studi. L'intento di volersi dedicare alla letteratura acuisce i contrasti con il padre, il quale vede nella condotta del figlio non solo la sacrilega contravvenzione a una sorta di «predestinazione», bensì la via della perdizione in un mondo, quello letterario, che ha sempre considerato ozioso e improduttivo. Forse per trovare una mediazione con la volontà paterna, Stevenson si iscrive ai corsi di giurisprudenza.

[6] Il fascino grottesco del teatro anatomico aveva dato vita ed era stato compiutamente trattato nel racconto *Il trafugatore di salme* pubblicato nel «Pall Mall Gazette» del Natale del 1884 (cfr. sopra in riferimento al teatro anatomico in cui compie gli esperimenti Henry Jekyll).

[7] Il «diabolico cane scuro» sembra far rientrare questo frammento narrativo nella raccolta mai realizzata *L'uomo nero e altri racconti*, incentrata nella figura diabolica del *black man*. Già nel 1868 Stevenson pensava di raccogliere una serie di leggende scozzesi a carattere demonologico di cui resta solo

l'eccezionale racconto di *Janet la sbilenca*, poi inserito in *Gli allegri compari e altri racconti e favole* del 1887.

[8] Cfr. Shakespeare, *Amleto*, atto II, scena 2, v. 259: «Fatemi luce. Via!».

[9] Il genere di paesaggio descritto è quello della costa scozzese quale ritorna nelle pagine del *Padiglione sulle dune*, inserito nelle *Nuove Mille e una notte* (1882), e nel saggio memoriale *I lanternai* (1887) per il quale si veda R.L. Stevenson, *Romanzi, racconti e saggi*, op. cit., p. 1916 sgg.

[10] Si tratta di celebri commediografi ammirati da Stevenson – che tentò con insuccesso il teatro – per l'abilità che avevano nel tessere trame.

[11] La definizione inglese di *brownies* sta per folletti benevoli che, secondo la tradizione folklorica, infestano le vecchie case abbandonate della Scozia. Talora sbrigano le faccende di casa mentre la famiglia dorme.

[12] Il riferimento è allo scalpore suscitato dal romanzo al suo apparire, cfr. l'affermazione del biografo di Stevenson, Graham Balfour nella Cronologia.

[13] Si tratta di un racconto progettato e scritto per la raccolta *L'uomo nero e altri racconti* (cfr. nota 6) e quindi distrutto apparendogli eccessivamente «volgare e amaro». Venne soppiantato appunto da *Jekyll e Hyde*.

[14] Scrive Fanny: «Nelle ore piccole del mattino fui destata dalle grida d'orrore di Louis. Pensando che fosse preda di un incubo, lo svegliai. Lui mi disse pieno di rabbia: "Perché mi hai svegliato? Stavo sognando un bel racconto orripilante". L'avevo svegliato alla prima scena di trasformazione».

[15] Sempre secondo Fanny, Stevenson avrebbe distrutto la prima stesura del romanzo, scritta in tre giorni, rielaborando la storia «da un altro punto di vista, quello dell'allegoria, che era evidente, ma che pure era andata perduta a causa della fretta e dell'influenza ossessiva del sogno». Il volume sarebbe stato dunque riscritto in altri tre giorni, salvo alcune correzioni secondarie Da una lettera di Stevenson al Myers, risulta che il lavoro di revisione del testo sarebbe stato assai più lungo ed elaborato, «un mese o sei settimane», secondo Balfour.

[16] Si tratta del racconto omonimo scritto da Stevenson subito dopo *Jekyll e Hyde* e pubblicato nel numero di Natale del «Court and Society Review» del 1885 e quindi inserito nella raccolta *Gli allegri compari e altri racconti e favole* del 1887. L'insoddisfazione dell'autore per questo testo è ribadita anche

in una lettera del 1887 a Lady Taylor: «Il disagio che mi procura *Olalla* è che vi si coglie una nota falsa... *Markheim* è vero, *Olalla* falso; e non so perché, né lo sapevo quando vi lavoravo attorno».

[17] Il riferimento è alla «bibbia» della tradizione puritana, il devozionale prototipo del romanzo costituito dal *Viaggio del pellegrino* di John Bunyan.

Postfazione*

di Joyce Carol Oates

Come altre figure mitopoetiche quali Frankenstein, Dracula e persino Alice (nel paese delle meraviglie), anche Dottor-Jekyll-e-Mister-Hyde, nel secolo successivo alla pubblicazione del famoso romanzo breve di Robert Louis Stevenson, diventa una sorta di creazione autonoma. Ciò significa che persone che non hanno mai letto il romanzo, che in realtà *non* leggono, conoscono Jekyll-Hyde attraverso la cultura popolare, nonostante tendano a parlarne in modo approssimativo; come se fossero due esseri distinti: *Dottor* Jekyll e *Mister* Hyde. Pur essendo un personaggio romanzesco, Jekyll-Hyde sembra dunque una figura dotata di vita propria, come i vampiri, i lupi mannari e le più benevole fate: ma esiste da sempre nell'immaginario collettivo o, come Jack lo Squartatore, fa parte della storia reale? (Così come Dracula è contemporaneamente la creazione del romanziere Bram Stoker e una figura da incubo della storia mitteleuropea.) È ironico che, nonostante la sua riservatezza, Robert Louis Stevenson sia stato reso immor-

* Lo scritto qui riportato è tratto da Joyce Carol Oates, *Introduction*, in Robert Louis Stevenson, *The Strange Case of Dr. Jekyll and Mr. Hyde*, Vintage, New York 1991, pp. vii-xiv (trad. it. di Elena Ferrazzi).

tale da una visione personale, che gli giunse, come lui stesso testimoniò, spontaneamente in sogno.

Lo strano caso del dottor Jekyll e del signor Hyde (1886) colpisce i lettori contemporanei come una parabola morale tipicamente vittoriana, non però così sensazionale (né così devotamente piccante) come il *Dracula* di Bram Stoker; nella tradizione, forse, del *Frankenstein* di Mary Shelley, in cui un racconto dell'orrore viene consapevolmente assoggettato all'intenzione didattica dell'autrice. Nonostante la concezione melodrammatica, il romanzo non lo è nell'esecuzione: quasi tutte le scene, infatti, sono narrate e riassunte dopo che i fatti sono accaduti. Non c'è nessuna ironica ambiguità, nessuna raffinatezza alla Wilde, nella fatale confessione del dottor Jekyll: egli si presenta al lettore come un «doppio nell'intimo», che ha però «un senso di vergogna che sfiorava la morbosità» e che, per adeguarsi ai comportamenti della classe media vittoriana, deve agire in modo da dissociare «se stesso» (cioè la sua reputazione di medico molto stimato) dai suoi istinti più bassi, che non tollera più di sopprimere né può estirpare. La sua scoperta che «l'uomo non sia unico, bensì duplice» è considerata un fatto scientifico, non una causa di disperazione. (Si scoprirà inoltre, nel frattempo, che l'uomo è «un sistema di entità multiformi, incongrue e indipendenti», cioè che l'Io contiene una moltitudine, con personalità multiple che vivono dentro ognuno di noi. Non può essere casuale che lo stesso Robert Louis Stevenson amasse recitare parti differenti, e indossare diverse maschere: il suo amico Arthur Symons disse di lui: «Non era mai veramente se stesso se non quando si calava in qualche fantastico travestimento».)

Il sé non civilizzato del dottor Jekyll, chiamato

simbolicamente Hyde, è nello stesso tempo il risultato di un esperimento scientifico (come la creazione
del mostro di Frankenstein) e lo spudorato indulgere
in appetiti incompatibili con il decoro proprio della
vita quotidiana vittoriana. In un certo senso Hyde,
con tutta la sua mostruosità, non esprime altro che
una dipendenza come quelle per l'alcol, la nicotina e
le droghe: «Posso liberarmi del signor Hyde in qualunque momento» dice Jekyll». Hyde deve essere nascosto, non solo perché è malvagio, ma perché il dottor Jekyll è un uomo caparbiamente buono, un
esempio per gli altri, come lo stimatissimo avvocato
Utterson: «Esile, allampanato, malmesso, tetro: nonostante tutto sapeva comunicare un che di amabile». Se l'ideale vittoriano fosse stato meno ipocrita o
se il dottor Jekyll si fosse accontentato di una reputazione meno perfetta, la sua tragedia non sarebbe
accaduta. (Come dice Basil Hallward nel *Ritratto di
Dorian Gray* di Wilde: «Noi nella nostra follia abbiamo separato le due cose [corpo e anima] inventando
un realismo volgare, un idealismo vuoto». Il termine
chiave qui è sicuramente «follia».)

In ogni modo, l'esperienza iniziale del dottor
Jekyll si avvicina all'estasi come se egli stesse davvero scoprendo il regno di Dio che è racchiuso in essa.
La droga magica provoca nausea e uno stridere delle
ossa, e «un orrore dello spirito che nemmeno l'attimo della nascita o della morte può superare». Poi:

> Ritornai in me, quasi fossi convalescente da una
> grave malattia. Nelle mie sensazioni c'era qualcosa di
> insolito, qualcosa di nuovo e di indescrivibile e, per
> la stessa novità, di infinitamente dolce. Mi sentivo
> più giovane, più leggero, più felice, nel corpo e den-
> tro di me avvertivo l'urgere d'una irrequietezza, un

flusso disordinato di immagini sensuali che mi vorticavano nell'immaginazione come la ruota di un mulino, un disciogliersi dalle pastoie di ogni costrizione,
una libertà dell'anima sconosciuta ma non per questo innocente. Al primo vagito di questa nuova vita
ebbi coscienza di essere più malvagio, dieci volte più
malvagio, incatenato come schiavo al mio male originario. E quel pensiero allora mi inebriò, mi colmò di
delizie come una coppa di vino.

Rispetto al mostro di Frankenstein, grande quasi il
doppio di un uomo normale, quello di Jekyll è un nano («Era meno sviluppato e aveva una struttura più
fragile») rispetto al sé buono, poiché la vita di Jekyll,
rigorosamente soffocata, è stata la conseguenza di
inesorabile «sforzo, virtù e controllo». (L'anatomia
della psiche umana di Stevenson è spietata come
quella di Freud: sono necessarie pressoché tutte le
energie di un uomo «probo» per scacciare e negare la
«cattiveria» che è in lui!) Che i convulsi piaceri di
Hyde siano, almeno in parte, sessuali non è mai detto
chiaramente, per via dello stampo vittoriano del racconto, ma l'incidente raccontato da un testimone
oculare porta a sospettare che lo siano. Hyde viene visto mentre rincorre una ragazzina di dieci anni per la
strada e poi, con calma, ne calpesta il corpo. Le «grida» della ragazzina e il risarcimento pagato alla famiglia per l'abuso sono sufficientemente eloquenti...
Visto dall'esterno, Hyde è detestabile in astratto: «Non
mi è mai capitato d'incontrare una persona che mi abbia
comunicato una simile, istintiva ripulsa» dice l'amico di
Jekyll, Enfield. «Ci deve essere qualcosa di deforme in lui
e, anche se non saprei localizzarla, in quella figura s'av-
verte un'anomalia.» Un altro testimone conferma la sua
misteriosa e intangibile deformità «senza alcuna malfor-

mazione definita». Ma quando Jekyll si guarda allo specchio non prova alcuna ripugnanza, «bensì un moto di gioia. Anche costui era parte di me. Sembrava naturale e umano». Quando Jekyll ritorna in sé dopo essere stato Hyde, è sopraffatto dalla sorpresa più che dal rimorso di fronte alla «depravazione dell'altro me stesso». L'essere scaturito dalla sua anima e mandato a soddisfare i suoi impulsi è una creatura «malvagia e perversa di natura; ogni suo atto e ogni suo pensiero erano di un assoluto egotismo; godeva con bramosia animalesca di ogni forma dell'altrui sofferenza, pur rimanendo gelida come una statua». Hyde è senza dubbio un *altro*. «In fondo il colpevole, il vero colpevole, era soltanto Hyde.»

Il ritratto di Dorian Gray (1890) di Oscar Wilde, ugualmente didattico, ma di gran lunga più suggestivo e poetico, sottolinea in modo sconvolgente che Dorian Gray, il *puro* modello del male, «è l'esempio che il periodo sta cercando e che teme di aver trovato». (E Lord Henry difende la falsità come «un metodo con cui possiamo moltiplicare le nostre personalità».) Invece l'Hyde di Jekyll è più simile alle creature di Bosch, e mostra senza pudore la sua meschinità come se, citando le parole di Utterson, fosse «un essere primordiale ... o si tratta dell'influsso di un'anima immonda che si manifesta al di fuori, trasfigurando il bozzolo che la contiene?». Vengono in mente le teorie criminologiche del XIX secolo, avanzate fra gli altri da Cesare Lombroso e Henry Maudsley, i quali affermavano che deformità e difetti fisici esterni sono i segni visibili di carenze interiori e invisibili: il criminale è facilmente identificabile dagli esperti. Il dottor Jekyll, nella sua infatuazione per Hyde, è tanto più biasimevole in quanto, essendo un medico affermato, avrebbe dovuto subito riconoscere i sintomi della degenerazione mentale e morale sul viso del suo alter ego.

Per gradi, come ogni drogato, Jekyll abbandona la sua autonomia. Il suo Ego cessa di essere «Io» e si divide in due sé distinti e, alla fine, conflittuali che condividono memoria e corpo. Solo dopo l'omicidio commesso da Hyde, Jekyll si sforza di riprendere il controllo; ma a questo punto, naturalmente, è troppo tardi. Ciò che era stato «Jekyll» – una precaria pellicola di sé, un'area di tensioni in perenne opposizione al desiderio – si è irrevocabilmente diviso. È significativo che l'estensore della confessione di Jekyll parli sia di Jekyll sia di Hyde come se parlasse dall'esterno. E con un'eloquenza appassionata, di solito assente dalla prosa di Stevenson:

> La forza di Hyde sembrava accrescersi con lo sfinimento di Jekyll. E non c'è dubbio che l'odio che li separava era condiviso da entrambi con pari intensità. In Jekyll agiva l'istinto di conservazione. Ormai conosceva bene la mostruosità della creatura con la quale condivideva alcuni fenomeni della coscienza e con cui sarebbe stato erede indubitabile della morte. E anche al di là di questi vincoli comuni, che già in se stessi costituivano l'aspetto più atroce della sua disperazione, egli concepiva Hyde, nonostante la sua possente carica di vitalismo, non solo come un demone, ma come un fenomeno inorganico. Donde l'affronto cocente: che la melma del brago avesse facoltà di parlare, di gridare; che la sterile polvere potesse gesticolare e commettere peccato; che ciò che era solo morte, senza l'imprimitura della forma, potesse arrogarsi le funzioni della vita. E ancora: che quell'essere orrido e ribelle fosse avvinto a lui in un'intimità ignota alla sposa; che fosse, come il suo occhio, consustanziale al suo corpo, intrappolato nella medesima carne dove ne avvertiva il brontolio e la pulsione per venire alla luce; che in ogni momento di debolezza e di cedimento al sonno prevalesse su di lui escludendolo dalla vita.

«Figurati che...» aveva detto gongolando Jekyll all'inizio «non esistevo nemmeno!» E la metafora diventa letteralmente vera.

Lo strano caso del dottor Jekyll e del signor Hyde, sebbene ispirato da un sogno, non è senza precedenti letterari: tra questi *William Willson* (1839) di Edgar Allan Poe, nel quale, paradossalmente, il sé «cattivo» è il narratore, e quello «buono», la coscienza, è il doppio; e l'incompleto *The mistery of Edwin Drood* (1870) di Charles Dickens, in cui il maestro del coro, Jack Jasper, fumatore d'oppio, oscilla tra gli impulsi «buoni» e «cattivi» della sua personalità con un'angoscia così sapientemente calibrata da suggerire che, se Dickens fosse vissuto abbastanza da completare il romanzo, ne avrebbe fatto uno dei suoi capolavori, rendendo così superfluo *Lo strano caso del dottor Jekyll e del signor Hyde*. Nel folclore popolare e nella tradizione orale abbondano storie che mettono in guardia su doppi maligni e spesso diabolici; e nel *Simposio* di Platone viene bizzarramente suggerito che ogni essere umano ha un doppio al quale, in origine, era attaccato *fisicamente*, con un legame d'Amore che creava un terzo sesso, più nobile, in cui maschio e femmina erano uniti. La visionaria crudezza dello *Strano caso del dottor Jekyll e del signor Hyde* anticipa quella delle meditazioni tarde e malinconiche di Freud nel *Disagio della civiltà* (1929-1930): nella psiche umana c'è una frattura tra Ego e istinto, tra civilizzazione e «natura», che non potrà mai venir sanata. Freud considerava l'etica come una difficile concessione del singolo al gruppo, come un rivestimento steso su un sé primordiale non rigenerabile. I vari stratagemmi della cultura, che includono, non a caso, la «sublimazione» dell'aggressività attraverso l'arte e la scienza, alla fine non sono in grado di contenere l'insoddisfazione, che

periodicamente deve esplodere, su scala collettiva, per esempio con una guerra. La parabola squisitamente vittoriana di Stevenson è unica in quanto il protagonista inizia la tragedia della duplicità con una sensibilità completamente lucida, si potrebbe dire una sensibilità scientifica. Il dottor Jekyll sa ciò che sta facendo, e perché lo sta facendo, anche se naturalmente non può prevederne le conseguenze. Ciò che non viene contestato lungo la narrazione, né da Jekyll, né dalla sua cerchia di amici, è la natura immorale dell'umanità: il peccato è *originale* e *irreparabile*. Pertanto Hyde, sebbene nascosto, non potrà rimanere tale. E quando Jekyll alla fine lo distruggerà, dovrà distruggere anche Jekyll.

Indice